文庫

警視庁公安部・青山望

完全黙秘

濱嘉之

文藝春秋

警視庁公安部・青山望

完全黙秘　目次

都道府県警の階級と職名

階級＼所属	警視庁	道府県警
警視総監	警視総監	
警視監	副総監、本部部長	本部長
警視長	参事官級	本部長、部長
警視正	本部課長、署長	部長
警視	所属長級：本部課長、署長、本部理事官	課長
	管理官級：副署長、本部管理官、署課長	
警部	管理職：署課長	課長補佐
	一般：本部係長、署課長代理	
警部補	本部主任、署係長	係長
巡査部長	署主任	署主任
巡査		

警視庁組織図

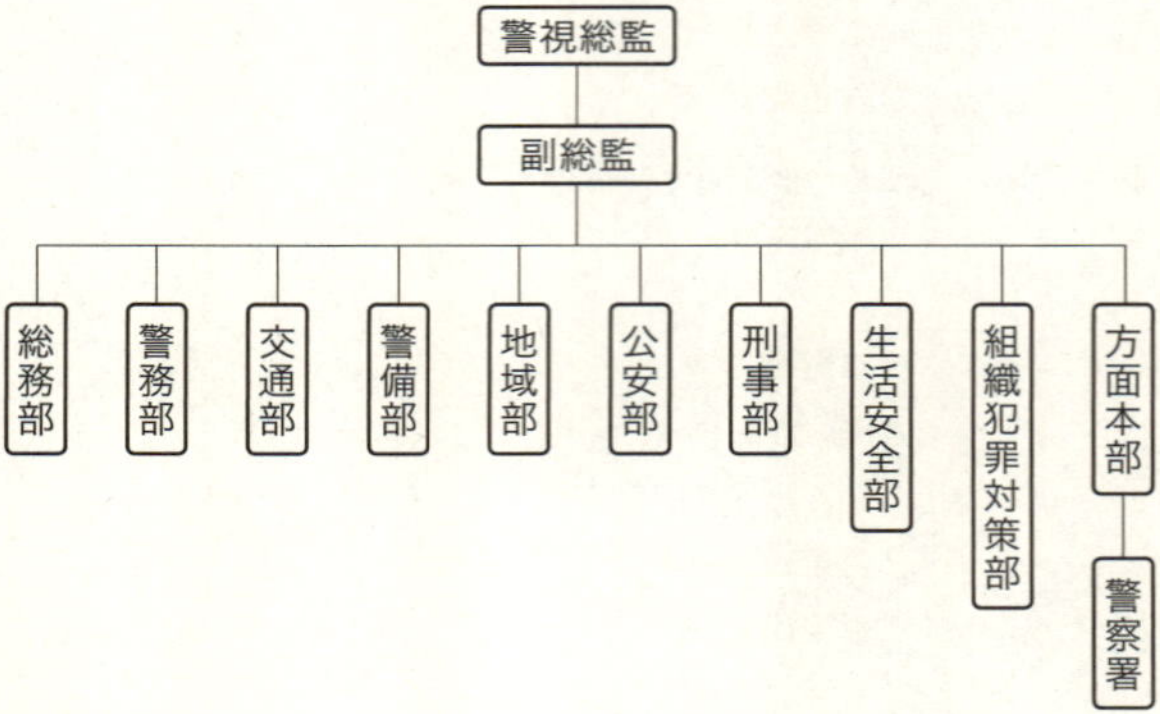

主要登場人物

青山　望……　警視庁公安部公安総務課第七事件担当係長（警部）。中央大剣道部出身。

大和田博……　警視庁組織犯罪対策部組対四課事件指導第一係長（警部）。早稲田大野球部出身。

藤中克範……　警視庁刑事部捜査一課事件指導第二係長（警部）。筑波大ラグビー部出身。

龍　一彦……　警視庁刑事部捜査二課係長（警部）。関西学院大アメフト部出身。

佐藤慎司……　警視庁公安部公安総務課長（警視長）。

小林…………　警視庁刑事部捜査二課長（警視長）。刑事部参事官兼務。

大場…………　警視庁組織犯罪対策部組対四課長（警視）。

矢澤功二……　新宿署組織犯罪対策課暴力団捜査担当係長（警部補）。

梅沢富士雄…　財務大臣（日本公正党）。

竹脇正晴……　内閣官房長官（日本公正党）。

松前祐介……　内閣総理大臣（日本公正党）。

金谷真蔵……　日本公正党幹事長。

岩堀　元……　元国家公安委員長（日本公正党）。

安藤　守……　元国家公安委員長（日本公正党）。

竹山善太郎…　政界に影響力を持った戦後日本の黒幕。故人。

吉澤めぐみ…　元女優。竹山善太郎の元愛人。

中居善次……　岡広組東山会会長代行。

宮坂　仁……　岡広組東山会幹部。

警視庁公安部・青山望
完全黙秘

プロローグ

法隆寺の築地塀にならった、グラデーションの美しい典雅な趣きの土壁。格天井《ごう》にベネチアングラスの特注シャンデリアを配し、隅々までこだわった繊細な空間。広さ千四百五十平米、天井高七・五メートルを誇る地上三十六階の大宴会場からは、穏やかに凪いでいる博多湾の水面が美しく輝いているのも見える。

この会場に足を踏み入れた瞬間、誰しも特別な席に招かれているという、胸の高鳴りを味わった。すでに千五百人近い興奮冷めやらぬ人々で満たされていた。

福岡グランドホテルのバンケットがリニューアルし、こけら落としのパーティーだった。九州最大の都市・福岡市には、国内大手や海外資本の有名ホテルが数多く進出していたが、選挙区内の地元ホテルを利用することによって、地域の代表であることをアピールする目的もあった。

「それでは皆様、郷土の星、梅沢富士雄《うめざわふじお》財務大臣の入場です」

薄暗くなったホールの重々しいマホガニーの扉が開き、スポットライトがその一点を照らす。そこにはテレビでも見慣れた笑顔の、温厚でありながら重厚な雰囲気さえ漂わす男の姿があった。

　万雷の拍手を受け、男はゆっくりとした足取りで参加者と握手を交わしながら、少しずつ正面ステージに向かって歩き出した。

　ステージに登壇すると、両手を大きく振りながら、更に大きくなった拍手に応えた。財務大臣の梅沢富士雄は当選七回の衆議院議員で、次の次の総理総裁候補として、また福岡県では三人目の内閣総理大臣候補として選挙区だけでなく、県民の期待を一身に集めた存在だった。地元テレビ局の女性アナウンサーである司会者が開会を告げ、パーティーが始まった。

　現内閣からは内閣総理大臣の名代として内閣官房長官の竹脇正晴《たけわきまさはる》が、さらに党本部からは幹事長と政調会長という重鎮が挨拶をし、梅沢が十五分間ではあったが簡潔な挨拶と決意表明を行った。乾杯の発声は、総理の元同僚にあたる福岡県知事が行った。

　現在の松前祐介《まつまえゆうすけ》内閣は、総理、官房長官、財務大臣のトップスリーの名前をとって「松竹梅トロイカ体制」と呼ばれ、性格が異なる三者の微妙なバランスの上に成り立っていた。このため、今日の政治資金パーティーには閣僚だけでも官房長官以下五人、党本部からも幹事長以下、総務会長、国対委員長まで、そうそうたるメンバーが壇上に上がっていた。これを取り巻く警視庁警備部警護課のＳＰだけでも十人を超えていた。国家的要人の警護は国内、国外を問わず警視庁の警護課員つまりＳＰが警護する。他道府県警察にも警護課は存在するが、その係員が国家レベルの要人に対して側近で警護に従事することはない。

乾杯の発声が終わり立食の会食がはじまると、梅沢も壇を降りて支援者との握手、記念撮影を始めた。梅沢の前に立つ官房長官ＳＰが立錐の余地もない人垣を巧みにかき分けて通路を作る。映画「十戒」でモーゼがみせたように人波が二つに分かれていく。梅沢は満足気に眺めながら、ゆっくりと会場を歩き始めた。

はじめの二十分間は、官房長官も同じ派閥先輩議員の顔を立てて梅沢の横に立ち、政治家らしくにこやか、かつ鷹揚に応じていたが、公務の都合というお決まりの文句で万雷の拍手を受けながら会場を後にした。

満員のバンケットの内は、高さ三メートルはあろうかという巨大なぼんぼりが梅沢と一緒に移動し、会場内を動いている主役の現在地が会場の隅にいても確認できるようになっていた。

政権交代が繰り返され、安定していない政治情勢を反映して、福岡県警も会場のホテル内だけで警備部長以下六十人の私服警察官が警備態勢を組んでいた。会場周辺の右翼対策、極左対策、交通整理やホテル内の要点配備を含めると二百人近い警察官が動員されていた。さらには民間警備保障会社が手荷物チェックやホテル内誘導を受け持つ。会場の受付テーブルだけでも二十メートルのテーブルが用意されて、ここは事務所関係者が三十人の態勢で臨んでいた。

「甲号現場本部から福岡県警」

「福岡ですどうぞ」

「現時点マル対S現場離脱。以後乙号体制とする」

「福岡了解。なお、現在時の会場内人員は如何?」

「会場内、一五〇〇変わらず」

「福岡了解」

官房長官がパーティー会場を離れたことで、警備態勢が少し緩和された旨の報告が全警察官に無線で届く。内閣官房長官は総理大臣に次ぐ国政の要職であるため、彼が会場にいる時の警備態勢はことのほか厳重だった。

パーティーの参加者は、会場の両翼のカウンターにふんだんに用意された、通常の政治資金パーティーでは考えられない高級メニューを皿に移し、各々の立食用テーブルに運んで歓談を始めていた。それでも、主催者である梅沢の位置は気になるらしく、

「こっちに来ようばい」

「挨拶しとこう」

などと、好みの酒と料理を堪能しながら会話が弾んでいた。

　食事が始まって三十分が過ぎたころ、司会の地元テレビ局の女性アナウンサーが、正面ステージで挨拶を始めた。

「本日はお忙しい中、梅沢財務大臣の応援に各界から多数の方がお越し頂いておりますので、ご挨拶を頂戴したいと思います。お名前をお呼び致しますので、ご登壇いただきたいと思います。それではまず始めに、新進女優で来年の大河ドラマの主役も射止められた河嶋《かわしま》千歳《ちとせ》さんにご登壇いただきます」

　河嶋千歳という言葉に、参加者のほとんどが視線を正面ステージに向けた。美少女コンテストグランプリチャンピオンから転身、二十三歳にして来年の大河ドラマの主役に抜擢された、地元福岡出身の女優だった。河嶋があでやかなピンク系の着物姿で登壇すると、会場内はため息も混じるどよめきが起こった。それほど艶やかで気品のある美しさと立ち居振る舞いだった。会場には珍しい若い女性の参加者が、

「可愛い！」

　と、思わず声に出した。

　会場内をゆっくりと握手をしながら歩いていた梅沢も、足を停めてステージを見ると、思わず頰が緩んだ。そして、ステージに引きつけられるかのように向きを変えて歩み始めた。握手の順番を待っていた支援者も梅沢の後ろ姿を見送り、視線を河嶋に止めていた。これに気付いたＳＰは歩速を早めて梅沢の前に回り込むと、ステージ方向への通路

を作り始めた。県警の警備担当者の多くも本業を忘れ、役得を楽しむように、しばし河嶋に見とれていた。

その時、ジャンパー姿の若い男が梅沢の右斜め前から、

「先生、梅沢先生、一度だけ、握手して下さい」

と近づき、両手で握手を求めてきた。若者の支援者は大事にしなければならない。梅沢は鷹揚に若者に向き直り、笑顔を見せて右手を差し出した。男は両手で梅沢の手をしっかりと握ると、

「頑張ってください。応援しています」

と、何度も頭を下げた。だが、梅沢の手を離し、深く頭を下げた瞬間、男はジャンパーの内ポケットから黒っぽい何かを取り出したかと思うと、そのまま梅沢に身体をぶつけた。

その瞬間、梅沢は、

「えっ」

と、口にしただけだった。SPも気付いていなかった。男は何度か梅沢に抱きつくように身体を寄せ、静かに二、三歩退いた。

梅沢の左前方で誘導していたSPが梅沢に進行を促した。梅沢はゆっくりとSPを振り返ったが、その顔には笑顔がないどころか、言葉にならないように顎がガタガタと震

えていた。SPは異変に気付いた。

「先生、如何なさいました？」

SPが梅沢を右手で抱き寄せるように支えると、梅沢の膝がガクンと崩れた。梅沢の身長は百七十五センチメートル、東大ボート部出身のスポーツマンだ。百八十センチメートルを越えるSPの右腕に力が入った。その瞬間、SPは自分の靴に何か生暖かいものが流れたのに気づいた。足元を見ると、梅沢のスーツの下から大量の血液が流れ出ている。

「キャップ！」

SPは二メートル前で通路を作ろうとしている上司の警部補SPを呼んだ。周囲の何人かが異変に気付いた。

県警本部の警備部長は会場のステージ袖で河嶋千歳を見ていたが、SPの叫びに我に返って大きなぼんぼりの方に目をやると、人垣が微妙に崩れているのに気付いた。イヤホンにSPから警備符号が届いた。

「マル対、MX」

MXという警備符号は負傷、それもテロを意味する。

「なに?!」

警備部長は脇に立っている伝令よりも早く、人垣に飛び込んでいた。

同時にぼんぼりの傍で何人かの女性が「キャー」と甲高い悲鳴をあげた。

警備第一課長は会場を管理するバンケットのセンター監視室に特設されていた現場警備本部でモニターを眺めていた。会場内には八台のカメラが設置されていた。本来は結婚式の参加者やその状況を撮影するために設けられているのだが、この日に限っては監視カメラの役を担っていた。警備第一課長は梅沢が刺される瞬間をまるでスローモーションのように見ていた。

「至急至急、現本MX事案発生」

警備第一課長の伝令長が至急報を入れると、会場内の警備要員が一斉に動き始めた。

「マル被はマル対の脇で凶器を所持したまま。犯人の確保優先なるも、第三者への危害防止を最優先、さらには受傷事故防止にも十分に留意せよ」

梅沢の横にいて、犯人の凶器を目にした中年の女性がその場に座り込んだ。声をあげることもできない様子だった。するとその横にいた女性が大声を上げた。

「人殺しー！」

犯人はその場に立ち尽くしたまま、逃走する気配も、その他の一般人に危害を加える様子も見せていない。ただ、勝ち誇ったような薄笑いを浮かべてその場に立っていた。犯人の存在に気付いた周辺の支援者は、まるで静かな水面に投じられた石によって波紋が拡がるように後ずさりしながら、梅沢、ＳＰ、犯人を囲んでぽっかりと空間ができた。

犯人の背後から私服警察官が飛びつき、凶器を持つ犯人の左腕に特殊警棒を叩き込んだ。

「うっ」

犯人が呻いたのと、私服警察官が左手で犯人の後頭部に腕をかけるのが同時だった。時間にして十秒も経っていなかったが、警戒中の私服警察官が犯人を確保するまでの時間が、その場に居合わせた人々には数分間とも思えるほど長く感じられた。

犯人はその場に俯せに倒れ込み、その上に私服警察官が覆い被さる形となった。

「傷害の現行犯人として逮捕する」

倒れた犯人の右腕を捻《ひね》りあげる制圧技を使いながら、私服警察官が言った。

その横で、ＳＰが片膝立ちに梅沢を大事そうに抱え込んでいる。

「救急は？」

「既に連絡済みです。幸い、消防はホテルのすぐそばです」

「わかった。早く搬送の道を作れ」

駆けつけた他の警察官にＳＰが指示を出した。

横に立った警備部長の顔面は蒼白だった。警備責任者の警備部長、現場指揮官の警備第一課長の二人は警察庁キャリアだった。警備部長はこれで出世の糸口が完全に絶たれたといってよかった。

第一章　福岡県警への介入

犯人の身柄はすぐに会場を管轄する福岡県警察博多東警察署に移された。

「課長、マル被は完黙です」

「ほう。人定は？」

「それも完黙です」

「何？　前はなかとか？」

「なかごたあです」

「そげなことなかろう」

「いえ、警察庁の担当も何度か電子指紋認証で確認ばしよりましたが、全然ヒットせんかったとです」

「ふーん。まあ、じっくり攻めていくしかなかろう。弁録は『黙して語らず』やな？」

「はい」

「わかった。一旦、留置場に入れておけ。本部留置になるかも知れんばってんが、ホシは捜一に引き継ぐことになるやろうけんな。留置番号だけでも、わかったら連絡してくれ」

刑事課長は浮かない顔をしながら署長室に向かった。彼は、警備出身の署長とはウマが合わなかった。今回の事件だって、警備部傘下のSPや現場警備本部の態勢がしっかりしていれば起こりえない事件だった。当然、署の中でも一番嫌いな警備課長は飛ばされることになるだろう。なにしろ衆人のみならず、マスコミ環視の中で行われた犯行だったからだ。

直ちに博多東警察署には県警本部の刑事部長、警備部長、捜査第一課長、警備第一課長ら幹部が続々と詰めかけた。捜査第一課長だけがノンキャリアだった。このポストが刑事部門でノンキャリの星的存在であることは、どの都道府県警でも変わりない。

「財務大臣に対するテロ行為の発生について」という、刑事部長が発信者となる至急電報が博多東署から全国警察に発せられたのは、事件発生から一時間後のことだった。

直ちに特別捜査本部が博多東署内に設置され、本部長には捜査第一課長が就いた。第一回捜査会議には刑事部長、警備部長も同席した。招集された捜査員は五十人。既に犯人は逮捕されており、背景捜査が主たる任務であったため、捜査第一課と警備第一課からそれぞれ十人ずつ、所轄から三十人という態勢だった。

被疑者の取調官は捜査第一課強行犯担当の係長警部補があたり、立ち会い捜査官には所轄の刑事課巡査部長があたった。

通常、逮捕から四十八時間が警察の最初の持ち分である。しかし、事件発生が夕方であったため、捜査員には検察官への身柄送致まで実質的には三十時間そこそこしかなかった。逮捕後の弁解録取書を作成した際には、被疑者が完全黙秘であることが既に伝えられていた。

「キャップ頼むよ」

捜査第一課長直々に激励された取調官は立ち会い捜査官と共に被疑者がいる署内の留置場に足を向けた。すでに警務課長から留置人出入簿に印鑑が押されていた。

「完黙らしかですが、被疑者は右翼かなにかですかね」

「右翼なら公安が調べるやろ。まあ、そげんでも、公安の連中には調べも落としもでけんやろうばってんな」

「そうですね。あいつらツヤ（格好）ばっか付けとうばってん、なあもしきらんですもんね」

そう口にした刑事は、この所轄の若いエース級の巡査部長だった。所轄の刑事の公安に対する思いは、この程度が多かった。彼が留置場の外に設置されているボタンを押すと、中から覗き窓が空き、留置係員が顔を出した。所轄の巡査部長が出入簿を示すと、留置係員は簿冊の中を確認して扉の三重の鍵を開け挙手の敬礼をしながら、

「総員二十五名、事故四名、現在員二十一名。なお、事故の四名は押送《おうそう》二、調べ二」

留置人の現在状況を伝える。今回の事件の被疑者は一階奥の独居房に入れられていた。留置場といえどもある程度のプライバシーは守られている。しかし、今回のような重要事件を起こしたばかりの被疑者は、特異留置人として指定され、磨りガラス状の強化プラスチックの遮蔽板が外され、房の前に椅子が置かれて別の留置係員が対面監視を行っていた。留置場内では点呼時には留置人の名前を呼ばないことになっている。普段は固有名詞で呼んでいるが、今回のような完全黙秘の被疑者であったり、特異留置人に対しては番号で呼ぶ。

「三号、調べだ」

留置場の中で被疑者は監視者に背を向けて胡座をかいていた。背を向けたまま立ち上がると一度屈伸して、背伸びをしたあとおもむろに振り返った。身長は百七十センチメートルくらいで、中肉、顔は日焼けしたような赤黒さがある。しかし、肉体労働者の焼け方とは明らかに違っていた。日焼けサロンかリゾートにでも行って焼いてきたように見えた。

留置係員が独居房の鍵を開け、鉄格子の扉を開くと被疑者はゆっくりと独居房の出入口に近づいてきた。目は伏し目がちで捜査員の顔を見ようとしない。房を出てサンダルを履いた時点で両腕に手錠が掛けられ、腰紐が掛けられる。立ち会いの捜査員が腰紐と手錠の結束を確認して被疑者に歩行を促した。被疑者は逆らうこともなく、留置場の出入口に向かってゆっくり歩き出した。留置人専用の階段を使って三階の刑事部屋に入ると、刑事部長以下の県警幹部が一目被疑者の顔を見ようと刑事課長席の脇に並んで、被疑者の一挙手一投足に見入っていた。しかし、被疑者はこれを全く無視するように取調室に向かって自ら歩いていった。

第一取調室には面通し用の鏡が設置されている。県警幹部は順番に隣室の隠しミラーから取調の様子を窺っていた。

被疑者の手錠が片一方だけ外される片手錠の状態になり、調べ室の奥に座らせられた。取調官は被疑者に第一声を掛けた。

「少しは落ち着いたか？」

しかし、被疑者は取調官の顔を見たものの、何一つ話をする素振りがなかった。

「そうか……黙秘か。それならば、一応君に供述拒否権の告知だけはしておこう」

そう言うと、言いたくないことは言わなくてもよい旨の被疑者の権利について一方的に述べたが、被疑者は何の変化も示さなかった。すでに逮捕時に所轄の刑事が弁護人選任権の告知もしていたが、被疑者はこれに対しても黙秘を通していた。

捜査第一課のベテラン刑事もこの無表情な被疑者の態度にイライラを隠せなかった。公安の刑事ならばこのような状況は日常であるが、強行犯の捜査の世界では稀だった。

指紋照合の結果、前科前歴はなく名前の特定もされていない。

「いつまで黙っているつもりだ。どうせ、そのうちお前の名前も全てわかる。その時になって泣き言言っても知らんからな」

被疑者は飲み物も求めず、午後十一時まで完全黙秘を通した。一昔前までならば、夜中まで取調を行ったものだったが、被疑者の権利が強く主張されている今日では、その人権に配慮しなければならなかった。

翌朝、食事は取った旨の報告を受け、午前九時から取調を再開したが、被疑者は完黙を貫き、結局、検察官への身柄送致は氏名不詳（博多東署第三号）という形で行われた。被疑者は検察官の面前でも完全黙秘を貫き、その後の十日間の勾留、さらに十日間の勾留延長に伴う計二十一日間も完全黙秘を通した。

警察庁は、事件発生当初から被疑者写真や身体的特徴等を全国都道府県に発信して情報を求めたが、犯人の手がかりとなる有力な情報は何一つ上がってこなかった。

一方でマスコミも、事件当初は大きく事件を取り上げたものの、記事になる新たな情報が全く出てこないことから、事件から十日も経つと地元紙でさえ社会面には一行の記事も掲載されなくなった。反面、政治面では、松前政権に対する風当たりが増す一方だった。

被疑者は起訴されたが、起訴に伴って選任された国選弁護士に対しても黙秘を続けた。裁判所は被告人が犯罪事実を認め、検察に対する反対弁論を放棄したとみなしたため、裁判の進行は早いことが予想された。

「このままでは、三、四ヵ月で結審してしまうな。警察の威信がゆらぎかねない」

警察庁長官の一言で、警察庁は起訴時点で警視庁刑事部と公安部に対して極秘捜査を指示した。

＊　＊　＊

「福岡県警は大変ですね」

「確かに。時の財務大臣が面前でやられただけでも大変なのに、マル被を割り付けできないんだからね」

「しかし、これが警視庁管内だったら、捜一とうちのどちらが元立ちになったと思います？」

「一応殺しだからな。捜一がやるんじゃないかな？　右翼とわかれば公三がやるんだろうけど、未把握なんでしょう？」

「ええ。だけど、総務課には振られる案件ですよね」

「政治家絡みだからね。ある程度は仕方ない。それにしても現政権は評判悪いからねえ、うちらにも。事件が風化するまでの間は形だけの捜査をやっておけってとこだろうね」

「そうですね。一応、被疑者は現行犯人で捕まってるんだから、お宮じゃない訳だし」

福岡県警から全国警察に送られてくる事件電報を廻し読みしながら、青山《あおやま》は警視庁本部十四階のデスクで隣席に座る同僚の藤倉《ふじくら》と話をしていた。

青山望《のぞみ》。警視庁公安部公安総務課第七事件担当の筆頭警部で年齢は三十九歳。警部六年目、公安総務課三年目で来春には所轄の課長として栄転する可能性が強かった。ノンキャリの世界では出世が早い方だった。同僚の藤倉は年齢四十五歳だが、この春着任したばかりで、警部歴は三年目だった。

年齢が年下の青山は年上の藤倉には敬語を使う。藤倉も青山が先任警部であるため、青山を立てた話し方をしていた。

ノンキャリ警察の世界では、階級の振り出しである巡査拝命の順番で先輩後輩が決まる。しかし、あくまでも階級社会であるため、自分の親よりも年上の部下を持つことは日常茶飯事である。常に下克上。常在戦場の世界である。初任地となった警察署での先輩後輩や出身校の先輩後輩の場合でも、どうしても階級を優先した上下関係ができてしまう。

階級が下の先輩の中には、これを「警視庁先輩後輩規程」と称して、時に直接の上司であっても「こいつは俺の後輩だから」という場合があるが、こういう先輩に限って裏で強力に後輩をフォローしている。後輩上司にとっては有り難い存在なのである。

青山が扱う事件は警察組織内でも特殊なもので、公安捜査のトータルプロデュース的なものであった。例えば右翼がロシアンマフィアと組んで麻薬を輸入し、これに政治家が関わっていた場合などである。右翼は公安第三課、ロシアンマフィアは外事第一課、麻薬は組織対策第一課、政治家は公安総務課というような縦割り事件を、一手に引き受けて事件化していくセクションの総括事件処理担当係長だった。といっても青山一人にそれだけの実務処理能力があるわけではない。青山には警視庁内に絆ともいえる強い横の連絡ルートがあったからだ。

それは警視庁警察学校の同期同教場の仲間だ。つまり同期生の中でも本当に同じ釜の飯を喰った仲だった。警察学校在学中から古川《ふるかわ》カルテットと呼ばれたその四人組は、初任科時代から学校内でも有名な存在であった。

青山が警視庁巡査を拝命した当時、大卒の彼らは警察学校で八ヵ月間の教養を受けて警視庁の島部を除く百の警察署に赴任していた。警視庁に入った警察官には警察学校に正式入学する前に一週間の仮入校という過酷な研修期間がある。この期間中にあまりの世間との格差に驚いて辞めていく者も多い。仮入校する際には「いかなる理由があろうとも……」という一筆を入れさせられる。当然、その一週間は部外との交信を一切遮断される完全隔離状態で、身内に不幸等があった場合でさえ、暗に出席辞退を勧められる。これを断って研修を中断すると、研修不履行ということで本採用への道が途絶えてしまうのだ。この条件付き仮採用中に、個癖や採用試験で見落とされていた反社会性が改めて厳しくチェックされる。

そして、過酷な一週間の研修を終える日、最も過酷なマラソン大会が夜明け前から実施される。このマラソン大会は一週間ぶりに校外に隊列を組んで出発し、誰一人遅れることなく完走することが求められている。そのためには、お互いに声を掛け、リーダーが歩調を合わせる声を出し、所定の時間までに全員が揃って帰校しなければならない。

「いち、いち、いちに。いち、いち、いちに。チョウ、チョウ、チョウ」

たった一週間の付き合いではあるが、疲れた仲間を同教場の縁で結ばれた仲間がかばい合いながら、ようやくゴール間近の警察学校の正門をくぐる。門から校舎を回って、警視庁警察学校の校庭である川路広場に入った瞬間、全校生徒が川路広場を囲んで整列して大きな拍手で迎えてくれる。この時、ゴールを目指す仮入校生全員の掛け声が更に大きくなり、一人一人に不思議な感激の涙が溢れてくる。一つの達成感を覚えると共に、同期の絆と組織力の強さの第一歩を自覚するのだった。

そして、翌日の入校式で初めて宣誓を行い、警視庁巡査を拝命する。この拝命をもって仮入校日に遡って晴れて入庁となる。それでも、まだ警察学校を卒業するまでは条件付き採用という、仮採用の身分であることは変わりない。

今でこそ個人のプライバシー保護が大きく唱えられ、全員が個室の寮に入り、食事も好きな時間に好きなものを食べるという学校生活に変わったが、青山が警察学校に入った頃は、まだ八畳程の部屋に四つの二段ベッドが置かれた八人部屋の居室だった。生活は全て団体行動で、たった一人の布団のたたみ方が悪いだけで居室員全員が罰則を受けるという、大日本帝国陸軍中野学校の厳しい躾が残っていた。従って、その分だけ、現在の警察学校学生よりも連帯意識、集団行動能力、没我能力、そしてもっとも大事なコミュニケーション能力が高いのだった。

警視庁は年間千人近くの警察官を十回程度に分けて順次採用していく。従って、同じ年次であっても、一番早い四月一日採用と十月採用では期が大きく異なる。「何年度採用」という言葉は警察官ではない一般職員が用いる用語であって、警察官は「何期」という期別で警察官拝命を表す。

一回の入学は多いときで一期十二クラス。少ないときで一期二クラスに分かれる。このクラスを「教場」と呼び、その頭に担当教官の苗字が付される。「第一二〇〇期　古川教場」と言えば、第一二〇〇期という期別の中で古川警部補が教官を務めたクラスを意味する。

青山が在籍した古川教場は十二教場の中でも優秀な学生が集まったことで評判を呼んでいた。クラス編成には採用試験の成績順に能力を均等に揃えるのだが、どういう訳か四人の優れ者がいた。早稲田野球部捕手・大和田博《おおわだひろし》、筑波ラグビー部スタンドオフ・藤《ふじ》中克範《なかかつのり》、中央剣道部・青山望、関西学院アメリカンフットボール部ディフェンスライン・龍一彦《りゅうかずひこ》の体育会出身者だった。初任科の成績は、龍、藤中、大和田、青山という順番だったが、警察学校を卒業して半年後に三ヵ月間の研修を受けた、現任補習科講習では、十二クラス全体で大和田、藤中、青山、龍の順でトップ四人を占めた。

その後は、巡査部長試験、警部補試験を競うように全員一発合格を果たした。警部補試験に合格した時、四人は一緒に酒を飲んだ。

「藤中、お前、結婚するって本当か?」

生ビールで乾杯し、喉を潤すやいなや、大和田が口を開いた。

「ああ。交通の婦警だ」

「婦警か……じゃあ隠し事はできないな」

「そう、彼女の親父も本官だからな。何もかも筒抜けだ」

現在は女性警察官、略して「女警」と呼ぶが、当時は婦人警察官と呼ぶのが一般だった。龍が興味津々の顔で藤中に尋ねた。

「その親父は、なにやってるんだ？」

「刑事総務課理事官だ」

「おおっ。次はどこぞの署長かあ。いい娘《こ》みつけたなあ。写真は持ってないのか？」

「あるよ」

藤中が内ポケットの中から財布を取り出すと一枚の写真を見せた。龍がこれをひったくるように取ると驚きの声をあげた。

「なんだ。可愛いやん」

大和田と青山も写真を奪いあうように眺めた。

「いるところにはいるんだよなあ。やっぱり一方面だからなあ、藤中は」

一方面というのは東京二十三区の中心、千代田、中央、港の三区を管轄する地域をいい、庁内の風評でも「優秀な警察官が集まる」と言われていた。

「ところで大和田、お前の彼女はどうした？」

「ああ、補になったら結婚するつもりでいたからな、そろそろ年貢の納め時かな」

二人の会話を聞いていた龍が言った。

「どうもワシは関西人やから、東京の女は合わんのや。大和田は福岡出身やったな。彼女は田舎繋がりか？」

「いや、野球部のマネージャーやってた子だ」

「そりゃ長い付き合いやな。青山、お前はまだだよな？」

「ああ。久しく女と付き合ってないな」

龍が笑って言った。

「まさか男趣味って訳じゃないやろな」

「ふざけるな。たまたまいい女に巡り会わないだけだ」

藤中は彼女がいない二人の会話を笑いながら聞いていたが、突然話題を変えた。

「ところで、今後の進む道は決めたのか？」

「俺は、一度、人事に行ってみたいな」

大和田が答えた。

「お前ならすぐに行けるやろ。藤中は刑事か？」

龍が尋ねた。

「そうだな。節子《せつこ》の親父がどうも、そうさせたいらしい」

「彼女は節子さんというのか？　それじゃあ決まったも同然だな。龍、お前は？」

「俺は、刑事は刑事でも捜二をやりたいわ」

「知能犯捜査か。お前らしいな。青山、お前は？」

「俺はハムだな」

龍が青山の肩を叩きながら言った。

「向いとるわ」

ハムは公安の「公」の文字を二つに分けた、公安を表す組織内の隠語である。

「管区入校はどうせ同じだろう？　そこで本当のコース分けってことだな」

警視庁警察官は巡査部長、警部補の各昇任試験に合格すると、原則として関東管区警察学校に入学する。ここで部門毎に振り分けられるのである。

「一年後にどうなっているかだな」

「藤中は即、本部かな」

「案外、察庁派遣なんてこともあるぜ」

「行きたくないよな」

しかし、一年後、四人全員が警察庁に二年間の派遣勤務となった。藤中と龍は刑事局、大和田は長官官房総務課、青山は警備局警備企画課兼内閣官房内閣情報調査室だった。

派遣勤務が終わると、藤中は捜査一課、龍は捜査二課、大和田は人事一課、青山は公安総務課勤務となった。それから二年後、警部試験も四人は一緒に合格していた。大和田は警部試験合格と同時に組織犯罪対策部に身分替えとなった。警視庁が優秀な捜査指揮官を組織で作ろうという狙いがその背景にあった。

歴代、警視庁公安部公安総務課長、略して公総課長は警察庁キャリアのポストであり、階級は警視長若《も》しくは警視正である。キャリアの中でも警備警察に関わる者であれば最も就きたいポストで、就任期間を考えると二年に一人しか就くことができない要職中の要職である。日本警察に唯一存在する公安部には、公安部長とその下の公安部参事官の二つのキャリアポストもあるが、公総課長はこの二人と同様に公安部全体を知ることができるポストだ。

公総課長直属の部下である警視の理事官、管理官だけでなく、その下の警部係長、警部補主任まで、直接事実関係を聴取できるのは公安総務課長をおいて他にない。「その気になれば……」日本国の情報を一手に入手できる立場である。

現在の公総課長の佐藤慎司《さとうしんじ》は、今回の福岡で発生した現職財務相殺害事件を対岸の火事とは考えていなかった。

如何《いか》に評判が悪い内閣の閣僚とはいえ、日本国の主要閣僚が公衆の面前で、しかも警視庁警護課のＳＰが側近に付き、周囲に六十名もの警察官を配置した中で殺害されたのだ。この時の様子を現場の会場の監視カメラやマスコミのあらゆる角度から撮られたカ

＊

メラ等の映像で検証してみると、殺害の実行行為の瞬間、被害者の財務相の動向を注目していた警察官は一人としていなかった。ただ単に警備上のミスというだけでは済まされない状況だった。

当然ながら、ＳＰを管轄するキャリアの警視庁警備部長とノンキャリの警護課長はこの責任をとって更迭されていた。どちらも警察組織にとっては至宝といわれていた逸材だっただけに、組織運営上大きな損失だった。福岡県警もそれなりに粛清の嵐が吹いた様子だったが、公総課長にとってそれはどうでもよかった。

福岡県警の捜査は全国的な話題になった。これを非難する論調は多くの紙誌であったが、松前政権に対する世論の非難に比べれば大した強さではなかった。

松前政権は政権交代を繰り返す日本国における民主主義確立の一過程の中で、一時的に権力を掌握してしまい、権力の亡者と成り果てたかつてのソーシャリスト（社会主義者）の残党が多く含まれていた。その代表格が官房長官の竹脇正晴だった。

松前総理は市民グループを標榜していた少数政党出身で、現与党である日本公正党の中では中堅グループのトップだったが、前与党日本民自党から分裂して出てきた主流派のトップが政治資金問題で一時身を引いていたため、総理の座を射止めた経緯があった。

日本公正党は、現在の最大野党の日本民自党から飛び出してきた旧進政党、旧新党改革日本、旧社会民主党、旧労働党など六つの政党が合併してできた政党である。松前は旧社会民主党、竹脇は旧労働党、梅沢は旧進政党の出身だった。梅沢はその主流派のナンバースリーの地位にあった健全な資本主義者であり、清廉な人格者だった。玉石混淆《ぎょくせきこんこう》の松前政権の中で最大の玉である梅沢を失ったことで、政府内は一気に流動化していった。

そんな世論の中、警察庁幹部は、現職財務大臣の暗殺事件被疑者がどこの誰かもわからない実態に、今後の捜査そのものへの危機感を感じていた。

佐藤公総課長は、起訴を知った直後に第七事件担当の青山係長を自室に呼んだ。

「青山君。今回の背景を探って欲しいんだが、君のところでできるかい？」

「察庁の警備課の話では、右翼ではなさそうだという話でしたが」

「そう。しかし、国選弁護士に対しても完黙を通しているという、よほど根性が据わった奴なんだよ。そんな犯人の人定さえ警察で把握できていないとなると、最終的にこの火の粉は、我々公安部に降りかかってくることを考えておかなければならない」

「確かにそれは私も考えておりますが、なにぶん、何の情報もないわけで、動きようがないのも事実です」

「指紋も前がないことが明らかになっているからね。しかし、何の前兆もない者がこんな犯罪を犯し、しかも完黙を貫くだろうか？　直接でなくとも、何らかの情報を知っている者がどこかにいると思うんだが」

「それは否定しません。被告人名が博多東署第三号ではシャレにもなりません」

青山は福岡県警の捜査にどこか足りない部分があるのではないかと考えていた。しかし、この捜査は県警刑事部の捜査第一課が仕切っており、県警警備部にはほとんど情報が入っていないことも警察大学同期生から聞いていた。

「しかし、県警はどうして被疑者の写真を公開しないのでしょうか？」

「被疑者の人権とやらなんだろう」

「それも変な話ですよね。僕だったらすぐにマスコミにリークしちゃいますけどね」

被疑者が不明な場合や逃走している場合には、似顔絵や手配写真を公開することができる。しかし、逮捕など身柄を拘束している場合には、その者の顔を公開することはできない。これが被疑者の権利というものなのである。従って、マスコミであっても、裁判所の様子を似顔絵に描いて公表するのが精一杯の情報公開となる。

被疑者がたとえ誰だかわからない場合であっても、それを調べるのが捜査機関の責務であって、これを公に求めることは、被疑者、被告人に認められた肖像権を侵害することになるからだ。

「刑事と公安の違いだな。それと、地方と東京の差もあるしな」

「察庁内の空気はどうなんですか？　やはり写真公開を渋っているんですか？」

「それは、現内閣と霞ヶ関の関係が大きいのだろう。亡くなった梅沢さんはあの内閣では唯一という人格者だった。総理、官房長官、法相、国家公安委員長の四人が左翼上がりの政権だからな。検察も警察も積極的にはやりたくないのが本音だろう。これが官房長官、国家公安委員長の二人のうちのどちらかが被害者だったら、捜査本部では献杯ではなく、乾杯をして寝てしまっただろう」

政党の離合集散と政権交代が繰り返される民主主義の過渡期をようやく迎えた日本国の中で、現在の松前政権は理想の政策を追いかけながら現実に潰されていく愚を繰り返していた。政治的レベルが決して高いとは言えない日本国民でさえ、ようやく幻想を追いかけるのを止めようとするきっかけを与えた政権という意味で歴史に残る政権かもしれなかった。

そのような情勢の中で官房長官は予算委員会での答弁の際、自衛隊を「暴力装置」と口にしてしまった。これを勉強不足のマスコミは決して大きく取り上げはしなかったが、自衛隊、警察はこの発言を許さなかった。「暴力装置」とは革命家の敵である権力者の用心棒を意味し、実体的には軍隊と警察を示すからである。この一言で現政権は警察を完全に敵に回していた。口にこそ出さないが、警視総監から交番の巡査まで心の底では「こんな政権など守る必要はない」と思っていた。

「テロの相手が竹脇官房長官だったらなあ、逃がしてやったのに……」

「暴力装置」発言を決して許さない警察組織内では冗談ではなく、平然と語られていた。おまけに、唯一の救いだった梅沢財務相が亡くなってしまったのだ。弔い合戦をしようという意識の希薄化は早かった。

青山はデスクに戻ると思い出したように公安部でも最古参の須崎《すざき》警部補を訪ねた。そこは事件指導班という、警視庁百六警察署の公安係に事件や各種作業を指導するセクションだった。

彼はあと三年で定年を迎える警部補だったが、公安部の中でも数少ない生き字引のような存在で、所轄を経験したのは巡査と巡査部長の数年だけ。以降三十数年来は公安総務課から出ていない特殊な人物だった。おそらく来年には警部に昇任するだろうが転勤はしない、警察官拝命以来三つの所属しか経験していない男だった。

「キャップ。ちょっとご相談が」

「おお、青山係長。珍しいね、このシマに来るのは」

青山のデスクでは所轄を巻き込んだ捜査を行うことはない。常に本部内で特命捜査を行うのが常だったからだ。それでも、時には捜査手法に関して事件指導班の意見を聞くことがあった。

「実は今、課長に呼ばれましてね。福岡の件なんですが……」

「梅沢事件ですか？」

「そう。そのバックグラウンドを探れというんですよ」

「なるほど。課長は先を読んでるな。流石《さすが》だな。まあ、何と言っても今の公安部長の指導巡査は俺だからな。彼が大抜擢した課長も大したもんだ」

警察庁採用のキャリア警察官は国家公務員上級職（現国家一種）試験に合格して、警察大学校を卒業後、警部補として最初に全国の主要警察署で見習いの研修を行う。現公安部長が見習いをしたのが警視庁上野警察署で、この時の指導担当巡査だったのが、この警部補だった。

「よく存じています。キャップのご指導がよかったのでしょう。いい部長ですよ。課長もですけど」

「そうだな。課長は管理官クラスには怖れられているようだが、それくらいでなくちゃな。しかし、係長も直接課長に呼ばれるようになったのなら、評価されてるという訳だ。管理職も受かってるから、課長がいるうちに、管理官で戻って来るんじゃないの。なにしろ、あの課長は三年次飛ばして来ているからな。『自分で長期政権を作って大改造する』と豪語しているくらいだ。ところで、福岡のバックグラウンドは何かヒントでもあるの？」

「それが全く……ゼロからのスタートなんですよ。なにぶん、名前も判らない『博多東三号』ですからね」

これを聞いた最古参主任は「ふーん」と言うと視線を天井に向け、何か考えるような仕草を見せると、思わぬ話をした。

「うーん。十年くらい前にうちらがやった『蒲田一号』みたいなもんだ」

「何ですか？　その『蒲田一号』というのは」

「何だ。知らないのか？　青山係長が知らないんじゃ仕方ないな。まあ、うちらもあまり広報していなかったからな。十年ちょっと前かな？　蒲田署で公安の私服警察官が公妨（公務執行妨害罪）にあってね。現逮したんだが、こいつが完黙でさ。結局『蒲田一号』で起訴され、結審したんだ」

「へー、そんなことがあったんですか？　そいつはどうなったんですか？」

「七年位前に刑期満期で出獄して、二、三年の間は公総の八担と外二が行確（行動確認）していたけど、結局、飛ばれたという話だったな」

「飛ばれた？」

青山は初めて耳にした事件ではあったが、当時の公安部がどのような捜査を行っていたのか興味を持った。完全黙秘を貫いたという、今回と同様の案件に対して今後の捜査に利用できそうな手法を研究することは、青山の仕事に於ける楽しみの一つでもあったからだ。

「四課に行けば資料が残ってるんじゃない？　気になるの？」

「はい。公安の私服警察官が公妨を受けるというのが、何か変ですよね。それに完黙というのも」

「そう。ある集会を視察してた時だったらしいんだが、その集会の参加者なのか、ただの通りがかりだったのかもわからなかったらしい。やられた奴はその後、交番に出されて、東国原だな」

「そのまんまハムには戻れず……というわけですか」

四課は公安第四課を意味し、警視庁だけでなく全国の公安情報の集積地でもある。

「わかりました。ありがとうございます。四課に行ってみます」

四課の庶務担当係長に電話を入れ、「蒲田一号」のデータ閲覧の申し入れを行った青山は、階段を上って四課のある十五階に向かった。庶務で身分確認を終え、庶務係長の中村《なかむら》警部に挨拶に行くと、

「青ちゃん久しぶりだね」

と、嬉しそうに出迎えてくれた。彼は警部補時代に公安総務課の事件担当班で苦楽を共にした仲だった。青山より十歳以上年上だったが、青山を弟のように可愛がってくれていた。

「文《ぶん》さん。お久しぶりです」

「相変わらず、いい仕事やってるみたいだねえ。時々会議で名前が挙がるので嬉しく聞いているよ」

「ありがとうございます。係員に恵まれて楽させてもらってますよ」

「何言ってる。いつもデスクにいない係長っていう評判だよ。青山テクニックを部下に指導してやってよ。ところで珍しいものを見に来るじゃない。『蒲田一号』なんて、八担が落としたヤマだろ？」

公安警察で「落とした」という表現は、主に追尾ができなくなった情況をいう。

「そうらしいですね。実は、先ほどその存在を聞いたばかりで、ちょっと興味をもったんですよ」

「ふーん。俺も詳しいことはよく知らないんだけどね。担当者に連絡したら、奴も索引を引いて知ったらしいよ。まあ、中に入ってゆっくり見てきてよ。青ちゃんなら、必要なところはコピーしてもいいから、俺に言って」

「ありがとうございます」

青山は兄貴分の庶務担係長に頭を下げてＩＣカードを受け取ると、庶務席の右奥にある四課の資料室にＩＣカードと指紋認証を行って入った。資料室といってもここだけで百人近くの係員が資料の整理と分析を行っている。この部屋には公安部員以外の入室はできない。所轄の公安係員でさえ同様である。

資料室の極左担当主任警部補が公安講習の同期だった。彼は目ざとく青山の姿を認めると手を挙げて声をかけた。

「おう、青ちゃん。珍しいね」

「どうもご無沙汰。特殊班のデスクはどこだっけ？」

「特殊班？　一番奥の右側のシマだけど、公総のエリート係長が何事？」

「いや、まだ海のものとも山のものともわからなくて。一応、過去の資料を見ておこうと思ってね」

「そうか。現場はいいよな。俺も早く現場に戻りたいよ。外の空気を吸いたいね」

青山は手を挙げて相づちを打ち、同期生が指さした方を眺めると、担当警部補が立ち上がって青山に頭を下げているのがわかった。

「どうも申し訳ありません。公総の青山です」

「庶務担から話は聞いております。ちょっと資料が膨大なものですから、こちらの閲覧室を用意しておきました」

「最近、この資料の閲覧申し込みはありましたか？」

「いえ、この五年間はありませんね」

「そうですか。では、部屋を使わせていただきます」

青山は指定された第二閲覧室に入った。中には一台のコンピューターと、その横に厚さ十センチメートルほどの捜査資料簿冊が十数冊積み重ねてあった。

青山はパソコンを開き、自分の職員番号と認識番号、さらに指紋認証でデータシステムにつないだ。検索目次に「蒲田一号」と打ち込むと事案概要が表示された。

被疑者は平成一〇年九月二三日午後二時四三分ころ、東京都大田区六郷所在の通称多摩川六郷河川敷において開催されていた極左ブント系集会を視察中の警視庁蒲田警察署警備課警察官Xに対して、Xが公務に従事する警察官であることを認識しながら「犬」と一言告げるやXの顔面を一発殴打し、同人に全治一週間の負傷を負わせる傷害を与え、もって同人の公務の執行を妨害したものである。

捜査記録を見ると、この「蒲田一号」が当日デモと集会を行っていた左翼グループのブント系集会の参加者であったかどうかは明らかになっていない。また当時現場に応援派遣されていた警視庁機動隊員が、被疑者を制圧し、現行犯逮捕した際にも、セクトの連中がこれを奪還しようとした事実も認められていなかった。現場では逮捕にも素直に応じている。しかし、その後は完全黙秘を公判終了まで続け、黙秘は国選弁護士にさえ同様だったとなっている。

東京地裁は被告人に対して満期刑の懲役三年を言い渡し、平成十三年九月二十一日に栃木県の刑務所を出所している。入所中にも文書の受発はなく、最後まで氏名等は称さなかったという。出所時から警視庁公安部公安総務課第八担当が視察を開始している。

蒲田一号は懲役刑で得た現金約三十万円を持って在来線で東京に戻ると、その足で台東区の山谷にある簡易宿泊施設に入った。そこで一ヵ月間、日雇いの仕事をしていたが、仕事仲間とほとんど会話らしい会話をしていない。ただ、二度ほど公衆電話から架電しているが、相手方の特定に至っていない。

一ヵ月後、浅草にある北朝鮮系のパチンコ屋に住み込みで働くようになった。この時使った名前は「北大路《きたおおじ》隆仁《たかひと》」で全くの偽名であるが、この名前で一年間働いている。

その一年後には突如、韓国に出国。パスポートをいずれで取得したのか明らかでなかったが、出入国カードでは韓国籍のパスポートを使用していた。一ヵ月後に同人が帰国した際には美容整形手術を行っており、法務省入国管理局からの通報で急行した担当者は顔のあまりの変わりように驚いている。当時の写真を見比べると、視察担当者の驚いたのもうなずける変化だった。とはいえ、蒲田一号が帰国時に使用したパスポートは真正なものであったため、入管としてはこの男の身柄を拘束する法的手段がなかった。

公安部は蒲田一号が使用した韓国籍パスポートの人物について大韓民国大使館に対して照会を行った結果、大阪府に居住していた在日三世である旨の回答を得たが、本人の外国人登録証が現在どこの地方自治体で登録されているかは明らかでなかった。また、北朝鮮のエージェントを疑ったが、韓国大使館がこれを否定していた。

その後一年間、公安総務課と、半島情勢を担当する公安部外事第二課が蒲田一号の共同視察を続けたが、強制捜査ができるような犯罪を行うことはなかった。さらに、蒲田一号は韓国人として新宿区大久保にある北朝鮮系パチンコ屋に就職した。入社一年後ホール主任から店長代理に昇格した蒲田一号は再び韓国に出国し、その後帰国の報は届かなかった。パチンコ屋の社長も突然の失踪に驚いていたが、蒲田一号が使用していた住み込み部屋は綺麗に掃除され、何一つ生活用品が残されていなかった。

公安部はその部屋を任意で捜索し、そこから収集された残留指紋の中には蒲田一号の指紋が全く残っていなかった。蒲田一号がパチンコ店の休憩所で使用していた、個人用のマグカップからも蒲田一号の指紋は発見できず、住み込み部屋に残されていたのと同じ指紋だけが残されていた。また、同人の住み込み部屋から数本の毛髪を収集していた。

「指紋も変えたのか……」

青山はこの記録を見て、ふと背筋が寒くなった。この男は何のために余計な犯罪を引き起こして逮捕されたのか？　そしてこの男は何者だったのか？　当時推定年齢は三十歳前後。現在なら四十歳前後ということになる。

青山は必要なデータをメモし、蒲田一号の指紋番号と残留指紋の指紋番号を確認して十四階に戻った。デスクに戻ると青山のデスクには上司の大塚《おおつか》管理官が座っていた。

「管理官、如何なさいました？」

「おお、青ちゃん。待ってたんだよ。ちょっと来て」

大塚管理官は若く優秀ではあったが実務に疎かった。彼が警部で事件担当係長に就いていた時に、部下の巡査部長が作成した被疑者調書を確認して、この調書に直接赤ペンを入れてしまった。このため、この手書きの被疑者調書は全く使い物にならなくなってしまった。その場で巡査部長から「てめえこの野郎！」と猛反発を受けて、結果的に事件担当係長を降ろされたことがあった。それ以来、彼は公安部の中で「赤ペン先生」と揶揄され続けたが、管理能力は優れているということで、一部の上司からは評判がよく、今回も管理官として公総に戻ってきていた。

自席横の応接セットに青山を座らせた。管理官クラスになって初めて自分用の応接セットが用意される。管理官は落ち着かない様子で語り始めた。

「青ちゃん、課長から何か下命を受けた？」

「福岡の件ですか？」

「そう。そのこと。どうして一言僕に伝えてくれなかったの？」

「まだ一時間も経たないくらいの話ですよ。おまけに管理官は席を外していたじゃないですか」

「あ、そう。ちょっと前のことなの？」

「はい。ただ、なんの情報もない話ですからね。今、四課に行って資料を見てきたところですよ。何かあったんですか？」

管理官は額に溢れる汗をしきりに拭きながら、

「実は今、部長に呼ばれて、公安部が頭になった総監特命の秘匿捜査を打診されたんだよ」

「福岡の件ですか？」

「そう。どうやら警備局長が部長に打診したみたいだな。局長は総監の直系だからね。そうなるとこれは総監のご意志だと思っていい」

「というと、現場の実態把握の不徹底が問題となっているわけですか？」

「うちらだけの問題じゃないんだろうけど、現職の財務大臣が刺殺されて、その犯人がどこの誰ともわからないんじゃ、警察の面目が立たないということだろう」

「それはそうでしょうね。しかし、行政官のキャリアの皆さんと執行官のノンキャリの我々とでは、今回の事件について危機感の度合いが違いますからね。キャリアの皆さんは我々が仕事をしづらいようにどんどん制度を変えて行く。自分たちが管理しやすいようにですけどね。確かに個人情報の問題など、国家的な問題もありますけど、それでも彼ら独自の『思いつき』ってやつで改悪をやってしまいますからね」

「青山係長がそんなことを言ったら、部下は誰も動かなくなるよ」

管理官はキャリアの世界にノンキャリが首を突っ込むことを良しとしない主義だった。

「住む世界が違う殿上人」これが管理官のキャリア観だった。その点、青山は公総課長とも平気で話ができる、組織内では特殊な立場にあった。キャリアの中には青山のような怖いもの知らずの突撃隊長を好む人種も結構いるのだった。一方でそう思わない者も多いので、その性格を見抜くのもノンキャリのリーダーとなる資質の一つでもあった。

「それで、管理官はどうされるつもりなんですか?」

「部長命とあらばやらなきゃならないんだが、僕はあまり部外に友人がいなくてね」

公安部内にも大して人脈がないのだが、そこまで言うのはさすがの青山も憚《はばか》られた。

「人事あたりにはお仲間が多いんじゃないですか?」

「いや、あの連中は自分のことしか考えていないからな。それに現場を知らない連中が間に入ると仕事がやりにくいだろう」

青山は思わず吹き出しそうになったが、なんとか押さえることができた。

「それじゃあ、どうするおつもりですか?」

「だから、青山係長に相談してるんじゃないか」

青山は呆れてものが言えなかった。こいつをこのセクションに寄こした幹部の顔が見たいと思った。

「公安部が頭と言っても、管理官が頭になるわけですか?」

「それが部長のご意志だと思う」

「そうなると、刑事部は捜一の管理官も入るわけですね」

「船頭が二人じゃ巧くないだろう。向こうは係長クラスでいいんじゃないか？」

警視庁本部の各部は、一般的に部長（警視監）を筆頭として、参事官（警視長）、課長（警視正）、理事官（警視）、管理官（警視）、係長（警部）という序列になっている。その中でも警視階級は、管理官から所轄の副署長を経験して、その中でも専門分野に優れた者が理事官として本部に戻ってくるのだ。理事官はよほどの事故がない限り、一年半後には警察署長として栄転する立場である。

「管理官、これは警視庁内部の問題じゃありませんよ。頭を張るなら最低でも理事官クラスで、管理官は現場責任者という立場の方がやりやすくありませんか？　予算的な問題もありますし、捜一にしても警部が代表では人員を出しませんよ。本当ならもっと上の参事官が頭でもいいくらいの事案じゃないんですか？」

「それじゃあ、うちの河野《こうの》理事官を頭にするとでもいうのかい？」

「公総には理事官は二人しかいませんし、太田《おおた》理事官は管理担当ですから自動的にそうなるかと思いますが」

「ダメだダメだ。河野さんは指揮能力がない」

「管理官、部内でも公一や外事からの招集は考えていないんですか？」

管理官は怪訝な顔をして尋ねた。

「どうしてそこで公一や外事が出てくるんだい？　公三ならまだわからんでもないが」

「まず、被告人のバックグラウンドを探ることが大事なんじゃないですか？　もし、奴が右翼なら何らかの情報が入ってきてもいいはずです。しかし、それが全くない。しかも完全黙秘となると、今の右翼なんかよりももっと厳しいトレーニングを受けてきた者かも知れないじゃないですか。宗教団体が関わっているかも知れないし……」

「すると青山係長は公総と捜一だけじゃだめだというのかい？　これまで係長のチームだけで幾つもの事件を挙げてきたじゃないか」

「それは捜査端緒の情報を我々自らが取ってきたからですよ。今回は他県の事件で、しかも警備局はほとんどかかわっていない。おまけに既に起訴されてしまった事件ですよ。そんな事件に刑事部が本気で乗ってくると思いますか？　被疑者を捕まえる訳でもない、公安捜査のお手伝いを本気で彼らがやると思いますか？」

青山の口調がきつくなった。管理官の顔色も変わってきている。

「青山係長。これは総監命なんだぞ」

「それなら総監ご自身が指揮をすればいい。階級で捜査ができるのなら、みんな警視総監にしてやればいいじゃないですか。部長が総監の意を汲んだというのならば、総務課長クラスで横の連絡を取ってしかるべきでしょう。部長は管理官に何らかの腹案を用意するようにという感覚だったんじゃないですか？」

一触即発の空気が流れた。室内で執務を行っている係員の視線がこちらに集中しているのがよくわかった。「青山が管理官に教え諭している」という空気を末端の巡査長までが理解しているのだが、残念なことに管理官がそれを理解できないでいる。

「わかった。係長には頼まん。指示を出すまで自席で待機していてくれ」

「管理官。申し訳ないですが僕にはそんな暇はありません。課長から下命を受けておりますので、御用がおありでしたら携帯にご連絡下さい」

青山はそう言うと自分のデスクに戻り、自分のシマの係員一五人に声を掛けて部屋を出て行った。背後で管理官が「青山係長！」と叫んだが、それを全く無視して青山は部下を連れて部屋を出て、同じ階にある会議室に入った。

「いや、悪い悪い。あそこまで言うつもりはなかったんだが、今回の仕事はあまりに漠然とし過ぎていてね。まあ、管理官の頭が冷えるまでに二、三日はかかるだろうから、それまでの間、ちょっと調べ物をしてみたいんだ」

「係長。何か気になることでもあるんですか？」

直属の主任警部補である長谷川《はせがわ》が口を開いた。長谷川は青山より十歳年上だったが、青山の公安センスを十分に理解していた。

「うん、気になると言えば気になる。はっきり言ってまだ海千山千だ。ただ、気になる点だけは潰しておきたい。ここに通称『蒲田一号』という奴のデータがある。これを至急洗い出したい」

「蒲田一号ですか？　何モンですか？」

青山が概要を話すと、一同の目が輝いた。

「しかし、係長はよくそんな存在をご存じですね」

「いや。僕も小一時間前に指導班の班長から聞いたばかりだ」

青山は五人一組の班を三個班編成し、それぞれに捜査事項を指示した。捜査は無駄足九割の仕事だ。しかし、これを地道に一つ一つ潰していくことによって半歩前に進むことができる。

＊

係員が会議室を出ていったのを確認して、青山は六階の捜査第一課に足を運んだ。捜一の事件指導第二係長、藤中克範に会うためだった。事件指導第二係長は、警視庁百六警察署が扱う強行犯事件のうち、特別捜査本部、共同捜査本部を全て管理している。

「この殺人事件には〇〇警部補を筆頭に何人送り込む」という判断を全て行うポジショ

ンであり、捜査員の能力を把握していなければできない重要ポストだった。

「おう藤中」

「よう青山。珍しいな」

どこに行っても珍しがられる自分を青山は自戒しながらも、笑顔をみせて言った。

「ちょっと教えてくれ」

「どうした？」

「実は福岡の事件のことなんだが」

「梅沢事件か？」

「そうだ」

「やっぱり公安が介入するのか？」

「なんだ、その『やっぱり』というのは」

藤中は笑いながら答えた。

「日頃から、やれ実態把握だの、天下国家を論じている警備公安が、目の前でマル対をやられて、じっとしている訳はないだろう。刑事部内でも話題になってる。まあ、警備部や公安部を責めてるわけじゃないけどな。ただ、あの時のSPは同期だろう？」

「そうだったのか？　浮かばれんな」

「ああ。SPはもうおしまいだな。それで、何を知りたいんだ」

「鑑識の指紋担当の優秀な奴と、科警研の指紋とDNA担当を紹介して貰いたい」

鑑識課は刑事部に所属している。公安、生活安全、組織暴力と全ての部内で発生する事件の現場鑑識に際しても、形式的には刑事部長を通して鑑識課の出動を仰ぐのだ。歴代の捜査第一課長の多くは鑑識課長を経験している。鑑識こそ捜査の根幹をなすと言っても決して過言ではない。そしてその鑑識技術の進歩はめざましい。科学技術の進歩とコンピューターの汎用がこれを支えているのだ。指紋一つ取っても今は電子認証である。以前なら指に特殊インキを付けて、紙の上に指紋を潰さない程度に、強く押さえつけないように、指をゆっくり回して指紋を採取したものだが、今はガラス板の上に手を載せてコピーやスキャナーを使うようにボタンを押すだけだ。それで直ちにコンピューターを通して保存し、あるいは過去の指紋と照合してしまう。その時間五分とかからない。

「鑑識か。すると、何かブツがあるのか？」

「本件とは関係ない可能性が高いんだが、ちょっと気になるところがある」

「ほう？　お前がそう言うのなら俺も気になるな。ホシはどこのヤマだ？」

「それが十年以上も前のヤマだよ」

藤中は「ふーん」と言いながら袖机の引き出しを開け、中から刑事部内情報が詰まったバインダーを取りだした。

「指紋はここだな。警部補で木村《きむら》というのがいる。奴が今の鑑識の中ではトップだな。

科警研は所長が俺が察庁にいた時の上司だから電話してやろう。ところで、それは秘匿事項か？」

「秘匿も何も、海のものとも山のものともわからない状態のものだ。かつて公妨の被疑者で結審まで完黙を通して『蒲田一号』で判決を受けた奴がいる、それも服役後に指紋を変えた形跡がある」

「指紋を変えたか……半島か？」

「そうだ。何か知ってるのか？」

「昔、俺が扱った奴でそういう奴がいた。韓国の裏整形では指紋を変えてくれるところがある。しかし、指紋は変えられても掌紋まで全ては変えられなかった。掌紋の半分が一致したのが決め手となったよ。それと歯医者だな」

「掌紋か……考えてもいなかった。歯医者もな」

「まあ、ホシの扱いは圧倒的に俺の方が多いだろう。何せ振り出しが新宿で、そのあと麻布と築地と池袋だからな」

「歌舞伎町、六本木、銀座、池袋か。まさに強行犯の集積地だな。その掌紋野郎はどこのホシだった？」

「六本木のヤクザもん絡みだった。ちょうどバブルが弾けた後のヤクザが内部抗争を始めた時期だったな。四課の奴らも把握していなかった組織を捜一がぶっ潰した」

「お前は補から捜一だよな」

「ああ。察庁派遣の時から捜一の殺しだ」

藤中は筑波大学のラグビー部出身だ。藤中の太股の太さは青山の倍近くあった。警察学校入校時は体重百キロを超えていたにもかかわらず、体力検定テストでは抜群の一級で、百メートル走は十三秒台前半、千五百走も五分台で入った。また警察の専科の一つである柔道の授業では講道館三段の経験者を軽くぶん投げていた。警察柔道は重量別ではないため、身体の小さな者は苦しい。

藤中も青山同様、巡査部長、警部補の昇任試験をそれぞれ一発で合格していたため、巡査、巡査部長時代に刑事などの専務警察を経験する暇がなかった。成績優秀者ならではの事情なのだが、センスさえあれば捜査経験などすぐに身に付くのも彼らの特徴だった。そんな藤中が捜査実務能力を身に付け、捜査現場でズカズカ歩く姿は絵になるだろうと青山は思いながら藤中の話を聞いていた。

「捜一の総合力を発揮すれば、それくらいのこともやってしまうんだろうな」

「何と言っても数が違う。科学捜査でも公安にも負けない自負がある」

「そうだろうな。それに鑑識は実質的に捜一の指揮下にあるようなものだからな。僕は本当は鑑識を総務部に置くべきだと思っているが、なかなか難しい。それに、捜一はハイテクも自前の部隊を持っているからな」

「よく知ってるな。あの部隊は隠れた捜一の宝なんだがな」

「だろうな。僕も二代前の捜一課長から引き抜かれそうになった事件があって、その時、技官から身分替えした管理官を紹介してもらったんだ」

「寺田《てらだ》課長の時だな。その時、お前の話は俺も聞いてた。課長が『公安にもすぐれものがいるぞ』と言ってたよ。ところで、今回の福岡の案件なんだが、実はうちの課長も興味を持っているらしい。何でも刑事局長がちょこちょこ相談しているようだからな。うちの課長は局長が見習い時の指導巡査だったらしい」

「そりゃ強力コンビだな。しかし、刑事部じゃ介入できないだろう。発生地が全く違うからな」

「そう。しかし、刑事警察の面子もかかっている事案だ。このまま十五年そこそこで偽名のまま娑婆に出してしまうことは刑事の沽券にかかわる。青山、お前のところはどういう理由でこの事件に介入しているんだ」

　刑事警察と公安警察の大きな違いは二つある。一つは事件発生管轄主義が刑事の基本であるのに対して、公安には「全国一体の原則」というものがある。これは全国の警備情報を警察庁が一括管理し、都道府県の垣根を越えた捜査をどこでも行う代わりに、これによって得た情報は警察庁を通じて発生都道府県に還元されるシステムである。このため、都道府県警察は相互に競い合いながらもシマ意識がなく、情報を共有する特色があった。

一方、刑事は事件が発生しない限り動くことができないが、公安は事件を未然に防ぐことこそ本業で、公安事件が起きてしまった時点で公安警察の敗北を意味する。今回はテロ事件ではあるが、事件の背景に反国家組織や「一人一党」というような右翼思想が確認できなかったことで単なる殺人事件として捉えられたため、公安としては助かった面があった。しかし、そういう犯人を予め把握することができなかったことは、公安として決して言い逃れはできない。

「おそらく総監もしくは警察庁幹部の忸怩《じくじ》たる思いを何とか晴らしたいというところなんだろう」

「だろうな。そうなると、都道府県なんて言ってられない。結局は警視庁が介入しなければならないという訳だ。ＳＰの汚名も晴らしてやらないと可哀想だからな」

「確かに。今更、県警の警備を責めても仕方ないが、どうしてもそこで話が終わってしまうからな。刑事部は組対にも話を持ちかけると思う。当然、刑事部長と公安部長は同期だから一大プロジェクトが動き出すことになるだろうな」

藤中の読みは鋭い。捜一の筆頭係長でありながら刑事部、警視庁全体を見渡す習慣を警察庁出向時に身につけていた。

「しかし、そうなると船頭が誰になるかだな」

「副総監じゃないのかな」

「その手があったか」

藤中のスケールの大きさは青山を唸らせた。青山の上司の管理官に聞かせてやりたい位の発想だった。

「それより青山、鑑識課の件だが、すぐにでも行ってみるか？」

「ああ。たのむ。プロジェクトに組み込まれる前に気になることだけはやっておきたいからな」

藤中が鑑識課の係長に根回しをしてくれたおかげで、調査はスムーズに進んだ。

鑑識課の木村警部補は、「蒲田一号」の逮捕時の指紋データを、指紋専用コンピューターを使って警察庁犯罪システムサーバから取り出すと、これを一旦保留して、出所後に採取した「蒲田一号」の指紋データが記録された警視庁公安部の資料データにアクセスした。この作業をできるのは警視庁広しといえども、この木村警部補しかいなかった。指紋に関する全てのデータへのアクセス権限を持っているのは鑑識課長と彼だけだからだ。

「一致点を探してみます」

二つの指紋を等倍に拡大して照合を行う。赤いポインターが指紋の中を縦横に動いた。

「うーん。全指、第二関節までは一致点が一五％ですね。科学的に同一とは認定できませんが、一五％というのが微妙ですね。掌紋をみてみましょう」

今度は左右の手のひら部分、つまり掌部が大きく映し出される。今度もまた赤いポインターが動いた。

「おおっ。右手の下掌部に一致点がありますね」

木村警部補が興奮気味に言った。

「全体のパーセントでいえば三五％ですが、下掌部がここまで一致すると、極めて同一に近いと判断してもいいのではないかと思います」

「なるほど。ありがとう。ところで、これは証拠として採用されるのかな」

「そうですね。公安部さんが収集手続きを適正にされていたことが立証されれば、問題ないと思います。ただ、昔の公安部さんは違法収集証拠があまりに多くて、当時の鑑識課の先輩方は『苦労の甲斐がない』とよくおっしゃってましたよ」

「だろうね。地検の公判検事から未だに『デュープロセス（適正手続きを踏んでいる）でしょうね』と言われるよ」

「まあ、そこが公安部の面白いところでもあるんでしょうが、鑑識結果は嘘を言いませんから、あとは手続きだけなんですよ。すいません。係長に釈迦に説法をするようなことを申しました」

青山は笑顔でこれを聞いていた。被疑者調書に朱を入れるような幹部がいる公安部は刑事部から「捜査ができない」と言われ続けていた。確かに殺人事件のような証拠を固め、科学的分析や実行行為に関する犯人の故意を固める捜査は公安部の捜査員は慣れていない。しかし、敵対組織を一網打尽にする周到かつ綿密な手法は、どこにも負けない自信があった。それぞれの特徴を生かせばいいのに……つくづく青山は思った。

青山は自席に戻ると人事第二課の人事担当係長に電話を入れた。蒲田一号が出所した後に行動確認を行った当時の公安総務課係員三人の現所属を確認するためだった。

「竹中《たけなか》。青山だけど」

「おう、どうした」

「三人の現所属を知りたいんだけど、氏名と八年前の所属しかわからない」

「同姓同名もいるが、まあわかるだろう。言って」

青山は公四資料を見てメモした当時の捜査員の名前を言った。竹中係長はデスク上のパソコンのキーボードを軽快に叩きながらすぐに答えを出した。一人は既に定年退職していたが、二人は所轄の課長代理になっていた。課長代理は警部であるため詳細は人事第一課に確認した。公安で警部試験に合格して昇任していれば、だいたいは所轄の警備課公安代理になっているはずだったが、二人とも地域代理で、しかも代理として二所属目だった。それぞれ年齢が五十代前半であることから、本部に戻ってくるのは困難な世代に入っていた。

警察電話帳でデスク番号を調べ、直接電話確認したところ、一人は四部制の交代勤務のため当日は非番勤務だったが、もう一人は在席していた。

――恐れ入ります。私、公安総務課事件担当班の青山と申します。じつは、代理が公安部在籍中に捜査された『蒲田一号』についてお話をお伺いしたいと思いましてご連絡いたしました。

――ほう。懐かしい話だね。先輩は総務課の何担？

――はい。七担です。

――じゃあ、新しいセクションだね。管理官は誰？

――はい。大塚です。

――大塚？　あの赤ペン野郎の大塚？

――そのとおりです。

――いやー、そりゃ苦労するね。ところで先輩は、係長？

――はい。三年目です。

――なるほど。じゃあもう卒業間近だね。

――はい。来春かな……と思ってます。

知らぬ相手に対して「先輩」と呼ぶのは年配者に多く見られる。

――そりゃ立派だ。さてと、蒲田一号についてだったな。あいつは朝鮮人でも、キョッポでもないよ。間違いなく日本人だ。

――それには何か理由があるのですか？

――ああ。あいつは必ず神社に行くんだ。それも、二拝二拍手一拝をきちんとやる。右翼という訳じゃないけどね。それから、飯を喰うときに手を合わせて「いただきます」とやる。向こうの連中は絶対にやらない。それと奴は自分が行確されているとは全く気付いていないはずだったが、毎月一日に必ず誰かに電話していた。そしてそれから数日のうちに郵便局の奴の貯金口座に金が振り込まれる。振込人は特定できなかった。なぜなら、台湾の銀行から為替で送ってくるんだ。

――台湾ですか……。

――調べようがなかったな。

――なるほど。すると協力者が確実に存在しているわけですね。

――そうだ。奴が消息を絶った時の貯金口座には五百五十万円もの残高があった。それを全て現金化して奴はソウルに飛び立った。それ以降、消息はわからない。

何とも不思議な事件だった。公務執行妨害罪の現行犯人がどこの誰ともわからないまま実刑を受け、刑期満了の拘束を受けながらも、その後忽然と姿を消している。そして背後に何らかの団体がおりながらそれを解明できないうちに、自分の指紋まで消して、外国人になりすまそうとしている。特に大した仕事もしたわけではないにもかかわらず、五百万円もの隠し資産を持っていたのだ。

――奴の何か身体的特徴とか、特徴的な個癖とか、それから、交流可能性のある人物はいませんか？

――うーん。奴の視察データはビデオ、写真で残してあるはずだが、そうだな、身体的といっても……歯並びが悪かったが、これは矯正できるからな。個癖は、そうだ、右手の肘の裏側というのかな、そこをボリボリ掻く癖があるな。奴のその部分には子供のころにできたと思われる傷があって、そこがすぐ痒くなるらしい。交流の可能性がある奴はわからんなあ。パチンコ屋の住み込み寮時代の仲間ぐらいかな。約一年間入っていたからな。

――ありがとうございました。近々、改めてお邪魔させていただきます。

――ああ。俺も思い出しておくよ。

電話を切った青山は福岡の「博多東署第三号」の指紋を確認してみたくなった。指紋照合は違ったとしていても、掌紋で過去のデータと一致する可能性もある。すでに掌紋照合がされている可能性もあったが、詳細に照合しているかどうか疑問もあった。

捜一の藤中をとおして科警研に確認をとった結果、福岡の「博多東署第三号」に関して詳細な掌紋照合の要請はなされていないことが明らかになった。

第二章　本格捜査

警察庁の担当者によると福岡県警の刑事部は既に捜査は終結しているとの判断で、捜査本部は閉鎖されており、博多東署第三号のデータは警察庁に届いているという報告だった。但し、県警の警備部公安第一課内には未だに追跡対策室が置かれており、福岡空港国際、国内線のターミナル、博多駅、西鉄福岡天神駅、市営地下鉄、博多港旅客埠頭の防犯カメラを徹底的にチェックしているということだった。

防犯カメラの活用は警視庁の十八番であり、特に公安部が所有する画像照合技術は、満員の東京ドームのスタンドから、一人の人物を発見するのに三十秒もかからないシステムを持っていた。

「福岡県警はこのシステムを持っていないだろう。悪くても、現在照合している防犯カメラデータを保存していてくれればいいのだが……」

青山がこの危惧を警察庁警備局警備企画課の情報分析担当である、通称「チヨダ」に連絡すると、すぐにその措置を取るようにチヨダの理事官から指示が出された。チヨダの理事官。警察庁警備局警備企画課に二人いる理事官のうち、裏理事官とも呼ばれる存在で、国内外の公安情報は全て彼の下に集約され、分析管理されることになっている。このポジションは当然ながらキャリアの警視正で、現在の理事官は現場のノンキャリ捜査官からも評判がよかった。

青山は任務の特殊性から、チヨダの理事官とサシで話ができる職務環境にあった。

——先生。九五（キュウジュウゴ）の青山です。校長はご在席でしょうか？

——今、局長室に呼ばれていますが、あと三十分くらいで戻ってきますよ。青さん、先週いらっしゃらなかったので、キャップも心配していましたよ。遊びに来て下さい。

チヨダの理事官は通称「校長」と呼ばれている。校長には地方警察から出向している警部クラスの秘書役がおり、彼は「先生」と呼ばれている。九五は警視庁公安部公安総務課のコードネームである。先生は校長を「キャップ」と呼んでいるのだ。

——ありがとうございます。福岡の例の件でちょっとご相談がありまして、お時間をいただけないかと思いましてお電話致しました。

——おお。青さんがそんな話を持ち込む時は、何かありましたね。キャップは一時間後に会議が入っていますが、その前で如何でしょうか？　会議と言っても内部のものですから、融通が利きます。

——ありがとうございます。それでは、三十分後にお邪魔致します。

約束の時間五分前に青山はチヨダがある警察庁総合庁舎に入った。廊下には何の案内もない。警察職員の中でもその存在自体がごく一部の者にしか知られていないため、その部屋に出入りする者を誰も不審と思わない。

校長の部屋は廊下から壁を隔ててさらに設けられている内廊下を通って、その中央部にある。広さは八畳程で正面に校長のデスク、入り口付近に先生のデスク、そして校長のデスク脇に四人がようやく座ることができる簡素なガラステーブルがある応接セットが施されている。

先生が青山の姿を認めて入室を促した。校長の部屋は来客がない限り、原則として扉が開いている。

「青さんどうぞ」

「失礼します」

校長が青山の顔を見て嬉しそうに言った。

「おお、青ちゃん。待ってたんだよ。座って座って。次の会議がなければビールでも開けるんだけど」

夏場の夕方はこの部屋でビールを飲むのが、一種の特権階級にでもなったような気分になり、青山の気持ちを高揚させてくれていた。校長も気を許した者でない限りビールを勧めたりはしなかった。また、報告時間が長引くと、全国の情報マンが手土産に持ち込む、全国の銘酒も揃っている。つまみは常に乾き物か缶詰と相場が決まっているのだが、警察庁トップの考えや、キャリア同士の確執などが与太話の中で出てくるのが青山の楽しみでもあった。

「いえいえ、今日の会議の件は先生に聞いておりました」

「ところで、福岡の件で早速何か浮かんだだって？」

「まだそこまで行っておりませんが、かつて警視庁管内で発生した事件で、完全黙秘の結果、被告人名が『蒲田一号』で結審した公妨事件があるのですが、どうもこれが引っ掛かる事件でして」

青山は「蒲田一号」の概要を説明すると、校長もこれに興味を持つ反応を示した。

「すると、まず、警視庁の蒲田一号事件を精査する必要があるなあ。公安四課長に指示を出しましょう。それから博多東三号の掌紋を科警研に送付する手続きを取りましょう。引っ掛かれば面白い。いいなあ。結果はどうあれ、打てば響くような素材が出てくることが嬉しいなあ」

校長は担当官の先生に矢継ぎ早に指示を出した。校長の指示は全国の公安情報担当者にとって最優先事項の命令に他ならない。たとえ内容が警備局以外の刑事、生安、組織犯罪に関するものであっても、四十七都道府県警の警備部長から本部長に要求が出され、本部長命の緊急捜査事項となっていくのだった。

福岡県警から科警研に博多東三号の掌紋が送られたのはチヨダからの指令が出た翌日の午前中だった。科警研では蒲田一号の逮捕時、さらに行動確認時に秘匿入手していた掌紋もデータとして送られていた。この結果、掌紋の一致点が複数箇所発見され、その照合率が五五％であることが報告された。手のひらの皺《しわ》の五五％が一致するということである。これは博多東三号と蒲田一号が同一人物の可能性が極めて高いことを意味していた。

この報告を受けて警察庁は大韓民国国家警察に対して、蒲田一号が失踪当時に使用していたパスポート請求時の資料及び、同人に関する全てのデータの引き渡しを日韓刑事基本法に基づき請求した。

公安第四課は当時の膨大な資料の分析に入った。当時のデータはマイクロフィルム及びデジタルデータ化されて保存されていた。何と言ってもビデオ映像やテープ音声の分析データは視察期間が二年以上ともなると三十ギガバイト以上の情報量だった。

当時、蒲田一号が出所後に接点を持っていた人物の個人データも片っ端から検索ソフトにかけていった。登場人物は全て青山に報告され、青山は適時指示を与えながら部内独自の相関図ソフトにデータを反映させるよう依頼した。

「結構ヒットする奴が出てきたな。こいつら北系暴力団の詐欺グループに繋がるんじゃないか？」

データ分析を行っていた主任が口を開いた。

平成十六年から警視庁の主要データが統合され、刑事部、組織犯罪対策部、生活安全部、公安部の個人情報に関するデータが共有されるようになっていた。

四課の分析担当管理官は青山の指示に基づいて作成した分析資料の一覧ができあがると、それをまるで自分の手柄かのように公総課長の下に持参した。

「なるほど。いい資料ができましたね」

「はい。係員を集団投入して解析させました」

「すると、これはただの刑事事件ではなくて、組織的な背景が強いということになる。管理官。この連中と、故梅沢財務相との関係を調べてもらえませんか？」

「うちがやるんですか？」

「一応、刑事、組対にはこちらで仁義を切っておきますが、バックグラウンドを知るためには、うちがやるのが妥当でしょう。チヨダには僕から伝えておきます」

佐藤公総課長の言葉は柔らかだったが、有無を言わせない口調だった。公総課長は資料を見た段階でこれが青山の指示によるものであることを見抜いていたのだった。

＊　　＊　　＊

公総課長は、警視庁本部内所属長の序列において、警務部参事官を兼務する人事第一課長、同じく刑事部参事官を兼ねる場合もある捜査第二課長に次ぐ、第三位の地位である。ただ、公安部全体の予算を管理するため予算規模では群を抜いていた。

キャリア年次では、捜二課長が公総課長よりも一年先輩であるのが通例である。ところが、現在の公総課長、佐藤は三年次飛び級のような形で着任したため、捜査二課長の小林《こばやし》に比べると年次的には四年も後輩だった。キャリアの四年差というのは、本庁でいえば課長と理事官、会社でいえば役員と平課長ほどの差がある。四年後輩が着任したときには驚きを隠せずにいた小林も、その略歴を警察庁の人事企画官から聞いて納得していた。それほど佐藤は組織内で高く評価されていたのだった。

公総課長の佐藤は小林捜二課長に連絡を取った。

——佐藤、どうした。

——小林先輩、突然失礼致します。実は折り入ってご相談がありましてご連絡致しました。

——ほう。天下の公総課長が相談とは何か大事が起こっているのかな?

——はい。うちの情報担当が思いがけないネタを摑んできました。

——政界絡みの贈収賄事件か?

——まだそこまでは図りかねますが、とある事件の登場人物が不気味です。

——わかった。三十分後に部屋で待っている。

——ありがとうございます。では後ほど。

公総課長は捜二課長室に入る前にもう一度、公四の管理官が作成した相関図と登場人物一覧を確認した。政界と財界の闇、そしてこれに渦巻く反社会的集団に加え、芸能界やこれに近い北朝鮮出身者を中心とする大掛かりなマフィア集団と詐欺グループが散在していた。

三十分後、公総課長は捜二課長室を訪れた。

捜二課長別室の秘書役係長が案内して課長室のドアを開けた。

「失礼します」

「おう、入れよ」

捜二課長室は本部庁舎五階にある。刑事部参事官を兼務するだけに、公総課長室よりも一回り広かった。

「お忙しいところお時間をいただき、申し訳ありません」

「忙しいのはお前の方だろう。俺は原則として捜二だけだが、お前は公安部内の九所属を管理しなきゃならん立場だからな」

「いいえ、捜二課長は参事官を兼務されていらっしゃいますから、被疑者の数だけでも大変かと思います」

「ホシの数なんて知っちゃいないさ。今の俺の興味は贈収賄関連情報だけだ」

そう言いながら、捜二課長は公総課長が手にしているバインダーの中身に興味を示しているのが公総課長にはよくわかった。

「ところで本題に入ろう。何だ、その相談というのは」

「はい。実は福岡の梅沢事件関連です」

捜二課長の目の奥がキラリと輝いたように感じたのを、公総課長は瞬時に嗅ぎ取った。

「俺のところにも総監と刑事局長から捜査依頼がきたよ。福岡県警には悪いが、福岡だけで捜査するには無理があっただろう。殺しの被疑者のガラが割れないなんて、刑事警察史上、前代未聞だ。それで、公安部はホシに繋がる何かをキャッチしたとでもいうのか？」

「はい。現時点、科警研の報告では五五％だそうです」

「五五％？　何じゃそりゃ」

「指紋改竄の可能性があります」

「しかし、指紋はヒットしなかったと聞いているぞ」

「はい。指紋はダメでしたが、掌紋が五五％一致しているのです」

「掌紋か……五五％となると、ほぼ決まりということになるんだが、公安部はもうそこまで調べてるのか……まだ上から指示が降りてきて二日三日じゃないか」

「はい。うちの特殊情報班が即日ホシに辿り着きました」

「お前のところはいい情報マンを持っているな。うちにも何人か優れ者がいるが、今一歩、大局を摑めないんだ。そいつはなんて名前だ？」

「はい。青山望警部です」

「警部か。警部で動けるのは大したもんだ。それで、その資料はあるのか？」

捜二課長は公総課長のバインダーに目をやりながら尋ねた。

「はい。相関図と登場人物一覧です」

公総課長は捜二課長用に体裁を整えたファイルブックを手渡した。

「これか。もう少し早く知らせてくれてたらな。先ほど部長に大目玉食らったばかりだ。まあいいや。これが公安部特製の相関図だな。このソフトを作った警察官は今、衆議院議員の政策秘書をしているらしいな」

「よくご存じで。一応、現在も彼を公安総務課の協力者として、彼の大学の先輩にあたる者が運営しています」

「なるほど。辞めても野には放さない、公安部らしいやり方だな」

無駄口を叩きながらも捜二課長の目は相関図を凝視していた。人数だけで百人は超えている。捜二課長は手にしていた黄色のラインマーカーの蓋を取ると、名前の上に線を引き始めた。ひととおり線を引くと、一覧表と個人データに目をとおし始めた。

「これは当たりだな」

ポツリと口にすると捜二課長は顔を上げ、ソファーに深々と腰を掛け直して公総課長の顔を見て言った。「当たり」とは本筋を突いているという意味である。二課長が線を引いたのは、岡広《おかひろ》組の関係者だった。

「その、青山って警部はいいところを突いている。大局が見えている。今時の社会部の記者だって、この資料を理解するのに二、三週間はかかるだろう。なるほどな。そうか、そうだったのか」

捜二課長は改めて相関図の線を指で辿りながら肯き、時にラインマーカーで印を付けていった。

「佐藤。これをお前はどう料理するつもりなんだ」

「そこを小林先輩にお伺いしたく参上いたしました」

「お前の案は？」

どの世界でもそうだが、特に警察社会では上司の意見を聞く場合に最低でも三通りの腹案を持っていなければ意見の具申はできない。どこぞの総理大臣のように腹案も持たずに国会答弁するレベルではないのだ。

「私は、元立ちを公安部でやりたいと思います。捜査本部は築地警察署が適当かと思います。刑事部は捜一、捜二、組対部は四課を巻き込みたいと思います」

「いいだろう。頭は公安部長か？」

「いいえ、できれば副総監に頭を張っていただきたいと思います。福岡との関係もありますので」

「そうだな。よく全体が見えているじゃないか」

「ありがとうございます」

福岡県警の捜査を警視庁が再捜査するとなると、その捜査本部のトップは福岡県警本部長よりも年次が上の者が就く方が、その後の捜査をスムーズにする。

「使える管理官のリストを上げさせよう。それから、刑事総務課の犯罪捜査支援室を巻き込むことだな」

「犯罪捜査支援室ですか？」

「知らんのか？　情報、科学捜査、分析、技術等の支援を一手に行うセクションだ」

「刑事部にはそんな組織があったんですね。鑑識だけでも凄いのに」

「ドラマの『ＣＳＩ』の世界だな。科捜研、科警研ともオンラインで繋がっている。もちろん鑑識課もだが。近い将来、刑事部が介入しない事件にも彼らを投入できる態勢を作りたいと思うが、まだ、垣根を取っ払うのは時期尚早かも知れん」

「なるほど。それでは、ただいまのご意見を参考に捜査本部の設置案を本日中に公安部長に上申いたします」

「わかった。その段階で俺も刑事部長に話しておく。部長同士は同期だから話は早いだろう。警視庁の底力を見せてやるかな」

「小林先輩はすっかり警視庁の人間みたいですね」

「そりゃそうだろう。こんな面白い会社は他にないからな。なにしろ組織がでかい。都内だけで五万人近い職員を擁する会社なんてないぞ。日本警察の五分の一が警視庁に集まっているんだ」

「そうですね。近畿六府県の警察官を合わせても警視庁より少ないんですからね。でかい組織ですよね」

「警視監以上の階級だけで六人もいる組織だぞ」

警視監という階級は職名と階級が一致する警察階級のトップである警視総監を除けば警察の最高階級である。県警本部長の半数以上が警視監の一つ下の階級である警視長なのだ。警視庁内で警視長以上の階級を持つ者は二十人近い。

公総課長は自室に戻ると直属の部下である理事官を呼び寄せた。公安部の柴田《しばた》理事官は一年後には署長が約束されている警視のエリートである。

「理事官、急ぎでこのプランに沿った上申書を作ってくれないかな。夕方には部長に提出する」

公総課長は手書きのA4用紙に記したメモを手渡した。警察キャリアの特徴に、手書きの文字が小さくて読みづらいという共通点がある。決して「字が汚い」と言ってはならない。理事官はまず直属の上司である公総課長の「癖字」を理解することが職務遂行の第一歩だった。

理事官は受け取ったメモを詳細に確認しながら、読めない文字を探した。

「課長、この意味はどういうことでしょうか？」

「うん？　ああ、本事件解決を最優先とした人員の派遣を命ず」

「これは副総監から各部長及び所管所属長宛でよろしいですね」

「そうだ。今回のような被疑者が次から次へと出てこられてたまるか……だな」

理事官は外事経験も豊富な若き将来の公安部を背負って立つ男であるだけに、この事件の奥深さを公総課長のこの一言で感じとった。

「了解。早急に対処いたします」

副総監発の至急電が各部長宛に発せられたのはその日の夕方だった。

捜査本部の体制は指定された本部各所属から警視一名を含む計三十人、島部を除く第一方面各署から警部補、巡査部長の計五人ずつの捜査員を招集するものだった。建制順に捜査第一課、捜査第二課、公安総務課、組織犯罪対策第四課の四所属と第一方面内警察署がその対象だった。第一方面本部長に就いているキャリア警視長も即座にこの決裁に応じた。

二百人を越える捜査員は、至急電の発令とともに厳正に選抜された。

捜査本部の指揮官は階級が警視長のキャリア公安部参事官である。もしも、彼が派遣された捜査員を「使えない」と評価すれば、直ちに派遣元の所属長、若しくは担当幹部の将来は瞬時に潰える。本部はともかく、所轄の署長、副署長、各課長は戦々恐々の思いで、所轄内でも優れた署員を後ろ髪を引かれる思いで捜査本部に送り出した。

なぜなら、この参事官は過去に何人もの警視クラスの幹部を人工衛星にしてしまった実績があった。警察幹部の人工衛星とは本部に戻ることなく所轄を三年毎に異動する人事をいった。

また、本部管理官であっても、副署長に任ぜず、格下の刑事官、警備官等として、人工衛星の軌道に送り飛ばしていた。年齢が比較的若くして人工衛星として打ち出された者は、将来を悲観して多くの者が希望退職していった。人事第一課の再就職斡旋担当の幹部は同情を込めながらもこの退職者を「ディオービット（軌道を外れる）」という、宇宙工学の専門用語を用いて、泣く泣く送り出した。

公安部と捜査第二課は築地警察署内ではなく、署近くの一般企業のビル内にある分室を本拠地とした。このビルは財閥系大手不動産会社が保有し、セキュリティーも使用電力供給量も万全だった。このため、大型コンピューターの導入も可能で、警視庁のハイテク犯罪捜査部門の設立に要した莫大な建物建築工事費用も必要とせず、各部独自のシステムの構築も可能だった。

公安部は二十五階のワンフロアを借り受け、公安第四課とのデータ交換の他、警視庁総務部情報管理課、刑事部鑑識課、刑事総務課犯罪捜査支援室とのデータ交換も、独自の暗号化ソフトとデジタル化によって可能となっていた。一方で公安部は独自のハイテク捜査対策室の別室を警視庁のコンピューター関連の心臓部ともいえる芝公園庁舎内に持っており、各種データ分析をここで行わせていた。

公安部の捜査責任者となった管理官は、外事第二課から選抜された平手《ひらて》啓一《けいいち》という四十五歳の警視だった。彼は巡査の頃から公安刑事を経験し、対北朝鮮のエキスパートでありながら朝鮮語講習の上級を取得し、かつ昇任試験も早いペースでクリアしていた。

現在の公安部内では出世頭の理事官に次ぐ、次世代を担うホープの一人だった。彼の特徴は時折上司も驚く奇抜なアイデアで、多少強引ながらも結果を出し、多くの公安事件を指揮し、スパイが介在する不正輸出事件や密入国、地下銀行事件で不法組織を摘発していた。しかし、外事事件の場合には被疑者の逮捕というよりも事件の検挙、摘発、組織の解体が重視され、時として違法収集証拠をも敵対組織の実態解明に有効であれば、それで良しとする傾向があった。かつて捜査第二課と合同捜査を行った際に、彼が指揮して入手した証拠資料が収集手続において違法であったため、被疑者を逮捕することができず、刑事部から総スカンを喰らったこともあった。しかしその後、彼は、その時の違法収集証拠に基づき、敵対組織に対して綿密な行動確認作業を行い、さらに大きな不正輸出事件を摘発した。転んでもただでは起きないしぶとさが彼にはあった。

この捜査手法の違いが、刑事部サイドから「公安は事件ができない」と評される一因となっているのだが、公安捜査の緻密さは、これをやった者でなければわからない、莫大な時間と人員と金銭の投入によって支えられていた。

「被疑者の一人や二人はどうでもいい。国家が転覆するようなことがあっては絶対にならない」

これが公安警察のモットーなのだ。

平手管理官は青山が指示して公四に作らせた相関図と登場人物に関する個人データを

詳細に確認しながら、公安事件と外事事件に関係する部分をさらに細かに分析した。合同捜査会議の席上で、刑事部、組対部のターゲットは大体わかっていた。これから約一ヵ月の間は公安部門独自の捜査期間で、事件化の有無を判断しようとした。

＊　＊　＊

「青山係長。福岡の拘置所に捜査員を送って、奴の通常の会話を録音してきてくれないか。声紋鑑定もやってみよう。法務省の情報では、奴は同居房の仲間とは会話をしているようだ」

青山は予め警察庁長官官房を経由して法務省矯正局に対して、博多東三号の動向について照会を行っていた。法務省としても特異な事例であるだけに、博多東三号に関して注視を怠ってはいなかった。情報によると、代用監獄としての県警本部内の留置場では無言を貫いていた博多東三号だったが、起訴に伴い、拘置所に移管されると他の受刑者と会話をしているらしかった。

警察大学校の教養課程には警察官だけでなく皇宮護衛官、法務省の幹部候補生も参加している。特に警備課程では相互間で各種情報交換が求められるため、関係は緊密だった。

「わかりました。管理官、私を行かせてもらえませんか？」

「係長がそこまでしなくていいんじゃないか？　それとも、何か意図があるのかい？」

青山は博多東三号に会ってみたくなっていたのだった。もし彼が本当に蒲田一号だったとして、何故このような回りくどい手法を使って犯罪を犯したのか。事件への興味もあったが、被告人への興味も大きかった。

「これから始める捜査の端緒となった男を自分のこの目でしかと見てみたい。そして、その起居動作の中から奴の人となり、個癖を確かめておきたいのです。奴の弱点、事件の盲点が見えてくるかも知れません」

「うーん。しかし、係長は来春管理職異動だろう？　そんな時間はないかもしれないぞ」

「自分のことはどうでもいいです。この事件をとことんやりたいんです」

平手管理官は青山の姿勢を頼もしく思いながら、頷いて答えた。

「わかった。どうせ、係長が捜査主任官だ。思うようにやってみるといい。その間、一人でも有望な捜査官を育ててくれ」

翌朝、青山は羽田空港から博多東三号が収監されている拘置所がある、福岡に向けて単身で飛び立った。

拘置所は簡単に言えば、捜査が終了し裁判を受けて判決がでるまでの間、身柄を収容するための場所であり、拘置所内の経理作業等を刑務作業とする懲役受刑者及び刑が確定した移送待ち受刑者も収容されている。博多東三号はこの前者、裁判段階の被告人の立場だった。

*

福岡空港は国内の空港としては市の中心地に最も近い便利な空港である。

福岡空港から福岡拘置所まで、車で三十分。福岡市中心部からやや西側に位置する。拘置所の北側には史跡元寇防塁の跡があり、その北側は福岡アジア太平洋博覧会の跡地で百道《ももち》ニュータウンを含む新興開発地域である。また拘置所の西側は、福岡の春の風物詩「白魚《しろうお》の踊り食い」で有名な室見《むろみ》川の河口である。

「警視庁公安部の青山と申します」

「福岡拘置所長の原田《はらだ》です。遠方からわざわざご苦労様です」

「早速ですが、博多東三号が収監者仲間と話をしていると聞いたのですが、それは本当でしょうか?」

「はい。ほんの数人が相手ですが、親しそうに話していますよ。案外旧来の仲間だったのかも知れません」

「その相手方の名前と収監罪名を教えていただけますか？」

「はい。話す相手は主に三人で、青木浩《あおきひろし》、根來彰《ねごろあきら》、高槻勝彦《たかつきかつひこ》の三人です」

「その三人の関係は何かあるのですか？」

「はい。三人とも広域暴力団の関係者です」

　青山の目が輝いた。

「三人とも同じ組なんですか？」

「我々はそこまで把握しておりませんが、刑務所移管時の収容分類級からみると、近いのかも知れません。調べれば警察さんの方がお詳しいでしょう。後ほど生年月日と本籍地をお伝えいたします」

「ありがとうございます。それと、お願いなのですが、博多東三号の肉声をテープに録りたいのですが可能でしょうか？」

「それはできると思いますが、あくまでも秘匿ですよね」

「そう願えればありがたいです。それから、もし、相手が了承したならばという前提がつきますが、本人と面会できればと思っています」

「それは本人の意向にもよりますが、難しいかも知れませんね。しかし、警視庁公安部という肩書きに案外興味を示すかもわかりません。奴が読んでいる本は、案外レベルが高い内容のものが多いんです」

「ほう。どのような内容のものが多いんですか？」

「国際政治や、ＣＩＡなんかに関するものを読んでいますよ」

国会議員を暗殺した男が国際政治の本に興味があることに、青山はやはり博多東三号の背景には何らかの組織がかかわっているように思えた。

「それでは、マイクロテープレコーダーをお渡ししておきますので、よろしくお願いいたします」

「わかりました。本人の現在の画像はご覧になりますか？」

「是非お願いいたします」

博多東三号は、本来ならば雑居房に入るところであったが、黙秘を続けているため特異被告人扱いがなされており、常時監視カメラによる監視下に置かれた独居房で暮らしていた。

原田所長が電話を入れると、応接セット脇のモニターから独居房に入っている男の姿が映し出された。鮮明なカラー画像である。

「これが現在の博多東三号。ここでは二百二十六号と呼ばれております」

「綺麗に映るものですね」

「もちろん。ここのカメラシステムは最新で、監視カメラ業界でも日本最大手のメーカーのものですよ」

「このデータをいただくことはできますか？」

「こっそりお渡し致しましょう。原則的には部外秘なのですが、我々も奴の本当の姿を知りたいですし、それができるのは警視庁さんだけでしょうからね。我々にも情報提供をお願いします。面会に関しては今日にも本人の意志を確認してご連絡致します」

青山は携帯番号と宿泊予定のホテルの名前を告げて拘置所を後にした。

翌朝午前九時ちょうどに青山の携帯が鳴った。発信元は福岡拘置所の代表番号だった。

——青山さんですか？　福拘の原田です。

——おはようございます。何か動きがありましたでしょうか？

——博多東署第三号が、青山さんとの面談に応じるというんです。私らも驚いているところです。

——それは驚きました。所長の思惑どおりでしたね。

——やはり、公安という世界に興味があるみたいでした。私も、奴が入所以来、初めて話をしたくらいですから。

青山は博多東署第三号に心の揺れがあるような気がした。奴もやはり自分が心配でたまらないのだ。二、三日後で日程調整を行うことを伝え電話を切った。青山はすぐに公総課長に連絡を入れた。

——課長。博多東署第三号が私との面談に応じるそうです。

——ほほう。奴《やっこ》さんもやはり自分の身が心配だったかな？

——はい。私もそう考えております。これから、奴《やつ》への取調べを行うつもりで、第一声を考えてみます。

——わかった。そちらは全て係長に任せるから。よろしく頼む。

電話を切ると、青山は昨夜のうちに公安部捜査本部から届いていた、三人の暴力団員データに改めて目を通しながら、第一声を考え始めた。取調官が被疑者と初めて顔を合わせ、これから取調べをやる際の第一声ほど大事なものはない。

これまで青山は多くの公安事件被疑者の取調べを経験していた。大手企業、団体の極めてトップに近い幹部や国会議員も多く、卒業大学も東大、京大はざらだった。また、地下組織に潜り込んだ活動家などは完全黙秘が当たり前だったが、何人もの革命信奉者たちの心を開かせてきた。取調官としての天賦の才が青山にはあった。青山は役者になっても大成していたかも知れない。それほど、相手によって自分を変えることができた。脅し、すかしはもちろん、相手を安心させ、油断させ、その心の隙に入っていく特技があった。

三日後、拘置所の面会室で青山は博多東三号、ここでは二百二十六号と呼ばれている男と厚いアクリル板越しに対面した。

　二百二十六号が現れるまで、青山は立って待っていた。アクリル板の向こう、入口の扉が開いた。思ったよりも若い男だった。身長は百七十センチ足らずだろうか、髪は既に短く整えられ、目鼻立ちが整って精悍ささえ帯びた顔立ちだった。蒲田一号の写真と比べると変化はあるものの共通点はあった。二百二十六号は立ったまま青山を見ていた。ただの興味なのか探りなのか意図はわからないが、捜査官の前に出てきている以上、何かを探りたいのだろう。二百二十六号が座るのを待って青山もパイプ椅子に座った。正面から目が合った。二百二十六号が視線を外さないことを確認して青山が口を開いた。

「あなたはこの国を憎んでいますか？」

　二百二十六号は一瞬啞然とした顔をした。質問の意図が全くわからない様子だった。しかし、ほどなく口元に薄笑いを浮かべて語り出した。

「やっぱり公安というのはそこが大事なんだな。悪いけどおれはテロリストでもなければ、革命思想家でもない」

　青山をあざけ笑うような口調だった。

「今まで、警察官、検察官や裁判所に対して黙秘を貫いていたのはどうしてですか？」

「刑事も検事も聞くことは同じだ。あんたみたいに突然『国を憎んでいるか』などとは聞きもしなかった。こんな連中に話をする気もなかったというところだな」

「しかし、何の弁明もしなかった影響で、求刑どおり、法定刑の最高罰を受けることになるかも知れない」

「人一人殺したんだ。死刑でも仕方ない」

「僕は今更動機やあなたの正体を知りたいとは思わない。ただ、あなたがこの国を憎み、そして恨んだうえでの犯行でないことを確認したかった」

「それを知ってどうするつもりだ」

「我が国の刑法には第七十七条に内乱の罪という規定がある。もし、あなたがその首謀者だとしたら死刑もしくは無期禁固の処断しかないことになる」

青山は冷静な口調で言った。これには二百二十六号は驚きを隠せなかった。思ってもいなかったことを告げられたからだった。

「そうしたら、裁判をやり直すとでもいうのか？」

「その可能性は否定しない」

「それならもうあんたと話す必要はない」

そう言うと、二百二十六号は椅子から立ち上がろうとした。これを見た青山はすかさず変わらぬ口調で言った。

「蒲田一号の時のようにはいかない」

「なに……」

明らかな動揺が見て取れた。立ち上がることができず、じっと青山の目を見ていたが、その唇は細やかに震えていた。

「指紋も巧く変えたつもりだろうが、今の科学捜査を舐めちゃいかん。顔の整形は韓国の闇業者か？　全く下手糞だ。歯科矯正もあまり巧くないな」

「な、何を言ってるんだ」

二百二十六号は右腕の肘の裏側を掻き始めた。

「その癖も直っていないな。まあ、ゆっくり考えることだ。こちらにはたっぷり時間があるからな。お前の周辺をじっくりあぶり出させてもらうぜ。元蒲田一号さんよ」

青山はニヤリと笑って席を立った。背中のアクリル板の向こうで、何一つ動きが聞こえないのを耳と皮膚で感じながら、ゆったりとした動作で面会室を出た。

面会の様子は全て録画されている。所長からそのデータの複写と所長が好意で採取してくれていた博多東署第三号の毛髪数本を受領して青山は単独帰京した。

＊

博多東署第三号事件を警視庁では「福岡特捜」、略して福特事件と呼び、これを各部毎に分散化したものを福特公安、福特刑事、福特組対とそれぞれ称した。

中でも、福特公安は二十人の捜査員を福岡に派遣した。

福岡県警本部は福岡市の中心からやや東に位置し、福岡県内最初の県立公園である東公園内に県庁と並んで建てられている。県庁、県警本部とも一時期一世を風靡し、国政選挙にも登場した有名建築家の設計である。この東公園には元寇にゆかりがある亀山上皇と、文永の役の元寇を予知したと伝えられる日蓮の巨大な像が建っている。

「上皇よりも日蓮の方が倍の大きさだ。こちらも元寇に由来がある場所なんだな」

福岡県警本部庁舎の前に立った青山は、先日の福岡拘置所の立地を思い出しながら呟いた。

福特公安は公安部が得意とする画像分析ソフトとこれを搭載したコンピューター機器を公安機動捜査隊の大型ワゴン車に積み、福岡県警本部の正面駐車場内に駐車して、ここに捜査拠点を置いた。この大型ワゴン車内のコンピューター装備だけでも、福岡県警の情報管理システムの処理能力に匹敵していた。当然ながら車内は部外秘であり、福岡県警本部長といえどもワゴン内に立ち入ることができなかった。

福岡県警本部長は警備畑の出身で、警備部長も福岡で経験していたが、警視庁勤務の経験がなかった。このため、警視庁組織の大きさを肌で感じることはできなかった。特に今回は警察庁警備局長から直接「警視庁の捜査に協力するよう」との指示が出されており、「捜査には一切タッチしない」という、これまでの「警備警察全国一体の原則」

と大きく矛盾する下命も付け加えられていた。

「まあ、お手並み拝見というところだな」

本部長は県警警備部長と、今回の捜査で警視庁との直接カウンターパートとなる公安第一課長のキャリアコンビに告げた。


青山は事件発生時から一ヵ月間遡った空港、港、駅、主要交差点の防犯カメラデータの解析を始めた。県警ではすでにチヨダから指示を受けていたため、これらのデータを取り寄せていたが、これをどう処理していいのかわからなかった。

「こんなにデータを集めても、毎日百人が二十四時間がかりで調べたって何ヵ月かかるかわかりませんよ。おまけに、駅と言ってもＪＲ博多駅、西鉄福岡天神駅、市営地下鉄天神駅だけで、市街地は天神地下街の全てのカメラを指定されただけですからね。一体何を考えていることやら」

「しかも、警視庁が持ってきたのは車一台だけですからね。中にどんなものが入っているのかはわかりませんが、うちのハイテクだってそこそこの能力と機材が揃っているわけですからね」

県警公安第一課内の幹部クラスは当初、彼らの仕事を高みで見物していた。

一方、公安機動捜査隊の大型ワゴン車内ではビデオの解析が始まった。搭載ハードディスクの容量だけでも十テラバイトあった。処理スピードもかつてのスーパーコンピューターと呼ばれていたコンピューターを大きく凌いでいた。DVDに保存されているデータを次々にハードディスクに高速転写していく。一方で、博多東署第三号の基本データを画像解析ソフトにプログラムし、順次解析を始めた。空港の全ての監視カメラの一ヵ月分の画像を確認するのに半日もあれば十分だった。

「空港は使ってませんね」

「港はどうだ?」

博多港には「博多港国際ターミナル」があり、JR九州高速船の通称「ビートル(BEETLE)」という高速艇が、一日十往復以上、片道所要時間二時間五十五分で韓国釜山と福岡の間を走っている。これを利用すれば釜山日帰りも滞在時間四時間という短い間ではあるが不可能ではない。また、最近では中国から大型客船も頻繁に入港していた。

「港はこれからですが、こちらの方が期待できそうですね。カメラの数も少ないし、何しろ国際線ターミナルですから」

解析を始めて三十分後、

「キャップ。ヒットです。それも複数回ありますね。釜山ルートです」

「そうか。一ヵ月で何度ある？」

「はい。四往復しています」

「日時を特定して入管に照会だ。それと在福岡韓国領事館に出入国とパスポート照会。それから、博多港からの足を確認してくれ。タクシー、バス、迎えの車。博多港の交通は不便だ。動きが限定される。公一課長にはこちらから連絡する」

博多港の出入国状況データがプリントアウトされると、青山はこれを持って県警公安第一課長席を訪れた。

「課長。奴は空を使わず、高速艇を利用していました。この一ヵ月間で日韓四往復しています」

「えっ？　もうそんなことがわかったの？」

「まだ福岡への出入りの一部がわかっただけです。しかし、韓国ルートとなると、背後関係が絞られてきますね」

報告の途中で青山の携帯電話が鳴った。ワゴン車からだった。

――キャップ。岡広組、東山会幹部の宮坂仁《みやさかひとし》が出迎えです。今、該当車両のＮ（システムのチェック）を警察庁経由で依頼しました。

――なるほど。東山会か。

青山は反社会勢力のことは決して詳しい方ではなかったが、それでも東山会の名前とその概要は知っていた。京都を拠点にして、福岡市にも事務所を置く警察庁指定広域暴力団だった。

「課長。東山会が絡んでいます」

「ちょっと。青山補佐。悪いけど、一緒に本部長室に行ってくれないか。もちろん部長も同席してもらう。補佐に何度も説明させるより、一度に概要を伝えた方が機能的だろう」

「わかりました。ところで課長、私は補佐ではなく係長ですので、ご了解を」

「悪い悪い。警視庁では補佐というセクションはなかったんだったな」

警視庁は他の道府県警と本部内における階級に伴う役職名が異なっている。警視庁の場合、公安部長（警視監）、部参事官（警視長）、課長（警視正）、理事官、管理官（警視）、係長（警部）、主任（警部補）の順である。これに対して県警の場合は部長（警視正）、課長（警視）、補佐（警部）、係長（警部補）となる。道府県警は呼称を警察庁に合わせているのだが、警視庁の呼称は独自性を保っており、大阪府警が一部これに近い。この独自性が警察庁や一部の府県警の間で警視庁嫌いが出ている原因の一つとも言われているのだが、警視庁は全く変えるつもりはない。

公一課長はすぐに警備部長に連絡を取ると、本部長のデスクに直接電話を入れた。

「公一課長どうした」

「実は、警視庁の捜査員が博多東署第三号の周辺者と、事件前一ヵ月の渡航歴を割りつけました」

「なに？　昨日こちらに来たばかりじゃないか。たった一日二日でそんな……」

本部長はこの報告を聞いただけで絶句していた。

「本部長。これから捜査責任者の青山警部から直接、捜査経緯と今後の方針を報告致したいと思いますが、如何でしょうか？」

「わかった。部長も一緒か？」

「はい。その予定です。但し、本件には東山会が関わっているとのことですので、組対部長にも同席して頂いた方がよろしいかと思います」

「東山会だと……わかった。組対部長も呼ぼう。すぐに来てくれ」

「昨日、到着と捜査開始の申告をいたしました警視庁公安部の青山でございます」

警備部長、公安第一課長の二人のキャリアと、県警叩き上げのノンキャリア警視正の組対部長が同席するために本部長室の入り口で控えていた。

「まあ、座って話を聞こうじゃないか」

応接セットを手で示され、青山は本部長から見て左手の客用のソファーに腰を下ろした。青山の正面に警備部長、組対部長、公一課長が並んでいる。

「ではご説明いたします。一昨日までに福岡県警が回収、整理して下さった主要防犯カメラ及び、監視カメラと空港の警備保障会社が保有していた画像データの分析を昨夜から開始致しまして、現在なお解析中でございます。福岡空港に関するものはすでに分析を終了いたしまして、そこに本件被告人の画像は確認できませんでした」

「ま、待ってくれ。一ヵ月分の空港カメラの解析をもう終わらせたというのか？」

警備部長が思わず口を挟んだ。青山は相変わらず鷹揚な口調で答える。

「はい。第一から第三までの国内線ターミナルと国際線ターミナルの出発、到着の模様、並びに出発時の手荷物検査状況のビデオは全て分析致しました」

「しかし、空港ビルに何台のカメラがあると思うんだ？」

「ビル管理には二十台以上ございますが、手荷物検査は出発者が必ず通るところで、国内四台、国際一台だけでしたので、比較的楽でした」

「空港の警備保障会社はよく出してくれたな」

「ご存じのとおり、あの警備保障会社の社長は元中部管区警察局長でしたが、その前に警察庁の警備企画課長を経験されていらっしゃった経緯から、少し面識がありましたので直接お願いいしてデータをお借りいたしました」

警備部長は「こいつは怖いもの知らずか……」と思いながら、呆れた顔をして頷いた。

青山は続けた。

「しかしながら、空港のカメラから被告人の姿を発見することはできませんでした。次に博多港の国際線ターミナルのカメラをチェックいたしましたところ、四回の出入国が確認され、その乗船記録はこちらです。なお、パスポートに関しましては、福岡の大韓民国領事館に問い合わせ中で、明日、午前中にも照会結果が届く予定です」

「ところで。東山会はどうして出てきたんだ」

この場の最年長の組対部長が身を乗り出して聞いてきた。

「はい。博多港の国際線ターミナルは交通の便が悪く、公共交通機関若しくは送迎がなければ利用しにくい地理的条件があります。そこで、入国時の奴の動きをビル内の監視カメラで追ったところ、四回とも東山会所有の車が迎えにきており、最後の四回目は事件一週間前に幹部の宮坂自身が出迎えていました」

「車は登録ナンバーで割りつけたんだな」

「はい。警視庁捜査一課が十年以上も前に開発した画像分析システムで容易に判明しました」

「宮坂の顔は誰が確認したんだ？」

「それは画像を警察庁の組対に送り、すぐに回答を得ています」

「怖いもんだな。監視カメラってやつは……」

組対部長は特に最新の科学捜査に慣れていないだけに、警視庁公安部の得体の知れない捜査能力に羨望と悔しさを織り混ぜたような複雑な心境から、思わず口走った。

「組対部長。監視カメラと防犯カメラは違うぞ。警察が使うのは全て防犯カメラだ。そこを間違うと大変なことになるぞ」

「あ、申し訳ありません。ただ、あまりの早い解決に驚いておりまして」

額の汗を拭きながら抗弁したが、これがまたいけなかった。

「組対部長。今、始まったばかりだろう。何が解決したんだ」

「も、申し訳ありません。言い間違えました」

「あなたが言い間違えるということは、県警が間違えるのと同じなんだ。しっかりして貰わないと困るぞ」

あと一年で勇退を控えている、県警きっての叩き上げの星も形なしだった。

この時、青山の携帯が鳴った。ワゴン車からだった。

「失礼します」

——何かわかったかい？ ……そうか、そんな大物か……なるほど。わかった。報告書にしておいてくれ。

「失礼しました。今入った報告です。入管の防犯カメラとデータでは韓国人ということになっていますが、不正取得もしくは偽装の疑いが強いと思われます」

「どうしてそう思うんだ？」

「はい。奴の過去の行動様式が日本人である可能性の高さを物語っています。加えて、奴を迎え入れた東山会幹部の宮坂は相当な大物です。組織の中でも半島をよく知り尽くしている男だということです。間違っても自分自身で向こうの国の者を出迎えるようなタマではないそうです」

「どういうことだ？」

「向こうの国で宮坂を敵に回すような男はいないそうです。いわば、向こうの裏社会を仕切っているほどの大物ということです」

「この話はすでに警察庁に報告が上がっているのかな？」

「いえ、軒をお借りしております福警さんに仁義を切ってから報告する予定でしたので、一旦車両に戻りまして警視庁、察庁に報告予定です」

「なるほど。さすがに公安のエースだけのことはあるな」

「今後、公安部としてはどのような捜査を行うつもりなのかい？」

「はい。これからは福警さんのご協力が必要になってまいります。特に組対部の方にはいろいろご教授を賜らなければならないかと思っております」

　組対部長は嬉しそうに叩き上げの同僚とも言える青山を見て言った。

「うちとしては協力を惜しみませんよ。何でも教えてあげよう」

「ありがとうございます。今、警察庁のNで今回確認した三車両の移動データを取り寄せておりますが、県独自のNとさらに東山会の中でも宮坂周辺者の車両の使用状況を調べて頂きたいと思います。Nデータのマッピングはこちらで致します」

「なんだ、そのマッピングというのは」

「はい。Nデータを通過時間ごとに地図に落として行く作業です。すると行動ルートが見えて参ります」

「なるほどね」

「それともう一つ、県警独自のNで運転画像が撮影可能のものは、通過時データとともに画像を頂きたいのです。後部座席にでも奴が映っている可能性があります」

Nシステム。正式には通過車両検索システム。これは警察庁が設置したものと都道府県警独自のそれに大別されるが、警察庁仕様のものは車のナンバープレート部分しか映らない。しかし、都道府県が設置したものの中にはオービスのような自動速度取締機に用いられているタイプで運転席も併せて撮影できる機種があるのだ。青山が言ったのはこの後者のことだった。

「青山係長。警視庁公安部の部員はそんなことまで知ってるのか」

警備部長が半ば呆れた顔で青山に尋ねた。公一課長は腕組みをしていたが、余裕のある表情で頷きながら聞いていた。

「実際の公安捜査に携わっている者にとっては常識の範疇かと思います」

「うーん。経験の差だな。警大の警備専科でもここまで教えんだろう？　どうだ一課長」

「そうですね。科学捜査に関する講義時間がほとんど設けられていないのが現状です。チヨダの専科に入れば別でしょうが、福岡県警でも年に一人入ることができるかどうかという狭き門ですから……」

「青山係長は特捜研には行ったのかい？」

「はい。一応入りましたが、旧態依然としたカリキュラムと講師陣は何とかしてほしいものです」

「はっはっは。そうだろう？　警察は自前の教育機関が最も立ち遅れているんだよ」

本部長は愉快そうに笑いながら、言葉を続けた。

「ところで青山君は先程、奴の過去の行動様式が何とか……と言っておったが、それはどういうことだい？」

「はい。実は博多東三号は十年ほど前、警視庁管内で公妨事件を起こしております」

「何だって？　じゃあ、人定は割れているのか？」

本部長の言葉に怒気が含まれていた。

「いえ。奴は完黙を通し結果的に当時『蒲田一号』として処断され、満期受刑しております」

「な、なんと……そ、それがわかったのはいつの話だ？」

「はい。先週、私が福岡拘置所で本人に面会して確認致しました」

「本人は認めたのか？」

「いえ。しかし、ＤＮＡが一致しました」

青山は拘置所の所長が採取してくれていた博多東署第三号の毛髪を科警研に鑑定依頼して、蒲田一号と同一人物である旨の報告を受けていた。

「そうだったのか。ありがとう。よく教えてくれた。そうだったのか……すると、出所と同時に公安部が視察を開始したのだな？」

「はい。約三年間実施したのですが、当時、本人の過去には辿り着いていませんでした。その後、海外、といっても韓国ですが、渡航し、その際に指紋と顔を変え、二度目の渡航で行方不明になっておりました」

「うーん」

県警幹部の四人が揃って腕組みをしたまま天井を仰いだ。ポツリと本部長が言った。

「この捜査を警視庁が始めてまだ十日も経ってないわな」

大型ワゴン車には次から次へと情報が寄せられた。これを捜査員は驚くべき処理スピードで解析していった。この結果は公安部長の同意を得て福岡県警から警察庁に報告が上がった。博多東三号は九州内の温泉旅行を何度も楽しんでいた。全て東山会の世話によるもので、その裏付け捜査は九州管区警察局内の全県警が協力した。

青山が任務を終えて帰京したのは福岡へ大型ワゴン車を乗り入れて十二日目だった。帰京前夜、本部長以下幹部がポケットマネーで公安部捜査員二十人を呼んだ慰労会を開いてくれた。福岡天神にある料理屋だったが、青山は生まれて初めてイカの刺身が透き通っているものであることを知った。鯖の刺身や胡麻鯖という料理、小さなアワビが寿司の軍艦巻きの上に乗って、これにレモンを少し絞るとグニョグニョ動く、踊り食いも経験した。

「僕は福岡に住みたいです」

心のそこから本部長に言うと、

「一度、ここに住むと、皆そう言うよ。次の機会には美味《うま》い肉も食べさせてあげよう」

青山の手を両手で握りながら、労をねぎらってくれた。

翌日、本部長室で帰庁の申告を行い、公安部捜査員を見送った本部長は、警備部長に、

「欲しいなあ。なあ、警備部長。あの二十人で一個師団分の仕事ができる。中でも青山警部一人いれば、何人の捜査員を育ててくれるんだろう。欲しいなあ」

誰もいなくなったドアの向こうを見ながら何度も言った。

第三章　バックグラウンド

組対部は捜二と組んで、事件化を図ろうとした。

公安部が作成した相関図と登場人物一覧はなかなかよくできたものではあったが、暴力団の専門家である組対部組対第四課の捜査員からみるとまだまだ不完全であり、一部には誤りもあった。

しかし、それでも相関図を作り上げてしまうところが公安部の凄さだ。何しろ、一人の組員の名前を出すだけで、百人近い相関関係が表示され、その中には政治家から著名財界人まで登場してしまうのだ。

組対四課の事件指導担当係長の大和田博は分析担当の主任と、公安部が作成した相関図を参考にして組対部で独自に作成した新たな手書きの相関図を見ながら頭を巡らせていた。

「大和田キャップ。岡広組が関東に進出してきた時期と一致しますね。この蒲田一号って奴は当時の鉄砲玉養成所出身だったのかも知れませんね」

「そうだな。普通の人間を鉄砲玉に仕立て上げ、さらにこれを教育してロケット弾にまで成長させる。恐ろしい養成所を奴らも作ったものだ。それも韓国内だったな」

「はい。向こうの退役軍人を雇って本格的な殺傷訓練を行うところです」

「韓国マフィアの連中の動きはどうだ？」

「はい。パチンコ、スロット業界に加えて、芸能界でも積極的に動いていますね」

「なるほど幅広いな」

「すると、芸能界と政財界の癒着に捜二を咬ますわけですか？」

「そうだな。しかし、公安部も蒲田一号当時にこちらに情報を回してくれていたら、こんな面倒な事件は起きなかったのにな」

「しかし、連中の手法というのは際どいですが、面白いものですね」

「奴らの捜査には最近までデュープロセスなんて概念がほとんどなかったからな。特捜研で一緒にやって驚いたもんだよ。しかし、目的が違うからな、手法としては見習う点があるのも確かだが、何と言っても奴らが使う金の桁が違うからな」

大和田の特捜研での同期というのは青山のことだった。大和田は警部になって初めて捜査部門の一つである組対部に入った。青山はすでに警部補で公安を経験していたが、大和田は警部補時代に所轄から警察庁官房総務課に派遣後、人事第一課人事担当に戻り、捜査実務の経験がないまま警部試験に合格していたのだった。警視庁の組織上、最も優秀なエリートが歩むコースだった。その後も所轄一年で警察庁に出向が予定されていたが、組織が「優秀な捜査官の育成」を掲げたため、現場係長として組対部第四課に異動となった。この優秀な上司も異動当初は、部下の手厳しい洗礼を受けた。殆どの部下が年上だった。

「係長。ダメだよそんなことやっちゃ」

かつての捜査第四課出身の古参捜査員がことある毎にチェックを入れた。捜査第四課の課長はキャリアが務めることが多く、警察組織の改編により新たに設置された組織犯罪対策部の組対第四課に所属替えされた後も、所属長はキャリアという体制は踏襲されていた。

初めて捜査の現場に就いた大和田だが「決して暴力団に迎合しない」という基本姿勢を崩さなかった。体格は早稲田野球部の正捕手として鳴らしただけに、警察に入って始めた中途半端な警察柔道で鍛えられた連中とは基礎体力が違っていた。

また、大和田は大学入学も体育会セレクションではなく、通常の入試で合格し法学部出身だった。警視庁に野球部はなかったが、野球を社会人になっても本業として続けるつもりはなかった。寧ろ、部活の先輩がいない世界で新たな世界を自分の能力を生かして切り開きたいと思っていた。警視庁を選んだのも、持ち前の正義感と法律知識を少しでも生かしたいと考えたからだった。

大和田は警部補まであらゆる試験で二位に甘んじていたが、警部試験で初めてトップを取った。この自信が大和田を大きくしていた。「捜査はセンスだ」これが大和田の持論だった。これは青山が特捜研時代にいつも言っていた「情報はセンスだ」と同じだった。いかに頭がよかろうと体力があろうとセンスがなければその能力を活かすことはできない。

彼が体育会野球部に入った時にそれを感じた。体力があり、肩が強く、バッティングが良くても、インサイドワークという捕手にとって最も大事なセンスがなければ務まらない。彼は大学三年になってすぐに正捕手の座を摑んでいた。その頃の自己鍛錬に比べれば、初めて経験する捜査を覚えることなど屁でもなかった。

暴力団まがいの服装や髪型をしている多くの捜査員を忌み嫌いながらも、それを表には出さず、決して優秀とは言えない部下の、それも古参の捜査員の意見を聞きながら、これを巧く操縦していくようになるまでに、そう日数はかからなかった。

事件担当係長として、指定暴力団の二次団体組長とその周辺者十数人を逮捕、検挙した際には、捜査員四十人を完全に掌握していた。捜査に解決の目途が立った段階で、大和田は人事第一課の表彰担当係長に警視総監賞上申の打ち合わせをするほどの余裕があった。直属の部下だった、課内最古参のデスクキャップの警部補はこの大和田の姿を見て、同僚の主任仲間に「この係長は違うよ」と伝えていた。この事件で、所轄の捜査員全員に総監賞を与え、中でも捜査途中で定年退職した所轄の警部補にまで総監賞を授与した逸話は広く広まり、所轄でもその評価は高まっていた。

一口に警視総監賞と言ってもランクがある。捜査官が授与される最高の賞は賞詞一級で、人間国宝の刀鍛冶が作成した短刀一振りが賞状とともに授与される。しかしこれは十年に一人授与されるかどうかの特別な賞である。次が賞誉という表彰基準で一級から三級まである。賞誉一級は警視庁警察官がオリンピックに出場して金メダルを獲得するとこれが授与される。捜査員では特殊事件を解決した際に、これに最も功労があったと認められた者に与えられる。賞誉二級は逮捕者が多い事件や社会的に大きな事件を解決した場合にその捜査に多大な功労があった者に与えられる。賞誉三級は事件捜査に功労があった者に与えられるものであるが、従事した捜査員のうち四分の一程度しか授与されないのが実情なのだ。

本部の事件担当係長の手腕は、この総監賞を人事第一課の表彰担当と交渉して、いかに獲得し、捜査員の労に応えてやれるかも重要なポイントになる。大和田は人事第一課出身であるだけに、かつての同僚と巧みに連絡を取っていた。

このため「大和田係長と仕事をすると、総監賞が貰える」という評判が課内だけでなく所轄でも流れるようになっていた。特に大和田は所轄を大事にした。本部員に我慢をさせても所轄の捜査員に多くの賞を与えた。総監賞の基準に達しない者には刑事部長賞を必ず与えていた。

事件担当係長を三年務めて、事件指導第一係長となった大和田は所轄からの事件相談や派遣要請に関する窓口となり、部内各課との交渉や部外を巻き込む特別捜査本部、共同捜査本部設置の窓口兼総括責任者となった。当然、上司には事件第一管理官の警視がいたが、管理官も大和田に全幅の信頼を寄せており、大和田もこれに応えていた。

キャリアの組対四課長も例外ではなく、

「うちには大和田がいる」

と、部内や警察庁でその存在を吹聴していた。警察官もここまで評価されれば本望である。

大和田が仕事に取り組む姿勢は課員誰もが認めるところとなっていた。

大和田は福岡特捜の話が回ってきた時に、これが青山の仕事であることに気付いて、電話をかけた。

——青山、組対部は俺がやるぜ。

——助かるな。お前なら全てを任せられる。捜一は藤中がやってくれるようだ。

——そうか。捜二に龍が入れば夢の競演ができるな。

——どうもその可能性が高いようだ。

——本当か？　卒配後の再講習の後、四人で飲みながら話したことが本当のことになるんだな。

——ああ。あれから続いた四人の会が警視庁の大仕事を総括することになりそうだ。

——総合捜査本部の設置が待ち遠しい。ところで、お前のところは捜査、進んでるのか？

——福岡の概要がわかってきた。県警に助けて貰っているが、先週から十人を新たに派遣して合同捜査本部を設置した。

——公安はさすがにやることが早いな。

——察庁が巧くやってくれるからな。東山会を徹底的に視察している。

——なに？　東山会？

——ああ。報告は届いてないのか？

——初耳だ。岡広組としか聞いていない。それに、お前が作った相関図に東山会は出てきてないぜ。

——先週、福岡でわかったばかりだが、県警から察庁には報告が上がっているはずだぜ。

——察庁で止まってるんだ。どうもあそこはうちを好きじゃないらしい。
——旧態依然というわけか。東山会幹部の宮坂仁という奴が窓口のようだ。
——宮坂か……青山、こりゃどでかい事件だぜ。
——それだけではなく、東山会の周りに政治家が絡んでいる。
——宮坂の周りに政治家がいるのか。
——ああ。なるほどな、梅沢がやられた背景が少し見えてきた気がする。
——そうか。夕方、十七階に来れないか？
——夕方なら大丈夫だ。新しい相関図を渡すよ。
——それなら、うちの相関図と比べてみよう。と言ってもうちらのは手書きだけどな。
——助かる。情報交換会といくか。

警視庁本部十七階にある喫茶室は都内有名ホテルの直営になっている。朝は前日の宿直員の朝食、昼間は本部各部の来客用の応接、夕方は幹部の時間調整に利用されることが多い。警視庁の退庁時間は午後五時十五分だが、この喫茶室は午後六時まで空けてくれている。定時退庁する職員などほとんどいない。但し、定時退庁推奨日の水曜日だけはこの喫茶室も午後五時に閉まる。

午後四時半に青山が十七階喫茶室に行くと、奥の窓際の席に大和田が座っていた。青

山の姿を認めると、

「おお」

と手を挙げて合図を送った。青山は昔から変わらない大和田の仕草をホッとして眺めながら近づいた。窓からは国会議事堂を眼下に見下ろすことができる。青山のお気に入りの席でもあった。

「ここからは、国会議員も見下ろすことができる。それもお茶を飲みながら……」

「俺は、察庁で議員連中への米つきバッタだったからな。そういう見方をしたことがなかったよ。そうか。確かに見下ろせるな」

大和田が愉快そうに笑った。

「アメリカン二つ下さい」

大和田は青山の意向も聞かずに勝手にオーダーした。しかし青山が注文するものがそれしかないことをよく知ったうえでのことだった。

「ところで青山、最近、国会の先生方との付き合いはあるのか？」

「ああ。しかし、以前より大幅に減ったな。本気で付き合いたくなる人材が少ない」

「小粒になったってことか？」

「それもあるが、どうも秘書連中が気に食わないな」

「美人が減ったのか？」

「いや、美人は相変わらず多いんだが、ここ数年、議員も含めて変な奴が多いんだ」

「なるほど。大量当選、大量落選を与野党で繰り返していたら、そうなるんだろうな」

「昨日までの親分さんを簡単に裏切るからな。信用できん。まあ国会議員なんて今の半分でいいのも実情だけどな」

内調勤務の経験がある青山は政治家との接点も多かったが、あまりに非常識な新人議員の多さに辟易としていた。

「そうか。それは公務員も同じかも知れん。絶対数は必要なんだが、バカが多すぎる」

大和田は大和田で、仕事ができない上司を「バカ」呼ばわりする悪い癖が身に付いていた。

「人事出身がそれを言っちゃ仕方ないだろう。もっといい奴を取ればいいじゃないか」

「そんなにいい奴が、こんな世界にそうそう足を踏み込んだりしないだろう」

「そうだろうな。周りの優秀な奴は結構早く見切りをつけて辞めていったからな」

「その点、俺たちのような体育会出身は強いな。打たれ強いし、バカになれる」

「そうだな。酒も飲むしな。しかしなあ、結婚したのはお前と藤中で、龍と俺はまだだからな」

「結婚か……お前だってその気になれば……だろ？　何かあるのか？」

「社内結婚をしたくないだけさ。それと上司の娘。それだけは性に合わん」

な」

「藤中は社内結婚だけど、いいじゃん嫁さんも」

「ああ。あの子は極めて例外だ。あげまんってやつだな。結婚後、藤中は絶好調だから
　大和田と青山の話題は転々とするのが常だった。

「それより青山。新しい相関図を見せてくれよ」

「そうそう。忘れるところだった」

　青山は独り者の自分を自嘲して笑いながらバインダーからA4の用紙を取り出した。

「これだ」

　大和田も自分のバインダーから二枚のA4用紙を取り出して青山に渡した。

「どれどれ。ええーっと」

　二人はお互いの相関図を見比べながら人と人の繫がりを指で追った。

「なるほど、お互いに結構いい線行ってんじゃん」

「確かに。しかし、この雑な手書きの部分はどうしたんだ?」

「お前が東山会の名前を出したんで、俺が急いで書いたんだよ。しかし、公安部もなかなかやるなぁ。組対部でもここまで詳しい奴は少ないぜ」

　公安部の新たな相関図は東山会を中心にしたものに作りかえられていた。

　大和田は黄色のラインマーカーで二人の名前に線を引いた。

「キーマンはこいつとこいつだろう。しかし、大物だなぁ。警察だけでできるんだろうか？　捜二はすぐに地検に持って行きそうな顔ぶれだ」

「だな。俺もそう思う。テロに見せかけた利権保護だしな。下手を打つと国際問題にもなりかねん」

「さて、これを上層部がどう判断するかだな。今の政権がぶっ飛んだってどうってことないが、その受け皿を壊してしまっては元も子もないからな。公安はその点をどう考えてるんだ？」

「そうだな。事件の主要人物を叩いておいて、その前段として上手くガラガラポンの終結点を探し出すってところだな。藪を突っつくだけでは国が壊れる」

「国が壊れるか……公安らしいな」

「それで、組対部はどのあたりまで独自でやるつもりなんだ？」

「うーん、今日の今日だからな。何とも言えんが、ヤクザもんはともかく、この芸能グループは少しやらなきゃならんだろうな」

「元右翼の大ボスの女で、強面《こわもて》国会議員の隠し子だぜ……元首相も手を出してる……どのあたりで上からストップがかかることやら。財界だって、元経団連大幹部。精密機器業界大手のトップだ」

大和田は相関図と登場人物一覧を見比べながら呆れた顔をしていた。青山が続けた。

「業界大手といっても、最近はただの対中国の尻尾振り大将になっている。各地の工場ではヤクザもベッタリという話だぜ」

「前回の相関図はまだ漠然としていたが、今回、かなり絞り込めた。それと暴力団内の隠れた抗争も出てきている」

「ほう。そうなのか？　相関図には出ていないが」

「ああ。時間がなかった。しかし、これは実に根が深くて大きな事件だったんだな」

「福岡のチンケ野郎はロケット砲どころか、とんだスカッドミサイルだったたな。将来もしくは家族、または奴にとって極めて大事な人間を人質か交換条件にでもされているんだろうか？」

「ところで、藤中はどういうポジションで入るんだ？　殺人事件は片が付いているだろう」

「よくわからんが、他にも関係する事件が起きているのかも知れない」

二人は暗澹たる気持ちになるのを何とかおさえながら、

「これからもこっそり情報交換しようぜ」

握手して喫茶室を後にした。

＊　＊　＊

藤中は科警研から送られてきた、梅沢の死体検案書を慎重に読んでいた。当日、刺殺に使用された凶器は特殊なサバイバルナイフだった。左利きの被疑者は上腹部の中心から真っ直ぐ心臓に向かってナイフを複数回刺していた。さらに刃先が心臓到達とほぼ同時に刃を手前に抉っている。ということは正面から突き上げるように刺したうえ、手首を返しながら腕をさらに押し込んだ形となっていた。

「これはトレーニングを受けたプロの手口だ」

藤中は大和田に電話を入れた。

——大和田、俺だ。

——おお藤中。どうした？　福岡の件か？

——察しがいいな。ちょっと教えてくれ。この数年でマル暴絡みの刺殺事件のデータが欲しいんだ。

——わかった。何か特徴があるのか？

——ああ。恐らく奴は特殊な訓練を受けたプロだ。

——だろうな。

——だろうなだと？　何か理由があるのか？

——奴は、恐らく、まだ恐らくとしか言えんが、韓国もしくは中国でその道のトレーニングを受けた可能性が高い。

——そうか。そこまでわかってるのか。

——いや、俺も昨日青山から話を聞いてほぼ確信したんだ。元々韓国の退役軍人が創ったボディーガード研修所の存在は知っていたがな。

——青山か……青山はどこまで知ってるんだ？

——あいつはそこまで深いことを知っているわけじゃない。ただ、あいつには並はずれた分析能力と、怖ろしいほどの直感が働く時がある。加えてそれを裏付けるだけのデータが公安にあるということだ。しかし、今回の捜査を進めるうえではこれが一番大事なところだ。

——青山の直感は確かに凄いからな。奴の剣道を見て驚いたよ。ただ、相変わらずの一匹狼らしい。昔から直属の上司に恵まれないという点もあるがな。

——一匹狼というより、捜査員ではなく情報マンなんだろう。公安ならではの存在だ。情報マンって奴はほとんどが個人プレーだ。奴の救いはこれをキャリアが認めてくれている点だろう。これは龍にも同じことが言えるけどな。

——龍ね。捜二じゃ課長の御威光を一身に集めているらしい。アメフトのディフェンスラインならではの、攻撃的な受け身の姿勢が評価されているそうだ。龍も一年間のフットボール留学を経験している点で、アメリカナイズされた徹底的な個人主義だから、正面からぶつからない限り青山とはいいコンビだ。

——公総と捜二は案外裏で繫がってるところがあるからな。

——そんなことよりも、今回は俺達でなんとか事件をまとめなきゃならない。藤中以外はトップがキャリアだから、青山と龍には負担が大きいかも知れない。うちの課長はキャリアといっても年次が五年以上違うからな。

——その点、うちら捜一は察庁もキャリアじゃないからな。やり易くていいよ。

——特別合同捜査本部立ち上げ前に一度四人で集まりたいものだがな。

——俺もそう思う。俺から青山と龍に声をかけておくよ。

——頼むよ。何と言ってもお前は場長だからな。

　藤中は警察学校時代のクラス委員長で、警察学校ではクラスを教場と呼ぶことから、場長と呼ばれていた。大和田はクラスの人事担当にあたる勤務割副場長、龍が会計副場長という関係だった。ちなみに青山は剣道係という、無役に近い存在だった。

＊

組対四課は、警察庁からは情報の提供はなかったものの、青山と大和田の情報交換以後、福岡事件を岡広組の中でも東山会を中心とした組織解明にシフトした。

東山会会長の東山泰造《ひがしやまたいぞう》は元々名古屋を中心とした武藤会会長と兄弟分だった。岡広組四代目の時に一時期、本家筋と微妙な関係になり、若頭の地位を体調不良の理由で降りていたが、その後武藤会会長が岡広組の六代目組長に就任したことで、組長補佐として幹部に復帰していた。

この組織上の潜伏期間中、東山会は三代目当時の武闘派トップだったコリアンマフィア系組長と組んで新たな武闘組織を結成して韓国に進出し、現地で実弾訓練やサバイバル訓練を積極的に実施していた。

ちょうどその頃、中国国内で韓流ブームが始まった。これに目を付けた東山会は、芸能プロモーション事業に着手し、香港ルートのチャイナマフィアとの接点を持つことになった。この韓流ブームが日本に飛び火するや、経済ヤクザ部門を最大限に活用してテレビをはじめとする多様なマスコミ業界に取り入っていった。

この時、東山会の会長代行の立場にあったのが中居善次《なかいぜんじ》である。彼は本家筋三代目の若頭で経済ヤクザの創始者と言われた高久組組長、高久正道《たかくまさみち》の若頭で、フロント企業設立を一から学び、次々と新たな産業を確立していった。

高久が組織内抗争で射殺されると、中居は当時三代目若頭だった東山の舎弟となり、東山の兄弟分だったコリアンマフィア系組長の力を借りて、高久の仇《あだ》を高久が殺された同じ場所で討ち果した。この仇討は組織内では対立抗争の勃発になるかと騒がれたが、中居はしらを切りとおし、組織は逆に組織内の火種が消えたことにより安泰の道を進むことになった。

中居の巧みさは、韓国で爆発的に信者を増やしていた原理主義系キリスト教を巧く利用しながら政界進出を果たしたことにあった。これを契機に中居は宗教を利用して儲ける蜜の味を知った、唯一の経済ヤクザとなった。

その後、日本国内で発生する霊園紛争、絵画疑惑、宗教の政治介入には必ずと言っていいほど中居の名前が挙がった。しかし、これらの金銭疑惑を全て切り抜けた。

彼の名が最も裏社会に広まったのが宗教団体によるテロ事件だった。この宗教団体が九州から名古屋、静岡を経て東京に進出するまでの全ての拠点に中居の名が挙がったからだった。この時の彼らの宗教拠点であったサティアンと呼ばれた施設、韓国を経由したロシアンルート、そして最後のマスコミ対策まで、結果的に仕切ったのは中居だった。

内情をよく知る組内の人間からは、この一連の事件を「中居劇場」と呼ぶものさえあった。そして、この宗教団体が大掛かりなテロ事件を起こし、その容疑が世間に広まった段階で、瞬時にこれから手を引いていた。この手の引き際もまた見事というしかないほど、公安警察も中居の関係先に踏み込むことはなかった。

今回、博多東三号の窓口になっていた宮坂仁は中居の側近であり、東山会の幹部だった。しかし、いくら幹部といっても、今回の梅沢殺しは宮坂が勝手に指図して実行できる事件ではなかった。

「公安部の初動捜査は評価しよう。しかし、これからはうちの出番だ。公安部にはあまり深入りしないように釘をさしておかなければ、こちらの動きが抜けてしまう可能性がある。奴らのネットワークは半端じゃないからな」

組対第四課の大久保《おおくぼ》理事官が山田《やまだ》管理官に言った。

「はい。しかし、公安部はよく宮坂の面割りまでできたものですね」

「うん。実は俺もそこが気になっている。警察庁ルートを使ったのかも知れんが、今後はあまり勝手なことはしないように伝えておいてくれ。ちなみに、公安の現場責任者は何という奴だった？」

「はい。青山という警部で、うちの大和田と初任科同期だそうです。公安総務の事件担当で、人事の表彰担当の間でも有名な男らしいです」

「なるほどな。公安のエースか……キャリア人脈を持ってるんだな。釘の刺し方も気を付けた方がよさそうだ。下手をするとこちらの寝首を掻かれるかも知れんからな。青山か……一応、奴の人事記録を入手しておいてくれ」

組対第四課長の大場《おおば》は、キャリアの警視である。警視庁にキャリアは多数いるが、警視庁本部の所属長で警視の階級は公安部の外事第二課長と組対第四課長だけであり、警察庁警視の年次では一番上にあたる。この他、警察署長に三人、機動隊長に一人いるが、本部の課長が次に異動するのは警視正に昇任する時だった。

組対第四課長は刑事局出身で、キャリアには珍しくこれまで暴力団捜査専門官的な立場で警察庁、全国を歩いてきていた。大久保理事官から事案の報告を自室で受けた時、彼はその場で直ぐに警察庁の組対部に電話を入れた。

——ああどうも、警視庁の大場です。ちょっとお願いがあるんだけど、岡広組の東山会のデータで、名古屋空港から北朝鮮に飛んだ連中のデータを至急用意して貰えないかな。

——いつ頃まで遡りますか？

——そうだね、この五年位やってもらえるかな。確か、その中に宮坂仁という奴がいると思うんだけど、こいつと同行した者も一緒にお願いします。

――東山会の宮坂仁ですね。了解。

大久保理事官は課長が依頼した内容の意図が全く摑めていなかった。

「課長。申し訳ありませんが、今の、北朝鮮への渡航を調査された理由をお教えいただけませんか？」

「ああ。そのことですか。宮坂は中居の側近であることはご存じですよね」

「はい」

「今、中居が一番儲けているのは何だと思いますか？」

「確か、広島、山口、福岡での港湾利権と埋め立てだと理解しておりますが」

「そう。表面上はそうなんですが、奴はなかなかの商売人でね。北朝鮮に廃棄物を持って行って埋め立てに使っているのと、向こうからシャブとアサリ、牡蠣などの海産物を国内に持ち込み、これを国産品として売っているんです。この日銭の方が圧倒的な利益が上がるようです。おまけに偽装して売る海産物は一旦日本国内の特定海岸に撒いた後で回収するから、漁師は善意の第三者を装うことができる。漁師はこの見返りにシャブの運び人を手伝っているという図式です。その総元締めが宮坂なんですよ」

「そ、そうなんですか？」

「その宮坂が被告人の出迎えをやっているとなると、被告人は相当なＶＩＰということになる。しかもそのＶＩＰが殺害の実行行為者となればなおさらです」

「確かに、奴が幹部の中でも上位に位置していたことは我々も知っておりましたが、東山会そのものが東京に大きな拠点を置いていないものですから、我々も注視しておりませんでした」

「えっ。理事官、何言ってるの？　奴らは今六本木、西麻布で勢力を伸ばしているだけじゃなくて、アフリカの小国の大使館を利用して闇カジノもやってるはずだよ。岡広組の担当管理官は誰だっけ？」

「はい。八田《はった》ですが」

「ああ、あのデブね。じゃあ、一時間以内に八田に東山会の現状を報告しに来るように言って貰える？　把握もしていないようだったら、支店に帰ってもらうから」

組対第四課長の性格は実にクールだった。年齢は三十七歳だが、こと暴力団に関しては現場の担当者よりも深く広い知識があることを自任しているとともに、公安の情報マン並みに暴力団内部やこれに近いマスコミに協力者を持っていた。このため、新たな情報が入ったと喜んで報告に行った管理官が、ボロクソに言われてうなだれて自席に帰っていく姿を何度も目撃していた。大久保理事官は気が滅入り、

「誰か優秀な手ゴマが欲しい」

と、自らの直系の管理官クラスに度々口にした。その中で、事件指導第一係長の大和田だけは、十人分の仕事ができる逸材だと思っていたし、課長も大和田の報告や意見具

申だけは「よろしく」といちいち握手をして笑顔で認めるのだった。

当初、大久保理事官にとって大和田は「警部になるまで何の捜査実務に携わったこともない、人事畑の世渡り上手な鼻持ちならない存在」という認識だった。理事官自身が巡査時代から地べたを這い回るような現場一筋の経験から、ここまで這い上がってきたという自負があったからだ。

このため、組織の特例で現場も知らない警部が突然本部の事件担当係長にあてがわれたという第一印象を払拭できなかったのだった。大和田が組対第四課に着任した当時、大久保理事官は、指導担当という課内の筆頭管理官だった。もともと底意地の悪い彼は大和田に対立抗争が華やかな現場を担当させた。しかし、事件現場を一年間担当させると大和田は古株の主任クラスが驚くほどの人脈と情報網を広げていた。

事件の解決も速かったし、何より、世代を超えて、部下の主任連中が大和田と仕事をしたがるのだった。それは表彰面の優遇措置だけではなく、事件捜査に関しても大先輩の主任に指導しているというのだった。

さらに大和田は、苛めにも似た態度で接している自分にも常に柔和な態度で接し、自分が苛められているということを感じていないのかと疑うほど、笑顔が絶えなかった。彼が持つ帳場はどこも明るかった。早稲田野球部の正捕手という経験からか、巧みなインサイドワークを見せていた。

翌年、三年間務めた管理官から副署長に昇任し、所轄で一年半、再び理事官として組対第四課に戻ってみると、大和田は着任二年半で課内を完全に掌握していた。

「見事だ」

大久保が理事官として戻ってきて最初に手掛けた仕事は大和田を事件指導第一係長に任命したことだった。これには新たな課長も、

「わかりました」

と、一言で決裁欄にサインをした。警視庁の理事官クラスになると決裁欄に印鑑を押すより花押のようなサインをしたがる傾向があった。理事官も副署長当時、この花押のようなサインを練習し、なかなか様になった文字を描くことができるようになっていた。

しかし、キャリアはそんな形式ばったことはしない。アルファベットの筆記体でＯの字を書いてこれにマルを付けるだけだった。確かにキャリアにとって警視の階級など、駆け出しのポジションに過ぎない。そんな恰好を付ける地位でも年齢でもなかった。

一時間後、八田管理官がほうほうの体で大汗をかきながら課長室から出てくると、理事官席前で泣きそうな顔になっていた。

「理事官。私はもう駄目です」

「八田管理官どうした？」

八田は理事官が本部に呼んだ自らの直系の一人だった。特に優秀という訳ではなかったが、命令に絶対的に服従する可愛さが彼にはあった。警部補時代から常に自分の直系の配下として本部に呼んでいた存在だった。理事官自身、彼の上司で「暴対のドン」と称されている現第五方面本部長、宮寺《みやでら》警視正の派閥メンバーとしても有名だったから、彼も直系は特に可愛がっていた。

「今、課長から『所轄へ戻って勉強してこい』と言われました。あの言い方は本気です」

「お前、どんな報告を上げたんだ」

「はい。岡広組は元々が関西系でその中でも東山会は広島、山口、福岡中心ですから、私どもとしては特に注目していなかったと、正直に話しました」

理事官はさすがに呆れた顔をして言った。

「お前、バカか？　うちのデータ管理システムを見れば、もう少し詳細なデータが載ってるじゃないか。確認しなかったのか？」

「申し訳ありません。担当係長が不在でして……私、パソコンは得意じゃないんです」

「なに？　今頃何を言っとるんだ。お前、所轄の課長の時、何をしていたんだ？」

「パソコンは係長にやらせておりました」

「課長になると、本部から直接メールも届いただろう」

「すいません。それも係長に確認させていました」

理事官はじっと八田の顔を見た。

「課長の言うとおりかも知れんな。お前には早すぎた」

「理事官。そこをなんとか……これから何とか勉強いたします」

「もういい。自席に戻ってろ。じきに課長からお呼びがかかるだろう」

八田はうな垂れたまま自席に戻って行った。間もなく理事官の卓上電話が鳴った。課長からだった。用件は思ったとおりだったが、所轄への異動ではなく、担当替えだった。

大久保理事官は大和田を呼んだ。

「係長。ちょっと相談だ。八田管理官を担当から外さなければならなくなった。後には誰がいいと思う？　指導担当管理官を戻すわけにはいかんから、残り四人のうちの誰か、外部からということになるが……」

「一機捜の副隊長ではダメなのですか？」

「機捜にいいのがいたか？」

「はい。一機捜の馬場《ばば》副隊長です」

「馬場？　四課にそんなのいたか？」

「いいえ、本職は鑑識なのですが、刑事総務の犯罪捜査支援室の科学捜査担当も経験しており、うちの管理官よりは遥かに優秀かと思います」

「うちはそんなにダメか？」

理事官は自分の子供をバカにされたようで、露骨に嫌な顔をしたが、大和田がそこまで言うとは思っておらず、話を聞いてみようか……という興味を持ったのも事実だった。

「うちの管理官は四課しか経験したことがない方ばかりで、捜査手法が皆似かよっているんです。私も全ての管理官と一緒に仕事をしましたが、旧態依然とした捜査に陶酔されていて、さらに一歩の踏み込みができていないと感じておりました。その点、一度、麻布の特捜でご一緒した馬場副隊長はホシの扱いも、捜査指揮も見事で、しかも、コンピューター犯罪、経済事犯にも知識が深いんです」

「ほう？　刑事総務の理事官に人となりを聞いてみよう」

「はい。岡広組、中でも東山会は経済ヤクザとしての台頭がめざましいです。その点をご考慮いただけるとありがたいです」

「わかった。しかし係長。あまり上司の悪口は言うなよ。自分の首を絞めることになるからな」

「はい。申し訳ありません。今後気をつけます」

頭を下げて自席に戻る大和田を見ながら、大久保理事官は将来、自分が宮寺グループを引き継いだ際の陣容を考えると、確かに喉元が寒くなる気がした。

「こりゃ確かに新しい有能な血を入れんといかんな」

呟きながら、刑事総務課の理事官に電話を入れた。

馬場の評価は確かに高かった。今回も刑事総務課の犯罪捜査支援室の管理官として呼ぼうとしたが、捜一あがりのもう一人の理事官が別の管理官を無理やりねじ込んできたため、機捜で確保しておいたということだった。そのまま所轄に残していたら、公安部に横取りされるところだったので機捜で取ったという裏話も教えてくれた。

「しかし、大和田という男は鋭いな……」

大久保理事官は二つの優れた手ゴマを自分の傘下に入れたような、妙に嬉しい気持ちになっていた。直ちに人事第一課の人事担当管理官に連絡を入れ、馬場副隊長の個人データを取り寄せると、内容を確認して直ちに課長室に入った。

「課長。八田管理官の後任の件ですが、この男はどうかと思いまして」

大場課長は人事記録に目を通すと一言、

「よろしいでしょう」

大久保理事官の目を見て珍しく微笑んだ。理事官は久しぶりに自分が評価されたような満足感を覚えた。

馬場管理官の人事発令はその三日後だった。課長自身が人事第一課長にも電話を入れて人事異動の依頼をしていた。人事第一課長は前回の人事異動の際に馬場の名前が複数の部から上がっていたのを記憶していた。

「大場もいい人材を見つけたな。大したもんだ」

人事異動の発令上申書の決裁欄にサインをしながら呟いた。

馬場管理官は着任と同時に福岡特捜に入った。そして直属の係長が大和田であることを確認すると満面の笑みを浮かべて言った。

「係長と一緒ならいい仕事ができそうだ」

「私も同感です。しかし、組対四課への異動発令は驚かれたんじゃないですか？」

「まあ、急だったけど、お呼びがかかるということは嬉しいものだよ。宮仕えの身だからね」

笑顔で答えた。

馬場管理官は組対四課の庶務に捜査管理システム用のパソコンの他に、機種を特定して三台の捜査用パソコンを要求した。費用は二百万円を超えたが、大場課長が専決して了承された。この決裁を行った時、課長は大久保理事官に、

「この男は相当できるね」

また笑顔で言った。理事官は自分が褒められたように嬉しくなっていた。

福岡特捜内の組対四課の本格的な捜査が始まった。公安部とはまた違った方面からの

バックグラウンド捜査だった。何と言っても専門官が揃っているうえに、膨大な基礎資料が積み重ねられていた。

特捜捜査員は若手の警部補中心だったが二人の古参警部補が加えられていた。この人選も全て大和田が行った。

東山会のデータが警察庁の情報管理システムからも集積され、分析に掛けられた。また、課長直々に降りてきた、北朝鮮への渡航歴リストも新たなデータに加えられた。

毎日午後五時から捜査会議が行われた。捜査開始から四日目に、古参の警部補が何かに気付いたように言った。

「管理官。この事件の背景はこの化学メーカーの利権絡みじゃないんですか。それも中国が関わっている奴です」

「青島《チンタオ》工業団地誘致計画ですか？」

「はい。梅沢はこれに反対しています。しかし、経団連を中心として強引に企業が参加した。この件は、予算委員会でも問題になって、その質疑で梅沢が野党の意見に同調して問題となっていたようです。そこまで私は知りませんでしたが」

「この背景には北朝鮮の孤立化阻止も関わっているようですね」

「それと、全く別件ではありますがこの韓流ブームにも結び付きます」

「なるほど。すると、梅沢が日本民自党時代に起こしていた、内部抗争にも繋がるわけだな」

「恐らく」

捜査員全員が二人の会話に耳を傾けていた。大和田もなるほどと思った。やはり古参の警部補は裏事情をよく知っていた。

「この韓流ブームに乗っかった奴らのフロントがやってるプロダクションは何と言う名前でしたっけ」

大和田が尋ねると、古参の警部補はわが意を得たりという顔になって言った。

「ファースト企画です。社長は浅田元《あさだはじめ》、あのサンライトプロ社長の浅田徹《とおる》の息子です」

「浅田の息子か……」

「親父はあの暴れん坊議員で有名だった岩堀元《いわほりはじめ》の秘書から芸能界に入った変わり種ですが、元々岩堀自身が岡広組の組員だったため、当然ながら浅田徹も杯を貰っています」

「それは立証できるのか？」

「はい。岩堀自身の回顧録にちゃんと書かれていますし、当時の写真や資料もあります」

「岩堀と梅沢は敵対していたよな。それも岩堀が一時期、議員を辞職していた原因は、梅沢が岩堀の違法献金に関する追及をしたからだ」

しかし大和田はこの時、前に青山と話をした時に出てきた、さらに大物の名前を思い浮かべていた。岩堀も確かに政界では大物の一人には違いなかったが、青山が出した名前は戦後の日本史の裏社会で必ずと言って名前があがる黒幕的な存在だった。しかもその一族は未だに政財界に大きな影響力を持っていた。大和田は珍しく逡巡しながらその名前を出してみた。

「その中に竹山《たけやま》の存在はありますか？」

一瞬、場が凍ったように会話が止まった。そして視線が大和田に集まった。まさか、大和田の口からその名前が出るとは思わなかったからだ。馬場が穏やかな顔になって尋ねた。

「大和田係長。竹山の名前が出てくる理由は？」

「はい。岩堀の隠し子と言われている女優は、竹山の女でした。そして、その竹山が歳をとってこの女優を貰い受けたのが元総理の藤岡護《ふじおかまもる》。その藤岡と袂を分かって離党したのが梅沢です。竹山の一の子分というより、草履取りだったのが岡広組の中居です」

「係長、よく知ってるね」

古参の警部補が大和田の顔を見ながら溜息混じりに言った。

「僕も勉強したからね」

「しかし、その名前が出てくると上の者は足が竦んじゃうんだよね」

「そうだろうね。ヤクザ者の中でもアンタッチャブルと言われているようだしね。しかし、どう考えても、今回これを無視して事件捜査できるものではない」

「しかし、当の竹山は既に鬼籍に入ってしまってるじゃないですか。全てを立証しようがない」

古参の警部補は余計なことには関わらない方がいいという考えだろう。大和田もそれはわかっていたが、知って関わらないのと知らずに関わらないでは意味が違うことを捜査員の共通認識として持ちたかった。これを察したのか、馬場管理官が間に入った。

「確かに今、大和田係長が言ったことは事実だろう。そこで、そこでだ。我々の捜査のターゲットを鮮明にしておく必要がある。そのためには、避けて通ることができない大きな問題として今のことを知っておいてもらいたい。

今回、我々は東山会の殲滅を第一とし、これに巣食う政界、財界、芸能界を一網打尽にしたい。財界と政界の間に癒着があれば捜二の力も借りなければならない。だから、総合捜査本部の立ち上がりまでに、我々が東山会を丸裸にするつもりで捜査して貰いたい。恐らく公安部は独自に海外出張も行っているだろう。我々も必要あらばどこへでも出張してもらって結構だ。全員分のグリーンパスポートは既に請求している」

捜査員の口から「おおっ」という声が上がった。チームの編成と任務の振り分けが始まった。大和田はデスクキャップの立場ではあったが、二人の警部補捜査員を従えた実戦部隊の一人でもあった。馬場もまた独自で動く様子が窺えた。それを理由に、大和田はその日のうちに、東山会の拠点である京都行きの出張手配を行っていた。

第四章　日韓利権

東山会の中居の居宅は京都にあった。知恩院の裏手にある閑静な住宅街である。この家は経済ヤクザの原点ともいえる中居の兄貴分、高久正道が射殺される前日まで住んでいたものを、遺族に頼んで譲りうけたものだった。

遺族と言っても娘だけだったが、中居はこの娘については高久から「堅気にする」と言われていただけに、暖かく見守る方針を決めていた。彼女が東京に出る旨の話をした時、彼は陰に日向に健気なほど動いて住居や事務所を用意してやった。彼女の父親思いの姿をよく知っていたからだった。高久は射殺されなくても余命一年ほどの身体だった。

娘はこれを知って、父親を海外の静かな地で過ごさせたいと思っていた。そして彼女の婚約者とともに地中海の小島で終の棲家を探し当てた数日後に父の訃報を聞いた。彼女にその電話をしたのが中居だった。

京都は本来、岡広組のシマではなかった。しかし、祇園を中心とした花街で政財官の要人や名の知れた芸人が秘密裏に遊ぶ場所を裏で護る必要性から、岡広組二代目の頃から、徐々に祇園地区を中心としてその勢力を広げるようになっていた。当然、京都の地回り組織との抗争はあったが、圧倒的な勢力を誇る岡広組の前には無謀な争いだった。それでも岡広組は全面戦争は行わず、祇園地区以外の土地に勢力を広げようとはしなかったことで、いつの間にか京都は暴力団も安定した勢力図ができていた。この中心となったのが高久正道であり、中居はその後継者を自任していたし、周囲もこれを暗黙の了解としていた。高久の死後、一時期、中国や韓国のマフィア連中が集中して京都を荒らした時期があったが、これを武力で追い払ったのが中居だった。中居の名前はこの頃から全国に轟くようになったとともに、韓国マフィアは無謀な争いをするよりも手を結ぼうとする動きに出ていた。

昭和六十年に入った頃、中居は韓国マフィアとの接点を契機に、これまで組織内にいた在日韓国人を束ねて半島進出を考えた。当時、岡広組が持つ利権の中で大きな存在だったのが興行の世界だった。特に日本の芸能の世界には多くの在日韓国、在日朝鮮出身者がいた。彼らの特徴は、日本人には少ない四肢の美しさだった。

中居は自分の目で韓国を見たいと思い、在日韓国人の組員をボディーガード兼通訳としてソウルを訪れた。案内人は地元のヤクザではなく芸能プロデューサーに依頼した。

当時、韓国では反日感情が高く日本製品の不買運動や、抗日記念館が観光スポットとなって、国家的に反日感情を煽ることによって国民の求心力を自国の政権に向けようと必死だった。

しかし、ソウル市内の商業の中心地であるミョンドンを訪れるとその空気は一変する。東京の銀座にあたるミョンドンの表通りの店舗で堂々とロレックスのイミテーションが売られている。また、日本人と見るや一昔前のデパートの紳士服売り場の売り子を凌駕するような過剰な客引きを行う。これには案内していた芸能プロデューサーが思わず怒鳴りつける始末だった。

「まだまだ遅れてるな」

中居はこれが韓国の実態だと思った。そして商売のチャンスがあると思った。

夜は離れ家式の高級料理店に案内された。韓国伝統のもてなしを風俗化したものと言われるキーセンスタイルの食事だったが、ここで横に侍った給仕の女性が今夜付き合わないかと誘ってきた。東京でいえば吉兆の仲居が売春を誘うようなものだ。

これに興醒めした中居は食事を中断してホテルに帰った。ホテルは日系の最高級ホテルだったが、フロントマネージャーが「当ホテルでは一切女性の紹介は致しておりません」と平気で言うし、明らかに売春婦と思われる女がロビーのあちこちに見受けられた。

「あの女達はなんだ」と尋ねると「売春婦であると断定できないので追い出すことがで

きない。もし、そのような誘いを受けたら知らせて欲しい。そしたら追い出す」と答える始末だった。帝国ホテルのロビーで売春婦が客探しをしているのと同じだった。

「まるで戦後の日本のパンパン以下だな。しかも日本人相手か……」

この時、中居は韓国国内へのキーセンツアーを思いついていた。

翌日、中居は案内人を付けずにソウル最高級デパートを訪れた。入口には堂々とした体軀の中年黒服が立っていた。中居の風体は決してヤクザじみた服装ではなく、一見して落ち着いた中年紳士に見える。長髪で、背は百七十センチそこそこだががっちりとした体格は、風格さえ感じられるほどだった。また、身につけている服や時計は、見るものが見れば、それが超一流のものであることがわかる。

デパートに入ろうとする中居一行を黒服がさりげなく流暢な日本語で呼びとめた。

「本日は何かお探しですか？」

「いや。韓国は初めてなので、どの位の経済状況なのか見に来ただけだ。まあ、いいものがあれば買い求めるのもやぶさかではない」

「さようですか。ではごゆっくり」

黒服は入口の重々しい木枠のガラス扉を鷹揚に開けた。

中居は店内に入り、一階と紳士服売り場を回って中央のエレベーターホールに来たところで、先程の黒服が近づいてきた。

「お客様、何か目を引くものはございましたか？」

「モノは悪くない。しかし、決して安くもない。わざわざ韓国まで足を運んで買うべきモノはないな」

「さようでございましたか。ところで、あの二番目のエレベーターの前の女はいかがですか」

中居がその場所に目を向けると、そこにはいかにも韓国美人と言われそうな、色白の一重まぶたで、均整のとれたプロポーションをしたエレベーターガールが中居の方を見ながら立っていた。

「あのエレベーターガールのことか？」

「はい。いかがですか」

「なんだ、その、いかがというのは？」

「今夜の相手にいかがかという意味です」

「あの女はこのデパートのエレベーターガールではないのか？」

「はい、れっきとした社員です」

「社員が売春をするのか？」

「売春？　とんでもない自由恋愛ですよ。あなたが気に入れば、彼女も気に入る」

中居は呆れてものが言えなかった。三越本店のエレベーターガールを店のフロアマネージャーがポン引きしているようなものなのだ。

「いや、今日はいい」

そう答えて中居はもう一度そのエレベーターガールを見た。彼女もこちらを意識した様子だったが、反応が悪いと感じたのだろう。客が乗っていないエレベーターに乗り込むとドアを閉めた。

その夜、市内の料理屋で食事を終えてホテルに戻った中居は、エレベーターホールで昼間のエレベーターガールが日本人の男と腕を組んでいるのを認めた。

「なんて国だ。しかし、商売にはなるな」

中居は女が嫌いなわけではなかったが、素姓のわからない女を異国で抱くほど危険なことはないことを本能的に感じていた。しかし、これだけの売春婦が街中にゴロゴロしているかと思うと笑いが止まらない感覚だった。

「誰にやらせるかな」

すでに、早々にスタッフを送り込み、大掛かりな売春組織を作ることが中居の構想として出来上がっていた。

帰国した中居はすぐに宮坂を呼んだ。

「宮坂、すぐにソウルに行って、向こうの売春組織を落としてこい」

落とす。これは支配下に入れることを意味した。宮坂は京都に近い国内有数の風俗街を支配していた。中居の意図を阿吽の呼吸で宮坂は理解した。中居もまた詳しい事は話さない。宮坂の感性を信じている点もあったが、それ以上に宮坂が自分自身で新たな商売を開拓してくれるという信頼感が大きかった。一方で宮坂はソウルの実態は全くわからなかったが、売春という業種に関するノウハウはわかっている。

「わかりました。明日立ちます」

宮坂は韓国国内の銀行の一つである新韓銀行東京支店に口座を開設すると、その足でソウルに飛んだ。ソウルに着くと、中居に同行した芸能プロデューサーに案内役を頼み、来韓の目的は告げず、中居と同じルートを一回りするよう依頼し、実態調査から始めた。

「なるほど、これは国内の一流店で高い金を払って数時間を過ごすことを考えると、割安だし、何と言ってもアジア人ながら外人を抱くという優越感がいい」

宮坂は中居と違って、何でも自分で実行してみる性分だった。女もそうだった。琵琶湖の畔にある歓楽街でも、一流の店で名前が通った女は必ず自分でも試した。中には元アイドルとしてテレビや雑誌で活躍していた女もいた。

宮坂は十日間滞在してミョンドン近くに一軒のビルを購入した。出動拠点のオフィスを兼ねた営業実験だった。日本の風俗スタイルを韓国に持ち込んでも全く面白みがない。宮坂が考えたのは素人に見せかけた風俗嬢の育成と、その営業だった。六階建てのビルの一、二階にはレストランを置いた。そこでは女性が給仕するが、もちろん気に入ればお持ち帰りできる。

三階の半分は風俗嬢の待機室を用意した。接客方法から酒の勧め方まで研修を行い、料理人は南大門市場の中で美味しいものを出している屋台の親父を使った。

メインはカルビとプルコギで、海産物を仕入れるルートも作った。日本人が好むアワビ、ウニ、カニなどが日本の十分の一程度の値段で入手できる。韓国の地域料理を適当にアレンジしながらのメニュー構成だったが、これが当たった。日本人を呼ぶ前に韓国人客がついたのだった。

宮坂は日本に帰ると東京と札幌、福岡の中規模旅行代理店を買収した。客の地域に関して関西をターゲットにしなかったのは客層を考えたためである。

関西人は何でも値切るし、すぐに真似をしたがる。おまけに噂が広まるのが早いのだった。これは反面商売上手ともいえたが、客にする相手ではないと考えた。その点、東京、札幌、福岡の客は品がいい。しかも、韓国人にとってこの三都市はある種の憧れを持つ街でもあった。

旅行社は韓国中心に営業した。最初の企画は地方議員と大手マスコミ関係者、これに加えて芸人を中心に営業した。彼らは国内では顔が売れているため、風俗の世界には興味はあってもなかなか足を踏み入れられない。また、自由に使うことができる金があることも大きかった。地方議員は調査を、マスコミ、芸人は取材を目的にすれば、自腹を切らずに遊ぶことができ、しかも、海外旅行に付きもののデューティーフリーを使うことができるうえに、カジノ遊びもできるという触れ込みだった。

一ヵ月間で十五回の企画を催し、参加者は延べ六百人。二泊三日一人十五万円のコースは即完売となっていた。

韓国のホテルもこの営業成績を評価した。なんといっても観光シーズンに関係なく、金を落とす客が次々と訪れ、それも客層がよかった。チップも白人客の倍以上を惜しげもなく置いていく。

宮坂が作った旅行社は韓国にも店を開き、韓国の富裕層を東京、札幌、福岡へ多く旅立たせた。これもまた評判となった。日本から韓国へは男性ばかりだったが、韓国から日本へは女性が半数以上を占めた。

彼女らは日本でのビジネスチャンスを窺うとともに、日本のホストクラブにもはまっていった。週末を歌舞伎町で過ごす金満女性も現れた。こういう女性を巧く使うのも宮坂の営業手法だった。日本だけでなく韓国の航空会社とも良好な関係を作っていった。宮坂の会社役員は皆ＶＩＰ待遇でビジネスシートを用意してくれていた。

また、韓国の財界人とも多く知りあう切っ掛けとなった。韓国財界人は吉原を好んだ。宮坂が経営する店も一店舗あり、超高級店として名が通っていた。

その後、韓国の宮坂の店は二十店舗を超えた。肉、野菜、魚介類などの食材の生産地との契約に始まり、流通業界にも日本スタイルを取り入れ、これもまた莫大な利益を上げていた。宮坂がこのままヤクザを離れ、起業家となっていても恐らく成功したことだろう。

これをさらに活気づけたのが日本のバブル景気だった。宮坂は金の使い方に困るほど儲けた。その頃になると、宮坂を真似た幾つかの旅行社やヤクザ者がキーセンパーティー専用の旅行を組み、一時期は「日本の旅行者が韓国に女を買いに来る」という悪評が立ったが、この後発グループはその批判をかわすために、目的地を韓国からタイ、フィリピンに移していった。宮坂は相変わらず韓国一本だった。このため信用も大きかった。

韓国マフィアも宮坂には一目置いていた。そして様々な儲け話が宮坂にもたらされていた。いわゆる日韓利権だった。その中心には日本、韓国の国会議員連中がいた。彼らも宮坂の客になっていたのだ。日本側で言う「日韓議員連盟」、韓国側では「韓日友好議員聯盟」がその窓口となった。議員間の交流には宮坂の旅行社が利用され、年二回、相互の国で開催される総会のプロデュースも行っていた。

この時、韓国マフィアと韓日友好議員聯盟の間を取り持っていたのが、当時、韓国内で新興勢力として力を付けていた、キリスト教原理主義の世界真理教信者だった。世界真理教は既に日本進出を果たし、政財界の大物の支援は得ていたが、まだまだ認知度は低かった。宮坂はこの教団を利用しながら韓国における地位を盤石なものにしていった。

宮坂が韓国マフィアの連中と会って、最も恐れたのが、彼ら全員が軍隊の経験があることだった。当然のことながら、韓国はまだ休戦とはいえ交戦中の国家であり、徴兵制度が敷かれている。日本国の若者が年々弱々しくなっていくのを感じる反面、韓国の若者は未だに逞しさを保っているのだ。これは組員の姿にも一致していた。

「サシなら負ける」

宮坂は、自分の直系の組員に対して武闘訓練を受けさせることを考えた。

「韓国で武闘訓練を受け入れてくれるところはありませんか？」

「個人でやっているところもありますが、警護専門学校に入れれば拳銃も撃つことができますよ。こことタイアップしてみてはいかがですか」

「拳銃ですか……そうなると、垢の付いていない若者を早く獲得して鍛えておくしかないですね。ヤクザもんを受け入れることはないでしょうから」

宮坂は笑いながら言ったが、頭の中では確固たる構想が出来上がりつつあった。

「経済ヤクザといえども、最後には闘わなければヤクザではない」

宮坂は組織の拡大に加え、安定維持を図るための組織内武闘グループの結成に力を入れることになった。

「おい、今、組織の予備軍で面白い奴はいるのか?」

帰国した宮坂は、周辺に尋ねた。

「はい。族あがりが多いのですが、腕っ節は大したことないですね。ただ、何人か、孤児院あがりで腕っ節の強い奴がいますよ」

「族の連中はサツに面が割れているからな。その孤児院あがりの小僧は歳幾つだ」

「はい。十八、十九の連中です」

「今、何やらせてるんだ」

「はい。一人は中学出てからずっと高木《たかぎ》が面倒みています。将来鉄砲玉にでも使う気でしょう」

「鉄砲玉か……そんな奴も必要だな。根性はあるのか?」

「はい。いい根性してるという評判です。音《ね》を上げません」

宮坂は面白そうに微笑むと、下唇をキッと咬んだ。この時の宮坂の目は背中に寒気を覚えるほどの冷たさが宿っていた。宮坂がこの仕草をした時は何かとんでもないことをやらかすことを考えた時だった。昔から、宮坂が相手を倒す直前に必ず行う癖だった。

「高木を呼んで来い」

＊　　＊　　＊

高木則勝《のりかつ》は次期幹部候補生の一人だった。ボクシングの東洋太平洋チャンピオンだったこともある。これがあることからボクシング界を追われ、サラリーマン金融に手を出し、結果的にこの会社に雇われることになった。

高木自身が、都内の杉並区にある施設出身者だった。子供の頃から喧嘩ばかりしていた。何度も補導されたが、施設の責任者のおかげで逮捕だけは免れていた。中学を卒業して自動車修理工の道を歩んで、ようやく技術を身に付け始めた頃、偶然、ボクシングに出会った。その時彼は十八歳だった。世界チャンピオン経験者が経営するボクシングジムが修理工場の近くにあった。

高木は仕事が終わると入念に手を洗って、手の油を落としてからジムに通った。毎朝十キロのロードワーク後、修理工場で働き、仕事が終わると毎晩四時間をジムで過ごした。仕事が休みの日にはロードワークをして一日ジムで過ごした。元々才能があったのだろう。

東日本新人王になった時は二十歳だった。二十二歳で日本チャンプ。二十四歳で東洋太平洋チャンプになった。世界チャンプが目前だった。しかし、当時の世界チャンピオンが高木を挑戦者としてなかなか指名しなかった。そのイライラが高木の行動を誤らせた。

その日、高木は当時の後援会長と久しぶりに酒を飲んだ。東洋太平洋チャンプを四回防衛した翌日のことだった。防衛戦はたまたま放ったラッキーパンチが決まったことによる一ラウンドＫＯ勝ちだった。日頃は杉並の自動車修理工場近くの寮周辺や、たまにジム近くの居酒屋に行く程度だったが、体力の消耗も顔の傷も全くなかったことが、隣町の吉祥寺まで足を運ばせた。

ここには後援会長が以前から応援していた元関取が経営する店があった。魚料理を個室付きの料理屋で食べた後、二人はこの元関取の店に足を運んだ。この店の客は元関取が一時期、総合格闘技に転身していただけに格闘技ファンが多かった。この夜も多くの席が若い男女のグループで埋まっていた。

後援会長に気付いたオーナーの元関取はカウンター奥の常連席に二人を案内した。高木は心地よい酔いに包まれながらも軽い足取りで席についた。酒はそんなに強くはなかったが、少々のことで酔っ払うことはなかった。しかし、前日の祝勝会と二日続きの酒に、普段よりは酔いが早い気がしていた。ジントニックをオーダーして後援会長と今後の世界戦について話を始めた時、客の一人が高木の存在に気付いた。五、六人の男女で来ていた若いグループの一人だった。

「あれっ。高木じゃねぇ？」

すでに相当飲んでいるのか、高木を指さすと大きな声を出して言った。高木は自分より年下と思われる小僧に指さされたことにムッとしたが、知らん顔をすることはせず、軽く手を上げて会釈を返していた。するとその若者はグループの仲間に対して、

「おい、高木だよ高木。ミドル級チャンピオン」

客のほとんどが高木を見た。高木はその場にそっと立ち上がると軽く手を上げて挨拶をした。するとその若者は無遠慮に高木に近づくと、

「しかし、昨日はラッキーパンチだったじゃん。もう少し客を喜ばせなきゃ、プロじゃないぜ」

高木の肩を叩いて言った。これには後援会長が怒って答えた。

「君、失礼じゃないか。ボクシングはショーじゃない。真剣勝負なんだ」

しかし、若者は怯むどころか、さらに高木に向かってジャブを出す仕草を見せながら、

「何偉そうにいってんだよ。リングサイドはヤクザと芸人ばかりだったじゃねぇの。あんなの、博打やってるからヤクザがいるんだろ？　八百長じゃん」

と、言いながらさらに出したジャブが後ろ向きの高木の後頭部を直撃した。オーナーをはじめとして後援会長、その場にいた客が一瞬息を飲んだ瞬間、高木が振り向きざまに左フックを若者の右わき腹に打ち込んだ。

ひとたまりもなかった。若者はその場に崩れて立ち上がることもできなかった。高木の左拳には意図的にブレーキはかかっていたものの、タイミングとしてカウンターに近い状態のボディーブローとなっていたのだった。

「キャー」

という悲鳴があがった。

誰もが高木が本気を出したとは思っていないが、現役のチャンピオンの目にもとまらぬパンチの瞬間と崩れ落ちる青年の姿を目撃していた。仲間の一人が青年に駆け寄ったがピクリともしない。

すぐに一一九番通報された。一一九番からの一一〇番転送で、救急車に続き警察官も臨場した。

若者は高木のパンチの影響よりも、崩れ落ちる際に椅子の角でぶつけた肋骨が一本亀裂骨折していた。高木は傷害の現行犯人として逮捕された。

高木のボクサー生活は、この若者のおかげで幕が引かれた。しかし、世論は高木の味方をしようとはせず、失意のうちに釈放後、高木はこの街を去った。

ボクシングコミッショナーは処分保留のまま、高木のチャンピオンベルトも預かりとなり、半年後、チャンピオン不在のため新チャンピオン決定戦が行われた。この時まだ、ボクシング界では高木に同情的だった。

その三年後、高木の消息は思わぬところで明らかになった。暴力団系サラ金の取立屋となっていた。それも逮捕という形でマスコミの前に現れた。その時になって、高木のボクサー生活をクローズアップする報道が流され「将来の日本の至宝となるべきボクサーを失った原因」が正しく世に広まったが、すべてはすでに終わっていた。

当然仕事は取り立てである。その時まではまだ転落した人生ではなかったが、昭和五十年代後半に法改正があり、高木が普通に行っていた取り立てが違法と認定されてサラ金の代表者ともども警察に逮捕される結果となった。

この社長が岡広組の三次団体の組長だった。このため、マスコミに大きく取り上げられ、ボクシング界からも追放されると、高木の行きどころはヤクザの世界しかなかった。たまたま、中居が高木のファンだった。中居は自分の組に高木を置き、本格的な闇金融の経営方法を教えた。元々似たような世界に身をおいていただけに、高木が任された会社は徐々に利益を生み、フロント企業の代表として頭角を現しつつあった。

高木は経済ヤクザとして足場を固めていながら、ヤクザの道に足を踏み入れる者の中から、施設出身者を多く雇い入れていた。その若者たちの子供の頃から持っていた辛さをよく知っていたからだった。

その中で一風変わった少年がいた。中学を出てすぐの少年だった。大阪の高木のシマで喰い逃げを続けては警察ではなく高木の若い者に捕まっていた。コソ泥もやっているようで、住所不定の割にはいつも新しい服を身につけていた。四回目に捕まった時に初めて高木の前に連れてこられた。

「お前、名前は何と言う」

「寝屋川太郎《ねやがわたろう》」

「ふざけんな。あまり舐めやがると名前のとおり寝屋川に沈めるぞ」

「ほんまの名前や。ほんまのことは知らんけど、ほんまの名前や」

「何わけのわからんことゆうとんや。何がほんまなんや」

「せやからみんなほんまや。寝屋川太郎は本名や」

「そうか、そりゃ親様に悪かったな」

「親が付けた名前じゃないわい」

「ほう。誰が付けた名前なんや?」

「施設のおっちゃんや」

「ふーん。親はおらんのか」

「おらん」

「今、幾つや」

「十五や」

高木は妙にこの少年が可愛くなった。それに、名前が如何にも可哀想だった。

「よし、お前今日から『新居一《あらいはじめ》』と名乗れ。新しい家で一から出直しや。新居の居の字は俺の兄貴分の一文字だ。どや？」

「わかった」

その日から新居の新たな生活が始まった。事務所の掃除人を兼ねて読み書き、算盤が教えられた。新居は決して頭の悪い男ではなかった。本もよく読んでいた。しかし、何事に対しても一途過ぎるところが高木には気になっていたが、高木が命じたことには何一つ逆らうことがなく従う従順さがあった。身体はさほど大きくはなかったが足腰は屈強だった。新居は新居で、この高木に拾われていなかったら自分の将来はどうなっていたか……と考えると、高木に感謝せざるを得なかった。

日が経つにつれ高木は、新居を自分の弟のように可愛がっていたが、二年を過ぎた頃から新居は出会いの頃とは次第に変わってきた。誰に対してもだんだん口数が少なくなってくる新居を高木は次第に近くには置かなくなっていた。思春期特有の様々な悩みを聞いてやる相手がいない寂しさが新居にあったようだったが、高木は知らん顔をしていた。それでも、思い出したように新居を呼んで食事を共にしていた。

高木が兄貴分の宮坂から呼ばれたのは新居が十八歳になった頃だった。

「高木、元気そうじゃないか」

「ありがとうございます。何とかやっています。兄貴も大活躍のようでなによりです」

「ああ。ところで、お前のところに面白い奴がいるらしいな」

「面白い奴……ですか？」

「おお。どこかで拾ってきて、名前を付けてやった奴がいるだろう」

「ああ、新居のことですね。まあ、面白いといえば面白いんですが、最近はあまり話もしません」

「そうか。ちょっと相談なんだが、そいつ今のままじゃ運転免許も持てねえだろう。俺に少しばかり預けてくれないか」

「はい。兄貴がそうおっしゃるなら私は結構です」

「悪いが、明日にでも俺の事務所によこしてくれ」

「わかりました」

＊　＊　＊

新居一は、翌朝九時に宮坂の事務所を訪れた。自分の親分のような兄貴のさらに兄貴分である宮坂の話は様々な武勇伝とともに噂話として聞いていた。なにしろ「金を持っている」というのが一番の噂だった。宮坂の事務所は、京都駅から歩いて五分の十二階建てビルにあった。ビル名も宮坂ビルであり持ちビルであることが新居の目にも明らかだった。ビルに入ると掲示板に多くのテナント名が書いてある。最上階とその階下二フロアがインターナショナルトラベル株式会社で、宮坂の会社の一つだった。そこが現在の宮坂の主たる事務所だったが、この他にも札幌、東京、神戸、福岡に事務所を構えているという噂だった。

エレベーターで十一階に着くと、そこは旅行会社というよりも、普通の会社のような雰囲気で、二重の自動ドアで仕切られており、手前のドアを入ったホールの左右には商談用の会議室が三室ずつ設置されている。正面の磨りガラスの自動ドアの脇に電話が置かれ、電話番号表がその前のモニターに映されていた。モニターはタッチパネル式で総務部秘書室をタッチすると、電話番号が示される仕組みだった。

高木に習ったとおりに電話をすると間もなく女性の声がし、指示どおりに入口で待っていると、磨りガラスのドアが開き、中からすらりとしたモデルのようなスタイルの美女が現れた。新居がテレビ以外で初めて見るような美人だった。

「新居様でございますね。社長から伺っております。ご案内いたします。どうぞこちらへ」

これまでの人生で緊張ということを経験したことがない新居は、この時初めて自分が宙に浮いているような、自分の身体が自分のものではないような感情に襲われた。こんな綺麗な女性を雇っている宮坂という人物は、とてつもなく大きな存在であろうと思ったからだった。

役員室の入口手前には秘書のカウンターがあり、そこにも二人の美女が笑顔で立って出迎えてくれた。

役員室の高級そうな木の扉を開けると左右に個室がある。手前四つが副社長の部屋で正面が社長室だった。案内の美女が社長室の隣の応接室に新居を案内した。一瞬のことだが室内に彼女と二人だけの時間が訪れた。新居は口の中がカラカラになっていた。

すると美女が新居に着席を勧め、穏やかに会釈をして言った。

「間もなく社長が参りますので少々お待ち下さい」

シースルーのブラウスの胸の部分に大きな谷間が見えた。新居は返事をする声も出なかった。

新居が重厚な革張りのソファーに腰を下ろして室内を見回していると、扉がノックされ、再び先程の美女の秘書が冷茶をグラスで運んでくれた。再び会釈をして出て行ったが、又しても新居の視線は彼女の胸元に釘付けになっていた。

彼女が退出すると、新居は良く冷えた茶を一気に喉に流し込んだ。頼みもしないのに自分の今の状態をわかってくれたことが嬉しかった反面、今の自分を見透かされたような気恥ずかしさも覚えた。ようやく喉の渇きが治まったが、口の中の渇きはまだ消えていなかった。それでも、高級なお茶なのだろう、甘さと上品な渋みが口から鼻に抜けていった。

ホッと一息ついて改めて部屋の中を眺めていると、扉が再びノックされ、同じ秘書が社長の来室を告げた。

「やあ、待たせたな」

入ってきたのは百八十センチ近くはあろうかというスマートな体型に長髪ながら精悍さが溢れる男だった。一見何かのスポーツ選手のような雰囲気はもっているが、目は鋭く光り隙のなさが新居にも感じられた。

「一流というのはこういう人のことなんだろう……」挨拶をするまでの僅かな時間で新居は宮坂の持つエネルギーを身体で感じていた。

「は、初めまして、新居一です」

飛び上がるように席を立って深々と頭を下げた。

「まあ、そんなに緊張するな」

宮坂はゆったりとソファーに腰を下ろすと、秘書に目配せをした。秘書はこぼれるような笑顔を見せてさきほどよりも深くお辞儀をして退出した。またも新居の視線はその胸の谷間に注がれていた。宮坂は穏やかに笑いながら言った。

「美人だろう」

「はい。びっくりしました」

「こういう環境で仕事をするようになると、知恵も回る」

「は、はい。そう思います」

宮坂は今度は声を出して笑った。

「さて、早速だが、本題だ。お前、しばらく俺の下で働け。といってもここじゃない」

「はあ」

新居は少し残念そうな顔をして言った。宮坂は続けた。

「お前、今のままじゃ何の免許も取れないだろう？　住民票もないそうじゃないか」

「はい。おそらく寝屋川の方に『寝屋川太郎』という名前で住民票はあると思いますが、戸籍は知りません」

「らしいな。それでな、もう、その『寝屋川太郎』って名前は捨ててしまえ」

「はい。もう捨てたも同然なのですが、これから先どうしていいのかわかりません」

「うん。それで、お前、今日から韓国籍の人間になれ」

「韓国人になるんですか？」

「そうだ」

「しかし、韓国語はぜんぜんできません」

「だから、韓国に行って勉強するんだ」

「俺が、韓国に行くんですか」

「そうだ」

新居は何が何だかわからない状況だったが、すでにこの段階で宮坂に全てを預けてみたい気持ちになっていた。

「わかりました。なんでもやらさせてもらいます」

「よし。よく言った」

宮坂はこの即答が嬉しかった。

ちょうどその時入口の扉がノックされ、あの美人秘書がワゴンを押しながら入室してきた。ワゴンの上には新居が見たこともない、洋式の鳥かごのような形をした銀色のフレームに、二段重ねの食器が乗っており、上の段にサンドウィッチ、下段にはケーキが乗っていた。美人秘書が華奢な手で鳥かごのようなフレーム上部の丸い取手を持って新居の前に置いた。

さらに、おしぼり、アイスコーヒーをコースターの上に、ストローとミルク、シロップが乗った皿をテーブルに置いた。最初こそその華奢な腕と細い指に見とれていたが、やはり顔と胸元を視線が行ったり来たりしていた。最後に彼女は宮坂の前にホットコーヒーを置いて恭しくお辞儀をすると退室していった。

「腹、減ったろう。まあ食べろよ」

宮坂の言葉は優しかった。新居はおしぼりで手を拭くと、

「はい。いただきます」

宮坂は手を合わせ、お辞儀をしてサンドウィッチを食べ始めた新居を微笑んで眺めていた。

三日後、新居は「李仁天《リジンテン》」という名前のパスポートを持って渡韓した。

日本の出国手続きも金浦《キンポ》空港での入国手続きもスムーズにパスした。但し、入国審査時に韓国語を話すことができないことを怪しまれたが、両親に先立たれて日本人に育てられたが、これから母国の言葉を学ぶために来たことを告げると、通訳もイミグレーションの担当者も歓迎してくれた。彼の身なりが整っており、身に付けている物が一目で高級なものであることがわかったことも大きかった。すべて宮坂から与えられたものだった。

李仁天として三年間の韓国生活が始まった。

宮坂のおかげで金には苦労せず、最初の二年間は個人レッスンで韓国語の勉強をしながらボディーガードの専門学校に入校した。将来のことはわからなかったが、組の幹部を守るための修行だと思った。ここでは拳銃の練習もあり、年間二百発の実弾射撃ができた。

ハングルも覚えた。李は韓国系の女性が好みだった。食生活も順応できた。そして、指示どおりに美容整形手術を受けた。

顔の輪郭は変わらなかったが目鼻立ちは韓国俳優のようになっていた。金もあり、体格もガッチリとしている。女にもよくもてた。あっという間の三年間を、楽しみながら生きてきたと言ってよかった。

帰国すると三ヵ月間、宮坂のボディーガードのような生活を送った後、東京に行くように言われた。パスポートや韓国で取得した運転免許証も全て預けさせられた。東京駅から一駅山手線に乗って有楽町へ、さらにそこから地下鉄に乗って六本木に向かった。東京は李にとって初めての東京だったが、迷うことなく、むしろ京都よりもソウルに似た雑然とした街は不思議な安堵感を李に与えた。

六本木の事務所にも迷わずに着いた。そこには兄貴分の高木と五分の杯を交わしている松浦《まつうら》が待っていた。

「李、楽しい生活をさせてもらったか？」

「はい。天国のような生活でした」

「だろうな。今夜このまま六本木に行ってもさぞもてるだろう。しかし、ここでお前にはちょっと辛抱をしてもらう」

「辛抱ですか？」

李は言われた意味がわからなかったが、こんな生活がいつまでも続くとは思っていなかった。

「そうだ。ムショ暮らしを経験してもらう」

「誰かを殺《や》るんですか？」

「バカ、そんなことはさせない。ただ修行だと思え。サツを一人殴るだけでいい」

「おまわりを殴るだけですか？」

「そうだ。そしてパクられたら、完全に黙秘しろ。何もしゃべるな。これが辛いとは思うが、お前の将来への試練であり辛抱を覚える時だ」

「わかりました」

李は無条件にこの指示を受け入れた。疑問も何もなかった。宮坂は何かを考えてのことだろう。受けた恩に報い、自分の力を試してみたいと思っていた。

翌日、李は松浦の手下と古着屋でGパンとデニムのシャツを買うと、大好物の焼肉をたらふく食べた後、現金三万円を渡され大田区の多摩川下流にある六郷土手に連れて行かれた。

「もうすぐここに、左翼の連中のデモが来る。その時、ほら、あそこを見ろ」

手下の男が指さす方向を見ると、三十代前半のスーツを着た男が突っ立っていた。このあたりの風景とは実にミスマッチの服装だった。

「あいつは所轄の公安刑事だ。デモが到着すると、ひと騒ぎになる。その時、奴に近づいて思い切り奴を殴れ。それだけだ。後は完全黙秘を続けろ。弁護士が来ても、裁判所でもだ。それがお前の修行だ。務めが終わったら、また組織でキッチリ面倒は見てやる」

「わかりました」

何の疑問も持たず、李は車を降り、デモ隊の到着を待った。

小一時間経った頃、シュプレヒコールが近づいてきた。すでに紺色のワッペン服を着てヘルメットとジュラルミンの盾を持った完全装備の機動隊が百人ほど河川敷の入口に配備されていた。

デモ隊の片側にはやはり完全装備の機動隊がくっついている。李は初めて見る光景に興奮しながらことの成り行きを見守っていた。

河川敷入口で機動隊が狭い通路を作り、その間をデモ隊の参加者を一人ずつ通しながら、リュックの中や激しいボディーチェックをしながら所持品検査を行っている。既にその場で怒鳴りあいが始まっていたが、機動隊もツワモノ揃いで全く相手にしていない。

デモ隊全員が河川敷に入ると機動隊に向けて投石が始まった。李は夢中になって見ていたが、ふと気付くと殴るはずの刑事は機動隊の後方に避難していた。李は横目で機動隊がデモ集団に突入する最大のクライマックスを観戦しながら、目標の刑事に近づくと

「犬」とだけ告げて公安刑事の右顔面に左フックを食らわせた。公安刑事は一メートルほど吹っ飛んで、呆気にとられた顔で李を眺めていた。

これに気付いた同僚と思われる若い刑事が、

「お前、何やってんだ」

と、李を取り押さえ、暴行の現行犯人としてその場で逮捕した。

李はあまりに簡単に指令が予定通りに済んだことで満足げに逮捕に応じた。李は制服警察官に両手を摑まれ、パトカーの後部座席に乗せられるとそのまま蒲田警察署に運ばれた。この程度の事件だから、マスコミに報じられることもなかった。

完全黙秘を通しながら李は三年間ジッと我慢した。といっても生活自体、何が苦しいわけではなかった。女に接することができないのが唯一の辛さだった。

＊　＊　＊

組対部は宮坂の周辺を徹底的に捜査した。

宮坂は東京、札幌、福岡の三ヵ所に拠点を置いて旅行業と風俗業を中心に活動していた。

観光業は韓国方面への団体ツアーでは最大手であり、カジノ目当てと女性目当ての二つのパターンそれぞれが大当たりしていた。しかも、韓流スターのディナーショーをこれに組み合わせ、カジノ目当ての女性客は彼らの上客だった。二泊三日で十五万円のツアーは売り出しと同時に完売が続いていた。これにエステ、垢擦り、ドラマロケ地ツアーをオプションに付けると一人あたま五万円の追加がゲットできた。旅行業者にとってはオプショナルツアーが最もオイシイ収入源であり、さらにツアー旅行者が落としたカジノ収益の四分の一がキックバックされていた。

風俗業も韓国内では、キーセンスタイルを独自にアレンジしたお見合い形式が大うけし、韓国国内で十店舗がフル稼働していた。日本国内では韓国パブが大いに流行っていた。都内だけでも二十店舗を展開し、裏で個人恋愛を装った管理売春も行っていた。

風俗業の一方で宮坂が経営主体となっているプロダクションを韓国と日本国内で設立し、マスコミへの浸透も図っていた。宮坂が経営主体となっているプロダクションは若手のオーディションを活発に行い、徐々にではあったが男女のアイドルスターや歌手も育っていた。このスター達がまた新たな顧客を生みだしていた。

デビュー間もない将来性のあるアイドルには政財界のスポンサーを付けた。スポンサーと言えば聞こえはよかったが、期限を定めた「囲い」の関係であり、男女を問わずこれにのめり込む有力者も多かった。中でも男色好みの政財界人は次第に積極的に新たなスポンサーとなることを宮坂に求めてきた。宮坂はこの男同士の関係については秘匿で写真、ビデオ撮影をして証拠を残していた。

一方で宮坂は北朝鮮を原産とする覚醒剤ビジネスに手を染めている可能性も高かった。その証拠にこの数年、暴力団員の覚醒剤逮捕事案が減少してきているにもかかわらず、東山会の組員が所持で捕まるケースだけは増加していたのだった。また、宮坂自身が東山会の覚醒剤担当と思われる部下を連れて、名古屋空港に発着するチャーター便で何度か訪朝していた。

第五章　歌舞伎町の女

組対部の捜査員に一人の異色警部補が加えられていた。名前を矢《や》澤《ざわ》功二《こうじ》と言った。彼は大和田のような大卒のエリートではなかった。高校卒業後すぐに警視庁巡査を拝命していた。所轄、機動隊を二年ずつ経験して巡査部長になったのが二十三歳の時だった。その年に夜間大学を卒業して、翌年には警部補の受験資格を得た。

警視庁の場合、大卒警察官は巡査部長、警部補の昇任試験受験資格をそれぞれ、前階級での実務経験が一年で取得できる。一方、高卒警察官はこれがそれぞれ実務経験四年を必要とされている。しかし、この矢澤のようなパターンで夜間大学に通いながら大卒資格を得て昇任する方が、年数的に大卒入庁より一年早く警部になることができるのだった。

矢澤は警察官になった時から階級意識は特に気にしておらず、社会正義の実現を本気で考えていた。警察学校の成績も決してよくはなかった。矢澤は警察学校で席を並べた女性警察官に好意を抱いた。卒業前に彼女に対してその意志を伝えると、彼女は「将来のことを考えると、付き合う相手は大卒がいい」とストレートに言われてしまった。このため、矢澤は警察学校在学中に夜間大学の入学試験を受験して合格した。夜間大学受験と言っても、願書を出せば間違いなく合格するような学校ではあったが、とりあえず彼女に認めてもらいたい一心からの行為だった。

警察組織は向学心ある者には実に細やかな配慮をしてくれる。

矢澤が卒業配置となったのは通学する大学がある所轄に隣接する警察署だった。卒業配置というのは、警察学校を卒業して、初めて第一線の警察署に赴任することを言う。その警察署は彼が通うことになった大学から電車で次の駅だった。地域課の担当係長になった警部補も夜間大学出身だったし、副署長もそうだった。皆が「ちゃんと卒業しろ！」と応援してくれた。

二年後に機動隊勤務となったが、機動隊でも中隊長が夜間大学出身だったため、試験の時は現場から帰してくれたり、当番勤務の際でも時間休暇扱いで学内の試験に行かせてくれた。

そんな職場環境だったため、どういうわけか巡査部長試験は一発合格した。機動隊長も心から喜んでくれた。何と言ってもその年の巡査部長試験での、最年少合格者だったからだ。機動隊の特色に無理矢理勉強させられるという利点があった。

昇任試験の合格者数で隊の評価が決まるという一面もあった。このため「キラキラ星」という隠語が生まれるほどで、機動隊と警ら課（現在は「地域課」と呼ばれるが、地域→機動隊→地域→機動隊→地域）を繰り返して、警部補まで昇任していく者に対する、ある種のヤッカミを含めた言葉だった。なぜなら、専門技術を何も取得することなく警部補の階級まで若くして昇任することができるからだった。

矢澤は警部補になって初めて捜査部門に進んだ。刑事ならばなんでもよかったのだが、知能犯捜査に進むほど勉強はしていなかった。刑事の振り出しである盗犯捜査に携わるうちに、空きができた組織犯罪対策課暴力団捜査担当係長に任命されてしまったのだった。それも新宿警察署だった。

矢澤は毎晩のように歌舞伎町を歩いた。日勤終了後も非番、週休の日も歌舞伎町に足を運んだ。当時の歌舞伎町は、日本の様々な暴力団と外国マフィアの巣窟だった。二十七歳の独身警部補が毎日一人で歳相応の格好で歩くと、呼び込みやポン引きの方が先に矢澤の顔を覚えた。当然ながら、矢澤が新宿警察のマル暴担当の係長だとは思いもしない。

初夏の金曜日の夕方、矢澤は非番だった。月に一度の土日の連休前でもあった。

「兄さん。今日も来てるね。何か探してるの？」

「いや、そういう訳じゃないけど、社会勉強」

「女？　ビデオ？　それとも別のもの？」

「何？　その別って」

「まあ、いろいろあるじゃん？」

「でも、俺、そんなに金持ってないよ」

「カード持ってる？」

「キャッシュカードなら持ってる」

「それじゃダメだ。働いてるんだろ？　クレジットカード位持ってなきゃ」

「ああそう？　今、三万持ってるんだけど、女ならどこがいいの？」

「三万あれば遊べるよ。会社の名刺とかないの？」

「持ってない」

「外人？　日本人？　どっちがいいの」

「外人は何人？」

「いろいろいるけど、白、黄色、黒のどれがいい？」

「そりゃ白がいいけど、病気がね」

「大丈夫。ロシアの若い子がいるよ。いいよっ」

「教えて」

「じゃあ、ここで三万払って」

矢澤はズボンのポケットから裸銭で三万円を取り出して男に渡した。

「こっち、おいで」

男が案内したのは風林会館裏にある八階建てビルの七階だった。エレベーターを降りるとまだ薄暗いホールに出た。ワンフロアに四軒ほどの店がある様子だったが、店の看板があるのは二軒で、後の二軒は「会員制」と書かれた札が付いた木製のドアがあるだけだった。

「兄さんここだよ」

男は会員制と書かれた奥の店の扉をノックした。それも、普通のトントンというノックではない。トン、トントントンこれを二回繰り返す。すると内から鍵が開き、それでもチェーンが掛っていてその隙間から誰かが顔を出しているようだが、矢澤の方向からその姿は見えない。二人で一言二言ヒソヒソと話すと、一旦ドアが閉まり、今度は扉が開いた。

「いらっしゃいませ」

若い、訛りのない綺麗な日本語に聞こえた。二十代前半に見える優男だった。

「どうぞ」

呼び込みの男は、その場で矢澤に、

「ではゆっくり楽しんで！」

愛想よく手を振るとエレベーターに乗り込んで扉を閉めた。呼び込みを乗せたエレベーターが下って行くのを見ていると、店の優男が再度言った。

「どうぞ」

促されるまま店の中に入ると、そこは薄暗く狭いホールだった。何度か経験したピンサロをちょっとばかり高級にした感じだった。

手前のソファーを勧められ腰を下ろすと優男が一冊のアルバムを開いて手渡した。目をやると女の子の写真が貼ってある。それも顔写真だけでなく全裸の全身写真も並べている。

「今なら、この娘がお相手できますよ。お兄さん超ラッキーですよ。この娘はうちのナンバーワンなんだから」

確かに容姿もプロポーションも抜群だったし、色が透き通るように白い。写真だから当然修整も加えられているのだろうが、断る理由が見つからなかった。

「いいね。でも、ここには何人くらい在籍してるの？」

「普段は八人。まだ夕方だから今は三人。でも、ジュンさんが連れてきたお客さんだから今日は特別ナンバーワンを紹介してるんですよ」

呼び込みの男はジュンという奴らしい。

「金は彼に渡しているけど」

「はい。わかっています。時間は九十分ですが、今日は特別百分にしておきます。ではこちらへどうぞ」

カーテンをくぐるとそこはカーテンで仕切られた個室が八部屋あった。よくあるマッサージ屋のそれに似ているが、カーテンは厚く高級感がある。一番奥の右側の個室に案内された。カーテンの向こうはスライド式の扉になっていた。

これを開けると小さなソファーとセミダブルのベッドが用意されていた。案外奥行きがある部屋で隣とは完全に仕切られている全くの個室仕様だった。見せかけのカーテンは消防法に備えての言い分なのだろうと矢澤は思った。まもなくスライド扉がノックされた。

「どうぞ」

矢澤はソファーに座って応えた。ゆっくりと扉が開き、女の子が顔を出した。矢澤は一瞬息を飲んだ。写真よりもさらに可愛いのだ。

「こんにちは。失礼します」

言葉も標準語だった。

白いTシャツに白のショートパンツ。胸元は大きく盛り上がり、ウエストのくびれも素晴らしい。それ以上に長い脚が印象的だった。

矢澤は言葉が出なかった。後ろを向いて引き戸を閉め、彼女はもう一度、

「こんにちは」

と言った。

「あ、ああ。こんにちは」

彼女は笑顔で矢澤の前に来て矢澤の右肩に手を添えると、ゆっくりと矢澤の右横にすり寄るような仕草で座った。

「初めてね」

「そ、そう、初めて。でも、綺麗だね」

矢澤は本心から言った。

「ありがとう。さ、シャワー浴びましょう。洗ってあげる」

矢澤はどのようなシステムかも知らず飛び込んでいたのだった。

「ここ、初めてなんだけど、どんなシステムなの?」

「若い人、私、好き。楽しみましょう」

「うん。でも、日本語上手だね」

「専門学校に行ってるから」

「歳は幾つ?」

「二十一」

矢澤はこれまでの人生で一番のラッキーを掴んだような気持ちになっていた。

「ねえ、キスしていい？」

彼女はクスッと笑うと矢澤の唇に自分の唇を重ねた。

「甘い」

思わず矢澤は口に出したが、その薄い唇の柔らかさに夢中になってしまい、これに応じていた。巨大なバストにも触れた。矢澤の片手にも余る大きさと、やや硬さを感じるほどの弾力だった。二、三分はそうしていただろうか、彼女に促されるまま部屋の奥に設置されているシャワー室に入った。

お互い全裸になって彼女は丁寧に矢澤の全身を洗ってくれた。矢澤にこの若い女性を金で買っているという意識は完全になくなっていた。まさに旅先でふとしたことから知り合った女性とのアバンチュールという感覚だった。

ベッドに入ると矢澤の方が恋い焦がれた女性に尽くすような形になっていた。

百分という時間はあっという間に過ぎた。

生気を抜かれたようになった矢澤は、自分の足がしっかりと地に着いていないことを自覚しながらも、至福の時間の一つ一つを何度も頭の中で反芻していた。その時、ふと最初に気になった瞬間を思い出した。

「確かに甘いキスだった……しかし、あの甘さは……」

その後、夢中になってしまった自分を一方では詰《なじ》り、他方では恥じらいながら思い返していた。

「大麻？　アヘン？」

矢澤は舌先から鼻腔に抜けた一瞬の感覚を思い返した。

矢澤はまだ腰がきちんと据わらない自らの情けない感覚を確かめながらも、その足で歌舞伎町交番に向かった。

そこには数ヵ月前まで自分の直接の部下だった係員が勤務していた。交番前で厳正な立番勤務をしていた若い巡査が矢澤を認めると、右手に手にしていた特殊警棒を顔の正面に上げて敬礼をしながら、

「勤務中異常なし」

と挨拶をした。

「おう。真面目にやってるな」

笑顔でこれに応えながら、交番の中に入っていった。この交番は通常、警部補以下八人で勤務に就いている。

「お疲れ様です」

勤務員が矢澤の顔を見ると懐かしそうに口々に挨拶した。

「おう。大丈夫。今日は巡視じゃない。楽にしてくれ」

矢澤はたった今まで、この交番が受け持っている管轄地域の中にあるビルの一室で、ロシア人の若い女性と裸で絡み合っていたことに若干の後ろめたさを感じながらも、先程の経験が新たな捜査に進むだろう予感を覚えて、捜査員の顔つきに変わっていた。

「悪いが、歌舞伎二丁目二十四番の簿冊を見せてくれ。それと、そこの受持員の名前と係もたのむ」

「了解」

若い巡査部長が奥に入っていった。矢澤も一緒に交番の奥に入った。間もなく、

「キャップ。そこは三係、林《はやし》部長の受持ちです。ここは雑居ビルばかりで簿冊は三冊あります」

黒い分厚い巡連簿冊が矢澤の前に届けられた。これは巡回連絡簿というもので、地域課のパトロール乗務員以外の巡査部長以下の警察官が自分の受持ち区域を回りながら、居住者の協力を得て巡回連絡カードという書類に記載してもらい、緊急時の連絡体制を確保するための連絡簿である。

地方の田舎に行くとこれを「戸籍調べ」というところも未だにあるようだが、平成七年に発生した阪神淡路大震災の際には、この簿冊のおかげで行方不明者や倒壊した建物の内部実態がわかり、被災者の把握に大きく貢献していた。

「エンゼルクエストビル七階」

矢澤は二冊目の簿冊の見出しを確認すると、ちょうど真ん中あたりにインデックスでそのビル名を発見した。ビルの所有者はこの辺り一帯に十数棟のビルを保有するクエストグループだった。まともな地元企業と言ってよかった。七階を見るとフロアごとの図面にその店の名前が載っていた。

「クラブ　エルミタージュ」

サンクトペテルブルク、かつてのレニングラードの中心にある歴史地区で、同名の美術館はロマノフ朝の冬宮としても有名だ。確かにロシアをイメージした名前だった。

代表者と経営者をメモしてその場から風俗営業許可の状況を生活安全課の保安担当者に確認すると許可が出ていたことは分かったが、それはあくまで風俗営業法の接待飲食等営業の二号であり、現状の性風俗特殊営業とは明らかに違反した営業形態である。しかし、都内の多くの店でそのような偽装許可は多かった。従業員は十人と記載されていたが、従業員名簿は添付されていなかった。

翌朝一番に週休ではあったが「クラブ　エルミタージュ」の代表者と経営者の調査を行った。代表者には前科前歴はなかったが、組対第四課の独自データによると東山会の周辺者であることが確認できた。

「ほう？　マル暴関連施設の新規発見だな」

矢澤は早速ポイントを挙げたことを素直に喜んでいた。東山会は警察庁指定暴力団の最大手である岡広組の中でも格が高い。しかも、経済ヤクザとしてその名は全国に知られていたが、東京進出は六本木方面という噂だけで、矢澤としても初めての接点だった。

「本部も喜ぶだろう」

思わず含み笑いを浮かべながら、経営者の捜査に入った。こちらは前科前歴も暴力団関係にも全くヒットしなかった。

「そんなはずはないいな」

経営者の居住地である麻布のマンションを調査した。名前を聞いただけでわかる、外資系の高級分譲マンションである。麻布警察のマル暴担当に電話を入れた。

――忙しいところすいません。新宿の矢澤と申します。ちょっと管内居住の関係でお伺いしたいことがありまして。

――新宿の矢澤係長？

――はい。そうですが……。

――講習同期の寺田《てらだ》ですよ。

新任警部補の中でも若手で専務警察を目指す者に対して行われる講習だった。専務警察というのは刑事、公安、交通、生活安全の四部門を言うが、刑事、公安は伝統的な分野で、あとの二つの講習の歴史は浅かった。矢澤が希望したのは中級幹部刑事専科講習だった。初級幹部は巡査部長、上級幹部は警部以上を指す。

——おお、寺さん。なに、今、マル暴やってんの？

——そう。ここの捜査はマル暴が一番人数多いからね。キャップのことは聞いてたよ。ところで組はどこ？

——どうも。いや、まだ組までわからないんだけど、性風俗の代表者が東山会の周辺者でね、代表者の居住が麻布なんだよ。

——なるほど。東山会、ついに新宿まで進出してたんだ。わかった。ヤサ（家）の住所と名前教えて。

——ヤサ（家）は、麻布永坂町三番、ファイアーマット永坂一一〇四号、名前は木村《きむら》義雄《よしお》っていうんだけど。

——ファイアーマット永坂ねえ。そこ、大物国会議員と大物右翼が住んでるよ。東山会とは当然関係してるね。一一〇四号室の木村ね。ちょっと時間頂戴。これって、案外大物かも知れないよ。勘だけどね。十一階に確か、岡広の組長の愛人が住んでた筈なんだ。銀座でクラブやってる女だけど、こいつのおかげで毎月組長が上京してくるんだよ。

——その女って日本人なの？

——そうだよ。ただ、銀座の店はロシアの若い女が多いって、うちの外事の奴が言ってたよ。奴ら金あるから結構行ってるんだよ。

――ロシアねぇ。

矢澤は間違いないと思った。そうなると、あのポン引きにも注意を払わなければならない。

――まあ、今日中は無理だけど、なるべく早く連絡しますよ。

――忙しいのに悪いね。

電話を切って、同期と名乗った寺田の顔を思い出そうと努めたが、ついに思い出せなかった。警視庁ほどの人数がいると、なかなか顔を覚える事ができない。本部の一階ロビーですれ違う一面識もない警察官に「ヨッ」というと、相手もつい「あっ、どうも」と答えてしまう。そういういい加減さもあるのだ。

矢澤は独自に昨日会ったナンバーワン「ソーニャ」の行動確認をしてみようと思った。いざとなれば制服警察官に職務質問させれば済むことだったが、当面は趣味と実益を兼ねてやってみようと思った。

彼女の出勤曜日と時間は昨日のうちに本人から聞いていた。彼女も自分のことを少しは気に入ってくれたと自分では思っていた。何しろ実質六十分で三ラウンド、フル活動したのだ。彼女は今日、遅番の出勤で明日の午前五時にあがり、月曜、水曜が休みということだった。もう一度その姿を見ることができると思っただけで、股間が妙に疼いた。

「こりゃいかん」

矢澤は苦笑いをして、全く違う昇任試験のことを考えた。

翌、日曜の週休日、午前四時半に目覚めると新宿警察署の上階にある単身寮を出た。あと二年は寮に残ることはできたが、警部補がいつまでも寮員というのは決して褒められたことではなかったし、部下や後輩も遠慮、萎縮してしまうのが実情だった。また、二年後には警部試験も控えている。その前には本部勤務の経験もしておかなければ警部への道はなかった。

五時にビルの出入り口を見通すことができる建物の陰に身を隠した。コンビニでおにぎりを二つ買ってきていた。一つ目を頬張りゆっくりと嚙みしめて食べた。小型ペットボトルのお茶を飲み二つ目のおにぎりをかじった時、ソーニャが現れた。時計を見ると五時二十五分だった。何か変化があれば時間を確認する。これも警察官の癖だった。

遠目から見てもいい女だった。服のセンスもいい。白地にライトブルーのラインが入ったワンピースに肩までの金髪をポニーテールに纏め、首元には紺色の薄手のスカーフを巻いている。彼女は矢澤の前を通り過ぎると西武新宿線の新宿駅方向にウォーキングのインストラクターのような優雅な足取りで歩いていく。又しても矢澤の股間が熱くなる。追尾に入ったが、その後ろ姿を見ているだけで二日前を思い出してしまうのだった。

「参ったな」

日曜の朝五時半、ほとんど通行人はいなかったが、それでも時折彼女に出くわす男たちは、彼女の頭のてっぺんからつま先までしげしげと見つめては溜息をついた。声を掛ける勇気がある者は一人もいなかった。それほど彼女は神々しく見えた。

西武新宿線の新宿駅に入ると彼女は各駅停車に乗った。まだ急行が走っている時間帯ではなかった。彼女は四つ目の駅である新井薬師前で降車した。駅の南口商店街に入り最初の信号の五差路を右斜め方向に入ったすぐの真新しい七階建てマンションに姿を消した。矢澤は通りの反対側に急ぎ、マンションの入り口を確認すると、彼女はオートロックの鍵を開け、ガラス扉の中に入ろうとするところだった。彼女がマンション内に入り奥に姿が消えていった。矢澤はマンションの入り口に駆け寄ったが、その場からエレベーターが見えない構造になっていた。また、マンションは外廊下が外部から見えない造りであるため、彼女の居室までは把握できなかった。

気を取り直して矢澤は交番を探した。この辺りは警視庁野方警察署の管轄である。矢澤が卒業した警視庁警察学校の近くでもあった。

——はい警視庁です。

——すいません。野方警察のリモコン席にお願いします。

——野方警察のリモコン席ですね。お待ち下さい……どうぞ。

警視庁では所轄の通信指令指揮所をどういうわけか「リモコン席」と呼んでいる。こういう時は警視庁本部の案内に直接電話するにかぎるのだ。すぐに厳《いか》つい男の声に変わった。

――はい、野方リモコンです。

――朝からすいません。新宿マル暴の矢澤と申します。新井五丁目を管轄する交番を教えていただきたいのですが。

――ご苦労様です。新井五丁目は、新井薬師駅前交番ですね。駅の南口にありますよ。今日は勤務員も就いています。

――ありがとうございました。


矢澤は交番に足を向けた。交番はすぐにわかった。若い警察官が厳正に立番をしていた。矢澤は警察手帳を示して、その警察官に言った。

「ご苦労様です。新宿の矢澤と申します。ちょっと簿冊を見せて頂きたいのですが」

「ご苦労様です。相勤員がまだ休んでおりますので、ちょっとここでお待ち下さい。住所はどちらになりますか？」

「新井五丁目○○番○号のエステート新井です」

「ああ、すぐそこの新築マンションですね」

「はい。まだ新しいので把握されているかどうかわからないんですがね」

「あそこはうちの長さんの受持ちですから、結構把握していると思いますよ。大家や不動産屋とも仲がいいですから」

「あ、そう。それはラッキーだ」

間もなく、奥から若い巡査が簿冊を持って出てきた。

「こちらですね。結構把握できていますよ」

七階建のマンションはすべて賃貸で、各フロアが２ＬＤＫとワンルームの二つに分かれ、三十世帯が入居していた。このうち空き部屋は２ＬＤＫに二つ、ワンルームに三つあった。外国人も案外多い。その中にロシア女性の名前があった。

「ソフィーヤ・ユーリエヴナ・ソルコフスカヤ　これか……確かに二十一歳」

外国人登録証番号まで記載されているとなると、この警察官は本人と面接しているのだろう。専門学校生ではなく、勤務先は麻布の旅行社ということになっている。これらをメモすると、若い巡査に尋ねた。

「この受持ちの部長さんは今休憩中？」

「いえ、今日はＰＣ（パトカー）に乗ってます。聞いてみますか？」

「はい。できれば確認を取りたいので、電話でも結構ですから話ができないかと……」

「わかりました」

巡査は所轄系のＳＷ無線機でＰＣを呼ぶと、すぐに応答があり、書類搬送のため、間もなく交番に立ち寄るということだった。十分ほどしてＰＣが交番前に横付けされ、四十代前半かと思われる巡査部長が助手席から降りてきた。

「あ、長さん。こちらの刑事さんがお待ちです」

「そう。どうも、山田《やまだ》です。何かご用でしょうか？」

きちんとした敬礼をしながら矢澤に向かって言った。矢澤は警察手帳で身分を明かしたうえで、簿冊に記載されている女性について尋ねると、真面目そうなこの巡査部長も思わず相好を崩した。

「いやー、びっくりするくらいの美人でしょう？」

「そうなんですよ」

「彼女、マル暴のこれなんですか？」

巡査部長は矢澤の所属部署を思い出して、怪訝な顔をしながら小指を立てて尋ねた。

「いえいえ、彼女が通っている専門学校がちょっとトラブルになっていましてね」

「そうなんですか？　かわいそうに。昼間は働いて、夜は学校に行っていると言っていましたよ。高田馬場にある語学専門学校ですよね。前にも問題を起こした学校だったんで気にはなってたんですよ」

「前に問題を起こした？」

「あれ、ご存じないですか？　結構、新聞でも叩かれてましたよ。地上げと講師不在とやらでヤクザもんが入り込んで閉鎖になるんじゃないか……とかで、校長は捕まったはずですよ」

「あ、そうですか？　僕が捜査している学校と違うな。転校したのかな」

矢澤は適当にごまかしながらヤクザと繋がる語学専門学校について耳を傾けていた。

「あれだけ綺麗な子だから、変な虫が付かなければいいと思ってるんですよ。係長さんは若そうだけど、本人に会ったことあります？」

「はい、一度だけですが」

矢澤は冷や汗がでそうになった。巡査部長は相当な思い入れがあるようだ。

「なんとか救ってやって下さいよ。あんな娘がヤクザもんにやられるなんて、日本の恥ですよ」

もう手遅れとは思いながらも、矢澤は巡査部長に礼を言って交番を後にした。

新井薬師前駅から西武線に乗ると矢澤は巡査部長から聞いた語学専門学校について調べてみようと思い、高田馬場に向かった。新宿駅の一つ手前である。管轄する所轄は新宿署と隣接する戸塚警察署だった。戸塚署は管内に早稲田大学を持っているだけに、公安部が強い。

高田馬場交番で語学専門学校の概要を聞いたため、戸塚警察署に入ったのが午前八時だった。日曜の朝八時は勤務員の交代時間前で人が多かった。矢澤は刑事組対課のマル暴担当を尋ねると顔見知りの刑事が何人かいた。一人の刑事が矢澤に気付いて近づいてきた。

「矢澤キャップ。朝早くから何事ですか？」

「うん。ちょっと追っかけやってたら、変なところにぶつかってしまって」

「キャップ自ら追っかけですか。でかいヤマでもあるんですか？」

「いやいや、まだ何にもわからないんですよ。ところで新宿外語アカデミーって語学専門学校ありますよね」

これを聞いた刑事の顔色がサッと変わった。「何かあるな……」矢澤はこの反応を肌で感じとった。奥の席に座っていたやはり顔見知りのマル暴担当部長刑事が近づいてきた。

「矢澤キャップ、何かありました？　そこは、うちも興味を持ってるところなんだけど」

「そうなんだ。あそこ、以前、マル暴とトラブルがあったという話を聞いたんだけど、組はどこだったっけ？」

「岡広ですよ」

「もしかして東山会？」

部長刑事は他の者に話を聞かせたくないと思ったのか、矢澤の肩に手を回して、その場を離れさせようと、身体を寄せて自ら動きながら言った。

「キャップ、ちょっとこっちに来て」

部長刑事は真顔になって、矢澤を取調室に連れて行った。

「長さん、どうしたんだよ。こんなところに連れ込んで。僕の調べでもやるつもり？」

「キャップ、正直に教えて下さいよ。キャップは何を追ってるの？　うちはまだ本部に報告してないんですよ。でもかなりいい線まで行ってるんです。うちのハムも絡んでましてね」

「ハム？　外事絡みで？　もしかして外一？」

「参ったな。キャップ頼みますよ。教えて下さいよ」

「だから、まだ何にもわからない段階だと言ってるじゃないか。ロシアンマフィアでも追っかけてるのかい？」

「ほうら、知ってるじゃないですか。頼みますよ。ちょっと待ってて……」

矢澤は被疑者椅子に座らせられたまま、取調室に取り残された。数分して部長刑事が上司と思われる男を連れて来た。

「うちの代理です」

四十代後半くらいの、いかにもマル暴担当という服装で、品のないパンチパーマの男は、刑事組対課長代理の警部だった。

「課長代理の菅原《すがわら》だけど、新宿の係長だって？」

その階級を盾にした高圧的な態度が矢澤は気に食わなかった。

「そうですが、何か」

「何かじゃないんだよ。うちが追っているヤマに下手に手出ししてもらっちゃ困るんだよ。なんなら森山《もりやま》代理に俺から言ってもいいんだぜ」

森山代理は新宿署のマル暴担当課長代理で、矢澤の直属の上司だった。

「訳わからんこと言わないで下さいよ。僕は自分の管内で起こっているだろう犯罪を捜査しているだけじゃないですか。あなたにとやかく言われる筋合いはない。なんなら、僕は明日署長に報告しますから、トップの判断に委ねても構いませんよ」

「なに？」

新宿警察署長は警視庁の警察署長の中でもトップクラスであり、歴代捜査第一課長が歴任している。捜査第一課長はノンキャリ刑事警察の憧れの的であり、その影響力は計り知れなかった。その署長が所轄の刑事課の中でも花形であるマル暴担当に抜擢したのが矢澤である。所轄の課長代理ごときに恫喝されておいそれと尻尾を巻くことは新宿署マル暴担当係長の威信にかけてもできない相談だった。

矢澤の態度に一瞬怯んだのか、課長代理は突然態度を軟化させた。

「係長ね。我々はもう何ヵ月も前から追ってるヤマなんだよ。だから、もし協力関係になるのだったらそれでもいいしね。係長に捜査から手を引くように言ってる訳じゃないんだから、そう、強がらないでよ」

警部にも、この程度の奴は多い。言葉遣いも知らなければボキャブラリーにも乏しい。矢澤は高卒で、形だけは夜学を出て大卒資格はとっていたが、そんなに勉強が得意な訳ではない。それでも最低限の勉強はしてきた。

これまで十年間の警察生活の中でも、また新宿署の中にも大卒風を吹かせて威張っているアホな連中を何人も見てきた。しかし、大卒で「こいつは凄い」と思ったのはほんの数人しかいなかった。高卒のやっかみかも知れなかったが、実際、自分は警部補になってもうすぐ三年目に入る。同期の中で警部補は自分しかいないのだ。

矢澤が夜学に行って一番よかったのは異業種の仲間とたくさん友達になったことだった。検察事務官の女子、今は税理士になった者、国会議員秘書になっている者、労働組合の専従から区議会議員になった者、ＩＴ企業を立ち上げた者……たくさんの仲間ができて、彼らと未だに同窓生として付き合うことができる。これが大卒の意義であり、力だと思った。

学業に関する能力は高校時代とあまり変わっていないと自分では思っている。しかし、人と会話する能力は格段に進歩したと自負していた。たくさんの言葉を覚えたと思った。敬語も正しく使う癖がついたと思った。

この警部が先ほどから使っている「下手に手を出す」「強がるな」という言葉は、いくら階級が下の者に対するものであっても無礼だと思った。常識のかけらもないと思った。

「わかりました。私も上司に相談してみます。今日はこれで帰らせていただきます」

矢澤は席を立った。しかし、席が被疑者席だったため物理的に前を塞がれている形になっている。改めて矢澤は言った。

「帰ってよろしいですよね」

課長代理は苦虫を嚙みつぶしたような、怒り心頭の顔になっていたが道を譲らざるを得なかった。矢澤は振り返らずに取調室を出て刑事組対課を後にした。戸塚署を出た時、ふと、

「このヤマは案外大当たりなのかも知れないな」

呟くと、思わず笑いがこみ上げてきた。

翌日、矢澤は新宿署に出勤すると新宿外語アカデミーに関するデータを調べ始めた。うまいことに、この事件の元立ちは新宿署であり、捜査資料は全て新宿署の刑事課に保管されていた。事件データの概要を見ると逮捕者は三人、専門学校校長の他、岡広組組員二人がその内訳だった。

早速、矢澤は部下の巡査部長を連れて捜査資料倉庫に足を運んだ。古い捜査資料は

徐々に電子資料化されつつあったが、そこまで手が回らないのが実情だった。この事件の戒名は「岡広組組員による学校法人買収未遂及び詐欺事件」となっていた。ダンボール箱で四箱あった。これを台車に乗せ第一調べ室に持ち込むと、書類目録に沿って必要なところに付箋を付けていった。

岡広組が関与していった経緯、目的、手法、逮捕こそされなかったものの、訴外《そがい》関係者等を綿密に読んで分析していった。

＊　＊　＊

この外語学校は中国、韓国からの留学生ブームに便乗し、留学生受け入れと、受け入れに必要な日本語教師の育成を目的として設立されていた。柔道整復師や鍼灸師の養成を手掛けていたビジネススクールが手を広げてできたものだった。

ビジネススクールの経営責任者は、渋谷にある医療法人理事で医師免許を持つ男だった。医療法人の理事長は彼の母親だったが、どうやら韓国系の人物であるらしかった。学校法人の経営はやや強引でありながら順調に生徒を増やしていた。

しかし、中国、韓国からの留学生の多くの目的は金稼ぎであり、日本語の習得は二の次だった。このため、在校生の日本語検定試験の結果は極めて低調で、日本人学生が希望する日本語講師の育成など夢のまた夢の状態だった。この風評は留学生の送り元である中国、韓国でも拡がっていた。理事長は留学生の確保を最優先に考え、現地法人に積極的に働きかけていた。これを韓国で知ったのが東山会の宮坂だった。

留学生という名目で大量に韓国、中国人を日本に送り込み、これを一括管理する。岡広組内の別グループが中国の蛇頭《じゃとう》グループと手を組んで密航者の大量受け入れをしていたのとは全く違う人材獲得術だった。宮坂は東京の旅行会社と組んで短期語学留学ツアーを企画し、これをこの学校法人で受け入れる準備があるかどうか打診させた。

学校法人はダボ鯊《はぜ》のごとくこれに食いついてきた。手始めに夏休みコースと称して、三十日間の短期留学生を五十人、日本に送った。将来性風俗を中心に稼いでもらう予備軍だった。予め面接を行い、容姿も一定水準以上の女性ばかりの団体だった。週五日の授業以外に、夜は懇談会や観光、週末は自由な時間を与えた。

一番喜んだのが校長だった。学校内が一度に華やかになった。元々女にだらしない校長は理事長を誘って留学生の中で好みの娘を誘惑し、多額の小遣いを与えて自分のものにしていた。宮坂はこの点にも抜かりはなかった。自主申告と見張り役制度を設けていたのだった。

一方で、旅行業者はこの華やかな学校生活の光景を撮影し、広告を打ってさらなる留学生を確保しようと考えていた。特に中国人の若者にとって、近年の韓国の成功は身近な憧れとなっていた。日本は彼らにとってはまだまだ遠い存在だったのだ。

　宮坂は自前の芸能プロダクションを巻き込んで、美男美女の留学生が日本で勉強しながら留学生生活を謳歌し、世界へ飛び立っていくプロモーションビデオを作成した。製作費用はほとんどかからなかったが、宮坂はこれを学校法人に購入させた。一分、三十秒の二つのパターンで二億円だった。学校法人はためらいもあったが、ビデオの出来映えがよく、もしこれが放映されることになれば、さらに多くの留学生が訪れ、しかも自分たちも楽しめる。

「理事長。この学校は外国人ばかり受け入れていても発展しません。語学交流という視点に立って、国内の若者も集めてみては如何ですか？　韓国の大学に行きたがる若者は少ないかも知れませんが、中国となると話は違います。漢方でも東洋医学でも、さらには純粋に中国語を勉強したい者は多いはずです。そこを狙ってその窓口になるのですよ」

「なるほど。柔道整復師を海外に派遣することも可能ですね」

「そのとおり。あれは立派な日本の文化ですからね」

　理事長はすっかりその気になった。外語専門学校と本来の柔道整復師、鍼灸師を同じ学舎で学ばせることによって、様々な交流が広まると考えたのだ。宮坂は国内のマスコミを活用して知名度を広げることを提案した。その最たる手法がテレビコマーシャルの製作だった。

学校法人は民放三社とスポット契約を結び、三億円を宮坂に支払った。

この効果は絶大だった。翌年度の受験生が前年度の十倍を超えた。入学試験費用だけでも億単位だった。これに入学金、授業料等を加えると、あっという間に数十億の金が入った。理事長は宮坂を学外顧問に招き入れた。宮坂の営業は中国、韓国でも多くの留学生の獲得に成功していた。

学校法人は空きビルをレンタルして校舎に変えた。二年後には新校舎も建設するほどの勢いになった。

理事長と校長は理事会に臨み、今後の学校法人の展開を滔々と述べた。得意満面の笑顔で会を終了した二人は理事長室で祝杯を上げようとしたときだった。宮坂が怪訝な顔をして理事長室に入ってきた。

「おお、宮坂さん。今日の理事会でこの体制継続が決まりましたよ。みんなあなたのお陰だ、さあ、一緒に乾杯しませんか」

理事長、校長とも宮坂の困惑した顔色を気遣う冷静さもないほど舞い上がっていた。これを無視するように宮坂が言った。

「理事長、校長、困ったことが起きました」

理事長は宮坂の顔を見て真顔になった。

「困ったこと？　なにかありましたか」

「お二人に確認しておきたいことがあります」

宮坂は二人の目を強い目力で見比べながら続けた。

「私はまだ本人たちから直接聞いたわけではないですし、にわかには信じがたい話なのですが……お二人、まさか、間違っても留学生に手を出すようなことはなさっていらっしゃいませんよね」

理事長と校長は一瞬顔色を変えてお互いに見つめ合った。二人とも言葉が出ない。

「どうなんですか？　教育者のあなた方がまさかそんなことはないですよね」

宮坂の語気が次第に強くなった。理事長が声を震わせて尋ねた。

「て、手を出すというと、どういうことを言うんですかな」

「そりゃ、男と女の関係になるということですよ。幾ら対価を払ってもね。ありえませんよね。そんなことは」

理事長、校長とも額にじっとりと汗をかいていた。

「男と女というか、なんとなく恋愛関係になったことはありました」

「なに！」

宮坂の勢いが変わった。理事長、校長とも後ずさりした。

「まさか、お二人ともですか？　いつ？　どんな娘と？」

「いや、最初の短期留学生の時から……」

「なんだって？　最初から……？　一回限りじゃないとでも言うのかい？　ええっ」

「これは自由恋愛だったんだよ」

「そんな台詞が真に受けられるとでも思ってるのかい？　理事長さんよ。いいかよく聞けよ、相手は韓国大財閥の姻戚者だ。相手がその気になれば、こんな学校あっという間にぶっ潰されるどころか、足だけコンクリート詰めにされて海の底に放り投げられて、魚の餌にされっちまうぜ。もう一人は中国共産党幹部の縁者だそうだ。醢《ししびしお》と言う中国の歴史的刑罰を知ってるかい？　生きたまま身体を切り刻んで、塩漬けにするんだよ。それを口に入れてクチャクチャ嚙まれた挙げ句、ペッと地べたに吐き出されて、それをさらに足の裏で踏みつぶしてしまうような凌遅《りようち》刑だ。憎しみもここまで来たら恐ろしいものだ。中国辺境にはまだその風習が残っているところもあるらしいぜ。どうするつもりなんだよ。ええっ」

　二人は返す言葉もみつからなかった。蛇に睨まれたカエルどころか、仁王に踏みつけられた小人の様だった。

「誰が、どう、責任を取るつもりなんだ。相手は日本のヤクザなんてもんじゃないぜ。悪いが俺は一抜けだ。弁護士でも雇って交渉してもらうんだな。まあ、先方はそんな生っちょろい話には乗ってこないだろうがな。俺だってただ抜けるって訳にはいかないんだよ。それなりの誠意は払ってもらわなきゃ、俺の会社まで踏み潰されてしまう。いいな、後はお前達二人でよーく考えろ。明日また連絡する。誠意を見せろよ」

宮坂のこれほどまでの剣幕を見たことがなかった二人は思考が完全に停止していた。弁護士の知人はいるが、こんな話をする訳にはいかなかった。何としてでも宮坂の機嫌を直して、相手方と交渉して貰うしかなかった。

「どれ位の金を払えばいいんだろう」

「全く見当がつかない」

「韓国財閥ってのは強大な権力とマフィアも抱えているという話を聞いたことがある」

「中国共産党だって、あれだけ死刑をする国だ。公開処刑だってあり得る」

善後策など二人に見つかるあてはなかった。

「やはり土下座してでも宮坂さんに相談するしかない。二、三億で話が付くんだろうか？」

「金額は理事長に任せますが、その金はどこから出すんですか？　学校の金を遣う訳にはいかんでしょう」

「しかし、個人ではそんな金はない。一旦、学校から金を借りることにしておくしかないだろう」

「借りるといっても正当な金じゃありません。背任なんかで理事会で突き上げられたらおしまいですよ」

「そこを巧くやるんだ。この学校は私達が作って、ここまで大きくしたんじゃないか」

「確かにそうですが、公私混同してしまうのも問題が……」

「校長。じゃあ、お前さんはどうするつもりなんだ？　悪いがお前さんは雇われ校長なんだぞ。それにお前の個人資産ではなく、学校の金を使って処理してやろうと言ってやってるんじゃないか」

「はい。確かにそのとおりです」

「いいか。すぐに宮坂さんに来て貰って、交渉人になってもらうんだ。宮坂さんには成功報酬と詫び金を渡すことで納得して貰うしかない。そうだろう？」

「はい。確かにそのとおりです」


　校長が宮坂に電話を入れた時、宮坂は吉原の個室浴場の一室で現役ＡＶ女優のソープ嬢に身体を洗わせているところだった。

「そろそろ面白い話が舞い込んでくるかな」

「なに？　新しいお仕事の話なの？」

「いや、何年も前から仕込んでいた仕事が実を結ぶだけだ」

「素敵ね。あなたは立派な経営者だから」

「立派ねぇ」

宮坂は笑いをこらえるのに精一杯だった。

――宮坂先生、新宿外語アカデミーの鈴木《すずき》でございます。

――どうされました。

――やはり、宮坂先生のお力添えをいただきませんと、私どもでは如何ともしがたい状況でございまして……。

――では、私に一任するとでもおっしゃるのですか？　あなた方個人の下の世話の不始末を私に処理しろとおっしゃるのですか？

――滅相もありません。弁護士も考えましたが、こういうことに我々の弁護士は慣れておりません。どうか、宮坂先生に御仲介の労を取っていただけないかと思いまして、伏してお願い申し上げております。

――仲介の労？　そういうことをただでやるほど暇はないし、これを業として報酬を貰うと弁護士法違反になるからな。悩ましい相談だ。

――それはもう、顧問料の追加分ということでお願いできませんか？

――ほう。そうですか。それはそれとして、私への謝罪の姿勢はいかがするおつもりですか？　交渉における成功報酬だけというわけではないでしょう。

——もちろんでございます。先生には相応のお詫びとお礼をさせていただきます。

——私から幾らと言うことはできませんが。あなたが誠意を示すということでしたら、これまでの経緯もあることだし、お力添えすることも決してやぶさかではないんだがな。

——それはもう、重々承知しております。先生へは三億円用意させていただきます。それで如何でしょうか？

——三億ねぇ。安く見られたもんですね……まあ、仕方ないでしょう。元々は当方から持ちかけた話ですからね。それで、先方にはどの位支払う予定なのですか？　そこを聞いておかなければ交渉もできない。精一杯の誠意を見せることも必要ですからね。

——はい。一人につき五千万。理事長と二人合わせて十人で五億円というところで如何でしょうか？

宮坂は驚いた。宮坂が聞いていた話では三人ずつ六人しか把握していなかったのだ。

——まあ、いい線かも知れませんが、韓国の財閥系のお嬢さんだけはその倍は最低用意した方がいいかも知れませんよ。あと、持ちビルに抵当権を設定して、借金をしてまでも支払ったと誠意を見せることも、相手を納得させるには必要でしょう。

——なるほど。五億くらいは抵当権をつけても問題がないでしょう。

——そうですね。金の引き渡しは現金でお願いしますよ。表に出せない金ですからね。

——わかりました。早急に用意いたします。用意ができた段階で先生にご連絡いたしますので、くれぐれもよろしくお願いいたします。

電話を切ると宮坂は大笑いした。中国人の娘の認識はカネで身体を売っただけだった。韓国人の一人は騙されたと泣きを入れていたことは事実だが、百万円も渡してやれば大喜びするだろう。八億五千万円がちょっと凄んだだけで自分のものになるかと思うと、笑いが止まらない。

「香港と上海に店でも出すかな」

宮坂はすでに自分のビジネスに思いを馳せていた。

数日後、現金を受領した宮坂は韓国に飛んだ。残りの四人を探し出さなくてはならなかったからだ。韓国人の三人はすぐに判明したが、もう一人の中国人はわからないままだった。十人分の虚偽の示談書を作成して一週間後に理事長に手渡した。

「理事長。今度から手を出すときには、一旦帰国した後に、個別で呼んでやることだ。そうなれば自由恋愛で済むでしょう」

「なるほど、そうでしたね。今回は高い授業料でした。でも宮坂先生のお陰で、なんとか交渉できて感謝しております。些少ですがこれはお礼です」

入手が困難と言われている焼酎の箱が二つ揃えられ、御礼ののし紙が貼られていた。

宮坂はこれまでの経験から、箱の中身は予想がついた。

「ありがたく頂いておきましょう。ところで、今後、こちらとの窓口は旅行社の関口《せきぐち》に任せます。私は新たなビジネスに移りますのでご承知おき下さい」

理事長と校長は残念そうな顔をしたが、その反面、今後、宮坂との金銭面の問題が発生しないという安堵感も生まれていた。

「わかりました。宮坂先生には本当にお世話になりました。ご成功を祈念しております」

焼酎の紙箱を手にして事務所に戻り、中を確認すると一箱に二千五百万ずつの現金が入っていた。

「よく詰め込んだものだ」

普通、酒の箱に入る金は二千万が相場だった。

「手放すには惜しい客だったが、これくらいが潮時だろう」

宮坂は不敵な笑いを浮かべて葉巻に火を付けた。

宮坂からビジネスを引き継いだ関口彰《あきら》は、学校の土地建物に抵当権が設定され、大手都市銀行から七億円の融資を受けていることを知った。それも事業を引き継ぐ一ヵ月前のことだった。その理由を理事長に糺したが曖昧な返答をするだけで、その使途も明らかではなかった。

「宮坂の兄貴、何か巧いことをやったな」

関口は宮坂からフロント企業経営のノウハウを学んでいただけに、すぐにピンとくるものがあった。

「こいつらの弱点はどこだ」

「宮坂の兄貴は何を見つけたのだろう」

関口は自分の会社で雇っている公認会計士を使って学校法人の経理を探らせた。損益は違約金の支払いと、中国の提携医療機関に対する医療機器購入資金の供与という形で処理されていた。中国の医療機関に関して、関口は手出しできなかった。但し、違約金の三億円については、システム上のミスで合格者を二倍採ることになってしまったため、半数に対して支払った違約金という理由付けになっていた。

関口はここに注目した。留学生を集めるだけ集めて金を巻き上げ、学校を潰してしまおうとしたのだ。だが、生徒の募集を旅行社が行っていては自分たちに手が回ってしまう。全てを学校側の責任にしてしまえば済むことだった。

関口は自分の手を汚さずに巧く中間搾取する方法を模索した。それは、旅行社を学校に買い取らせることだった。

まず、関口は活発に動いて、中国、韓国から五千人の留学希望者を募った。

入学試験は現地で行い、成績優秀者には奨学金を付けた。学校法人は関口の力量を高く評価した。その時、関口が囁いた。

「理事長。いっそのこと、旅行代理店業も先生の傘下に入れてしまいませんか？　その方が儲かりますよ。ノウハウも教えますから」

理事長は以前より、毎年、旅行社に支払っている二〇％の報酬をなんとかできないかと思っていた。

「関口さん。それであなたは何をなさるんですか？」

「僕はまた違う事業をオーストラリアで始めてみたいと思うんですよ。ワーキングホリデー的な事業をね。だから、この部門は切り離してもいいと思っています。如何ですか？」

こうして、関口は、実質的には何の実体もない旅行社を三億円で売却した。

ところが、旅行業者の営業資格は入手したものの、旅行手続きのノウハウどころか、留学生の獲得方法も何も聞かないうちに関口は姿を消してしまった。それでも理事長は自分が騙されたと思っていなかった。それほど、一時期は利益を上げ、業界でも成功者としてもてはやされ、マスコミにも多く取り上げられていたのだった。

理事長は知人のツテを頼って旅行業と留学生の確保ができる人材を探した。

「宮坂のような男はいないか……」

いつのまにか理事長は宮坂を捜し求める気になっていた。このままでは来期の留学生が全く集まらない。

宮坂に連絡がついたのはそれから一週間後だった。宮坂は東京都内にいた。

「宮坂先生、どうか私を助けて下さい」

「どうされました」

「関口さんに言われるままに旅行会社を買収したのですが、関口さんがいなくなってしまって、どうしたらいいのかわからないのです」

「会社を買収？　お幾らで？」

「三億円です」

宮坂は開いた口が塞がらなかった。関口を紹介したのは確かに自分だったが、だからといってこれを買収したとなれば、その際に何らかの合意文書があるはずで、そこを確認しない限り何ともいえない状況だった。

「その時、どのような合意文書を作成したのですか？」

「合意文書ですか？」

「訳のわからない会社の営業許可を三億で買い取ったわけではないでしょう？　業務を支援するとか、人材を派遣するとか、何か条件を付けたんじゃないですか？」

「いえ、そのようなものは特別に交わしていません。自分でやった方が儲かると言われただけです」

「そりゃ、何でも自分でできるのならやった方が儲かるのは当たり前ですが、ご自分でできないものを買っても仕方ないでしょう。板前がいない料理屋を買い取って、料理人を探すようなものじゃないですか」

「はい。まさにおっしゃるとおりですが、私は関口さんが手伝ってくれるとばかり思っていました」

「ボランティアじゃあるまいし、そんなことはあり得ないでしょう」

宮坂は、そう言ってみたものの、自分に泥をかけるような真似をした関口は許せないと思っていた。

「はい。このままでは外語学校を切り捨てるしかありません」

「それは、残念なことですが、仕方ないでしょう」

「宮坂先生。もう一度助けていただけませんか」

宮坂はもうこの外語学校のピークを見切っていた。「あと、どの位引っ張れるか」それだけが宮坂の判断材料だった。ただし、自分の身に火の粉が降りかかることだけは避けなければならなかった。まだ不動産は持っている。これを金に換えてしまうか……。

「理事長、当面、どの位の資金を用意できますか？」

「土地、建物の抵当権を根抵当に変えれば、まだ十億位は調達できます」

「わかりました。今、私が直接動くことはできませんが、実績のある者を紹介しましょう。ただし、もう少し間口を広げることが必要です。韓国と中国だけでは商売が成り立たないでしょう」

「そうですね。幅広い地域から集めることができるか、そこが問題です」

「とりあえずタイ、フィリピン、ロシアからの留学生を受け入れなさい。そこそこの金持ちはいますし、日本に対する信用もある」

「いいですね。お願いします」

「しかし、間違っても、前回のような失敗はしないで下さいよ。特にロシアは怖いですからね」

「もちろんです」

「では、来週にでも奥山《おくやま》という人間を行かせましょう。人集めは天下一品ですから」

宮坂はこの外語学校の乗っ取りを密かに考えるようになっていた。学校法人を取得していることで、隠れ蓑ができると考えたからだ。この頃の宮坂は典型的な性風俗業界のプロになっていた。二重三重にピンハネができる業種でもあった。

奥山は、世界各国から売春目的の女性を集めるプロだった。これまでも、オランダ、ロシア、ブラジル、アルゼンチン、フィリピン、タイのそれぞれの出身国ごとのパブを部下に経営させていた。

しかし、これらの女性のビザは観光もしくはダンサーとしての就労ビザであり、多くの入国者がオーバーステイとなって日本中に散らばってしまっていた。学生ビザならば、最低でも二年間の取得ができる。大学生となればさらに四年間の在留が可能となるのだ。

さらにそこには宮坂の深慮遠謀があった。とびきりのロシア人を連れてきて、理事長を誘惑することだった。宮坂自身、若いロシア人女性に何度も入れあげそうになった経験がある。あの、理事長ならば間違いなく罠にはまると見込んでいたのだ。

奥山は二つ返事でこれを承諾した。奥山が理事長に会ったのは翌週の月曜日だった。当面の活動費として一億円を宮坂が用意させていた。

契約は理事長と奥山の二人で行い、文書を交わした。契約書を作る際には、宮坂が理事長側に有利になる文言をアドバイスしていた。当面はその方がいいのだ。宮坂は理事長サイドから成功報酬として二〇%、奥山から三〇%を受け取る契約を交わした。奥山は人買いのプロだった。借金のカタに娘を受け取る。しかし、これを売りさばくのではなく育てるのだった。その質は高く、教育や美容を施すことによって十倍、百倍の商品価値となる。

翌年の留学生希望者は五千人近かった。この中から選りすぐって五百人を留学させた。この金も元はといえば学校サイドから巻き上げた金であり、奥山はびた一文自分の金を遣うことなく、将来役に立つ十八歳から二十二歳までの女性留学生を集めて日本に送り込むことに成功した。

理事長は奥山の手腕に驚いた。それ以上に驚いたのが、十代のロシア娘の美しさだった。輝く金髪に透き通るような白い肌、一見細身には見えるが、豊かな胸のふくらみと大人になりかけた女性らしい腰の線から長く細い脚が伸びている。理事長は思わずため息が出てしまった。理事長は早速、ロシア語の挨拶を覚えようと本屋に足をはこんで、テープ付きのテキストを買い求めた。

「こんにちは」「ごきげんいかが？」「どこからきましたか？」「日本は好きですか？」「好きな食べ物は何ですか？」「困ったことはありませんか」「英語はわかりますか」

下心がある興味は覚えるのも早い。入学式を終えて一ヵ月が経った頃、理事長は目を付けていたロシア娘に声をかけた。

「こんにちは。日本には慣れましたか？」

ロシア娘は嬉しそうな笑顔を向けて答えた。

「はい。楽しく勉強しています」

理事長の心をとろけさすような甘美な声で彼女は答えた。

「何か困っていることはありませんか？」

「日本は物価が高いので大変です」

「食べ物はどうですか？」

「日本の食べ物はとても美味しいです。でも、私達にはとても高いです」

理事長は頷きながら、

「時々、美味しいモノを食べさせてあげましょう」

と言うと、彼女は嬉しそうに、

「ありがとう。楽しみにしてます」

と答えた。理事長は天にも昇るような気持ちになっていた。生徒の居住先は全てデータになっている。彼女は大久保にある留学生が多く入居しているアパートに居住していた。

それから半月経った頃、理事長は待ち伏せをして帰宅途中の彼女に声をかけた。

「こんにちは。勉強はできていますか？」

「はい。でも日本語はむずかしいです」

「そうですね。でも基本をしっかり覚えると後が楽ですよ」

「はい。日本人の友達ができれば、もっとよく覚えると思います。もう少し覚えたら、パートタイムジョブもしてみたいと思います」

「日本人の友達がいないのですね。パートタイムは生活が大変だからですか？」

「はい。思ったよりも早く貯金がなくなりそうです」

「では、私がパートタイムを探してあげましょう。メイドのような仕事でもいいですか？」

「はい。なんでもやりたいです」

理事長は、この「なんでも……」の一言で浮かれた気分になった。

「今夜の食事は何を食べるのですか？」

「今からマーケットに行って考えます」

「それなら、今日は私が何かご馳走しましょうか。何か食べたいものはありますか？」

「本当ですか？　久しぶりにお肉が食べたいです」

「ロシア料理がいいですか？」

「いえ、何料理でもいいです」

理事長は三十分後に大久保の駅前で待ち合わせをして、タクシーに乗り込んだ。

「日本でタクシーに乗るのは初めてです」

彼女はやや高級感のある個人タクシーの車内を喜んだ。その仕草があまりに可愛らしく、理事長は口の中が渇くほどの緊張を覚えていた。

理事長は帝国ホテルの鉄板焼きに彼女を連れて行った。まだ彼女が未成年であることを知りながらもワインを勧めた。彼女は生まれてはじめて食べる高級な料理に感嘆した。母国にいる親にも食べさせてあげたいと言いながら、前菜から始まり魚介、ステーキを次々に口に運んだ。

「また、時々ご馳走してあげよう」

ほろ酔い状態になった発育した娘の身体を優しく抱えながら理事長は彼女を送り届け

た。

その後、三回目の食事を誘った際には服を買い与えた。彼女の服装がいつもGパン姿だったからだった。銀座の高級ブティックからデパート、若者が好む手頃な店まで一緒に回った。もはや理事長は彼女のパトロンにでもなったような気分になっていた。彼女もまた甘え上手だった。

衣服、靴を買い与え小遣いまで渡していた。小遣いといっても、彼女にとっては一ヵ月の生活が十分まかなえる額だった。金をかければかけるほど彼女は美しくなり、理事長の思いもこれに比例して募っていった。

理事長が理性を押さえることができなくなるまでに大した時間はかからなかった。僅かな抵抗はあったものの、一流ホテルの一室で理事長は一線を越えてしまった。理事長は「このまま死んでもいい」と思った。しかし、これが実際に理事長という立場の終焉を招くことになった。

「理事長、あなたは同じ過ちを何度犯せばいいんだい？」
「何のことですか？」
「また、生徒に手を出したろう」
「あれは合意の上のことだ」

「馬鹿なことを言っちゃいかん。彼女はロシア大使館に訴え出ている。もうすぐマスコミも騒ぎ始めることだろう。我々が手助けした損害もきっちり払って貰うから、覚悟しておくんだな」

「そ、それは……」

「あれほど言っておいたはずだ。特にロシアは怖いとまで言ったはずだ」

「宮坂先生。後生です、何とか助けて下さい」

理事長は泣きながら宮坂に土下座をして懇願した。

「無理だね。さすがの私も大使館相手に喧嘩はできない。こんな話をロシアンマフィアが放っておくはずもないからね。命がいくらあっても足りない」

「先生。お願いします。金で片付くことなら何でもします。マフィアとマスコミだけは何とか止めて下さい。このとおり。このとおりです」

宮坂は、理事長室の分厚いカーペットに這いつくばっている理事長を冷徹に見下ろしながら、にんまり笑っていた。

この学校の資産は不動産を含めて、まだ二十数億はあった。また、理事長は元々渋谷にある大手病院の御曹司で、その病院の理事も兼ねている。「もう少し脅しておいた方がいいだろう」宮坂はだんまりを決め込んだ。

時折上目遣いで宮坂に懇願する理事長の姿を見ながら、宮坂はテレビドラマで田畑を悪代官に取り上げられる百姓を思い起こしていた。「最後に絞るだけ絞るか……」

「理事長、奥山に全てまかせましょう。バックアップは私がやりましょう。ただし、これが最後と思って下さい。最後ですよ」

「宮坂先生。ありがとうございます。本当にありがとうございます」

理事長は絨毯の中に顔が埋まるほど頭を下げた。宮坂はその姿を見ながら「最後なんだよ」と冷たい視線を送りながらおもむろにシガーに火を付けた。

奥山は不良債権を抱えた会社の整理をするような気分で作業を始めた。予定どおりの作業だったので、粛々と行うだけのことだった。

代表印を預かると委任状を取り付け、根抵当債権を整理するため土地建物の売却を行った。所詮、他人の土地である。債権者である銀行の言いなりにさせてやりながら、適度にマージンを取って処分を進めた。

奥山の取り分は十億を超えていた。それでも、最後の最後まで絞り尽くす、その道のプロらしく、会社の会計士よりも正確に資産の計算を行った。

「宮坂さん。整理が終わりました」

「わかった。ご苦労」

「私はしばらく飛びますんで、後はうちの若いモンにやらせておきます。代理人の代表はそいつにしております。間違っても、兄貴に累が及ぶことはありませんので、ご心配なく」

「わかった。お前のことは俺が一番わかっている。しばらくゆっくりしてこい」

「はい、ありがとうございます」

奥山が姿を消して三ヵ月後、理事長も姿を消した。

建物が差し押さえられ、講師に対する給与が支払われなくなると、専門学校の機能は完全に停止した。当然ながら生徒達は路頭に迷う形となり、理事長を詐欺の犯人として警察に訴え出た。

日本人の生徒が中心となって授業料等の返還訴訟も起こしたが、これが返ってくる目処は立たなかった。被害届を受けた新宿署は捜査に乗り出して関係者の事情聴取を始めたが、理事長はすでに海外に逃亡していた。

新宿署の組対係は暴力団が介入した事実関係を知ったが、主犯の奥山の姿はようとして知れず、捜査は一旦暗礁に乗り上げた。

＊　＊　＊

矢澤が麻布のマンションについて電話照会を行った数日後、麻布署の寺田係長が重要のようです。

な報告を伝えてくれた。

——先日の木村義雄の件だけど、大物政治家の私設秘書だね。それも金庫番的存在のようです。

——大物政治家って誰？

——与党日本公正党幹事長、金谷《かなや》真蔵《しんぞう》。

——あの次の次の総理と呼ばれている金谷か……。

矢澤は政治関係に関してはさほど詳しくもなく、また興味もなかった。それでも、金谷の名前は刑事専科講習の時に聞いていただけにすぐに反応した。戦後の黒幕ともフィクサーとも呼ばれていた大物人物等の交友があった「将来の総理候補」と言われている代議士で、彼の後見人である岩堀元は、これまでも大掛かりな疑獄事件には必ず名前が挙がっていながら一度も逮捕されていない男だった。

——金谷の金庫番をやってる秘書というのは力もあるんだろうね。

——ああ。今、刑事課長から聞いたんだが、国会議員の三回生クラスなら電話で呼びつけるくらいの力があるらしい。もし、矢澤係長がこれ以上捜査するのなら、一応刑事課長の耳に入れておいた方がいいだろうって、うちの課長が言ってたよ。うちの課長は二課出身で優秀なんだよ。

——ありがとう。十分参考にさせてもらいます。

電話を切ると矢澤は日本公正党の金谷について調べ始めた。

「なるほど、竹山善太郎《ぜんたろう》との関係は、思っていたよりも深いのか。この辺りは公安の世界だな」

竹山善太郎は日本の裏社会の「ドン」と呼ばれる男で、ヤクザではないが、日本最大級のヤクザの親分でさえ手出しができない存在だった。慈善団体も作り、集金能力も群を抜いた存在だった。当然ながら政治家とのパイプは与野党を越えて多岐にわたり、財界人の中にも信奉者が多かった。また、元警視総監との交友も竹山が主宰する慈善団体のホームページに掲載されていた。

「こりゃ、俺の出番じゃないな。しかし、あの薬だけはなんとかしておきたい。トカゲの尻尾切りと言われても仕方ないが、やれるだけのことはやった方がよさそうだ」

矢澤は独り言のように呟きながら捜査報告書を作成しはじめた。

矢澤の捜査報告書は翌朝一番の決裁で署長室まで上げられた。

「課長。矢澤係長と代理を連れて来てくれ」

署長室で毎朝開催される課長以上の朝会が終わると署長が組対課長を呼んで言った。

「今朝の決裁の件ですね」

「そうだ。やはりあの男は面白い」

「あの後、組対の理事官に電話をしたら飛びついてきたよ。それから、公総の理事官もな。地検特捜部が喜びそうなネタだと言ってたよ」

「しかしまあ、よう一人であそこまで調べたもんだな」

「ちょっと一匹狼なところが気になりますが、まだ若いですから、これから仕込んでいきます」

「まあ、できる奴の多くは、最初はみな一匹狼だ」

署長室に署長、副署長、組対課長、組対代理、矢澤の五人が入った。副署長は公安部情報担当出身で、公安の世界で通称「チヨダ」と呼ばれている警察庁警備局警備企画課情報室を経験していた。

「今朝の訓授は十五分遅らせる予定だ。時間は三十分しかないが、今回の矢澤係長の報告について意見を統一しておきたいと思う。矢澤係長。報告書に書いていない、事案の端緒について本当のことを言ってくれ」

署長の言葉には「すべてお見通し」という雰囲気があった。矢澤は伏せていた顔を上げると、一度深呼吸をして語り始めた。

「申し訳ありません。大事な事実を伏せておりました」

副署長もニタリと笑って矢澤を見た。

「実は、歌舞伎の実態把握をしようと思って、週休、非番にほとんど毎回、歌舞伎に足を運んだのは事実です。そのうちに何人かのポン引きや、客引きと顔見知りになりました。先週の金曜は非番で、いつもどおり現金三万円を持って歌舞伎に行きました。すると顔を知っているポン引きがやってきて、目的を聞いてきました。その結果『ロシア人の若い子がいる』ということだったので、その男に三万円を渡して店に行くと、実に妖艶な女性が現れ……何というか、その」

新宿署員は歌舞伎町を「歌舞伎」と呼ぶのが常である。歌舞伎町には「歌舞伎の交番」と「歌舞伎のマンモス交番」という二つの交番がある。前者は新宿警察署が、後者は隣接する四谷警察署の管轄となっており、後者には機動隊が駐留することもある。どちらも、各局のテレビ番組の警察二十四時シリーズでは常連の日本一多忙な交番である。

「まあ、いいだろう。それで、どこで異変を感じたんだ？」

「最初にキスをした時です」

「何か、甘い感じがしたとか？」

「はい、まさに、過去の研修で嗅いだことのある甘さを感じたのです」

「それで、翌々日、追尾をしたのか？」

「はい。後は事実報告書と捜査報告書記載のとおりの展開となったわけです。私の捜査能力の限界を感じましたので、なんとか、薬物だけでも事件化できればいいと思って報告しました」

「どうだ、組対課長」

「はい。情報端緒はともかく、大きく捉えてみたいと思います」

組対課長は捜査第四課出身だったが、そこは新宿署の組対課長であるだけに大局的に物事を掌握する習慣が身に付いていた。署長の目配せを敏感に感じた副署長も言った。

「公安的にも面白い事件になる可能性があります」

この署長、副署長のワンツートップの間には阿吽の呼吸が巧く働いていた。

「すぐにでも、公安部の担当者に当ててみてくれ。反応を知りたい」

「わかりました」

「矢澤係長はこの部分をもう少し詳細に書いておいてくれ」

署長は、捜査報告書の何ヵ所かに黄色のラインマーカーで引いた箇所を示しながら矢澤に言った。

「わかりました。ところで、戸塚署の刑事組対課はどうなんでしょうか？」

「署長に私から聞いてみる。あそこは公安閥だからな。どこまで喋るかわからんが、まあ仁義だけは通しておくさ」

「ありがとうございます」

新宿署長が戸塚署長に電話を入れたのは会議直後だった。戸塚署長は事案を全く把握していなかった。

これを組対課長に連絡すると、組対課長が戸塚署の刑事組対課長に電話を入れた。新宿の組対課長の階級は警視、戸塚の刑事組対課長は警部だった。

――確かにうちの菅原代理を中心として捜査を行っています。

――菅原？　元、赤坂署の刑事代理であのラグビーをやっていた菅原ですか？

――はい。ご存じですか？

――あいつは、人一の監察が追ってるんじゃないのか？

――ええっ？　初耳ですが、課長、どこからその話を……。

――暴力団との癒着があると噂されていたはずだが、転勤で終わったのかな。

――私は何も聞いてませんよ。

――一応確認した方がいいな。ところで、その捜査はいつ頃ホシを挙げる予定なんだい？　ちょっと大きなヤマになるんじゃないかという、うちの署長判断なんだが。

――ええっ？　そんな大きな事件なんですか？　うちは警備課の外事係と一緒に不法残留と、これにかかわるヤクザもんを数人捕る予定なのですが……。

――悪いことは言わん。ちょっとその捜査を止めておけ。もし、合同でできるような事態になれば、必ず巻き込んでやる。まず先に菅原の行動をしっかり把握しておくことだ。案外、赤坂時代のつながりから、敵対組織を狙っただけのことかも知れないからな。

――わかりました。すぐに確認してみます。

組対課長は本部組対第四課の事件指導第一係長である大和田に電話を入れた。

——大和田係長、新宿の竹内《たけうち》です。

——課長。いつもお世話になっております。今日は何か。

——実は、岡広の東山会の件で相談なんだけど。

——えっ？　東山の誰でしょう。

大和田の対応は早かった。大和田の反応を新宿組対課長も敏感に察した。

——宮坂という幹部が頭のグループのようなんだけどね。

——宮坂仁ですね。

——そう。よくフルネームが出てくるね。流石だなあ。

——とんでもない。課長、その件、早急に本部報告していただけませんか。

——それはいいけど、一応署長の了解も取らなければ。

——それでしたら、うちの課長から署長に電話を入れてもらいますので、概要をすぐにでもFAXかメールで送っていただけませんか？

——実は今朝の朝会で報告を受けたばかりで、こちらとしても、どのように扱うかを検討しようという矢先のことなんだよ。

——課長。これは大きな事件に繋がる可能性があります。現時点ではまだシークレットな面が大きいのですが、警視庁として欲しい情報です。

——わかった。今、担当者が署長指示で捜査報告書と事実報告書を加筆しているところなので、出来次第連絡しましょう。組対第四課長にはよろしくお伝え下さい。

——了解。ところで、今回の情報を入手したのは捜査専務員ですか？

——そう。当課の警部補です。

——そうですか。名前と年齢を教えていただけますか？

——矢澤功二警部補、歳は二十七です。仕事はできますよ。

——でしょうね。新宿の暴対係長でその年齢ですからね。覚えておきます。

新宿署長に組対第四課長から電話が入ったのはその直後だった。四課長はキャリアである。親子ほど歳下ではあるが新宿署長であっても一応気を遣う。

——先程、組対課長から連絡があって、貴署で扱っている東山会の件をうちと合同で行いたいと思っています。実は福岡の梅沢事件と微妙に関連するのです。

——ほほう。すると組対部だけでやっている事件ではないようですな。

——お察しのとおり、公安、刑事、組対各部の総合捜査本部が内密に立ち上がっております。その組対部で追っているのが、今回の東山会の幹部である宮坂仁ルートなのです。状況によっては貴署の捜査員をお借りすることも考えております。

——どうぞ。まだ若い跳ねっ返りですが、将来を嘱望されている者です。

——ありがとうございます。まだ、詳細はこちらに届いていないようですが、うちの大和田が何か感じている様子です。

——大和田係長ですな。私もよく知っております。そうですか。彼が言うのなら間違いはないでしょう。彼はもう庶務担当になっているのですか？

——いえ、彼には事件指導第一係長を務めてもらっています。

——ほほう。大抜擢ですな。彼は実務経験が少ないと記憶しておりますが。

——はい。現場を二年回って、すっかり実力を付けました。警視庁らしい人材ですよ。

——課長がそうおっしゃってくださるのは、警視庁の一員として嬉しくおもいますよ。

——とんでもない。署長のような現場のエースがいらっしゃるからこそ、彼のような人材が育つのだと思っています。

矢澤の捜査報告書を見た組対部幹部は一様に驚いた。東山会がここまで進出してきているとは考えてもいなかったからだった。それも中国、韓国、ロシアを巻き込んでいるのだ。さらに、その背景には大物国会議員と、悪名高いフィクサーの名前が挙がっていた。

「これは一筋縄では行かない事件だな。公安部と擦り合わせをする必要があるだろう。しかし、ここまで入り込んでいるとはなあ」

組対部長は四課長からの報告を聞いて答えた。

「はい。私も恥ずかしながら驚いております。私としましても公安の情報が欲しいところです」

「公総課長に連絡してみよう」

第六章　政界ルート

その頃公安部には、青山を中心としたチームが宮坂周辺の情報をあげてきていた。

宮坂は北朝鮮ルートの覚醒剤とタイ・ルートのアヘンを、中国船を使って密輸している様子だった。これは公安部が密かに持つ「耳」という部隊の無線傍受体制によるものだった。

彼らは日本海全域のあらゆる波長の無線を傍受している。最近の無線のほとんどはデジタル化されているが、彼らは徹底的に調べつくしていた。この傍受情報は警察庁、海上保安庁、防衛省電波部がそれぞれ持っている傍受システムとの情報交換を積極的に行っていた。

「奴らは、海上で北の漁船と接触し、アサリやカニなどと一緒に覚醒剤の受け渡しを行っている。これを一旦中国籍の漁船に乗せ換える。中国漁船の本拠地は福建省にある。

福建省のアジトからアヘンと共に尖閣諸島近くの公海上で取引をしている」

「最近、海保が鳥取県境港に係留されている漁船が何度か、同じ海域で特に操業もせずに航行しているのを確認している。その船は、夜間公海上で中国船と交信し接触を図っているようです」

「一度確認してみる必要がありそうだな」

「そうですね。境港には東山会の拠点もありますし、繋がりが出てくるかも知れません。該当船舶に発信機でも取り付けてみますか？」

「そうだな、発信機よりも音声を波で飛ばす通信機の方がいい。船の所有者をチェックして通信の傍受手続きも踏んでおいた方がいいな」

　その日、四人の捜査員が境港に飛んでいた。米子空港から車で十分。境港市は山陰地方では最も水揚げ量が大きい漁港である。捜査員は予め海保から得ていた情報に基づき、当該漁船を把握していた。

　四人のうち二人は漁協に、もう二人は地元の金融機関回りを行った。多くの漁師は漁船購入時に金融機関から借金をしている。その口座は漁協と縁が深い地元の信用金庫や地方銀行に開設されている場合が多い。しかし、これらの金融機関に捜査依頼をすると真っ先に預金者に報告が行ってしまう。金融機関ほど捜査機関に非協力なところはない。顧客の保護が何よりも第一だからである。

このため、捜査員も金融機関に対して本当の捜査理由を明かさず、また、金融機関に捜査対象者を悟られない工夫が大事なのだ。この点、公安部や捜査第二課は恒常的にそのような捜査を行っているため実に巧みである。

「すいません。警視庁の者ですが支店長をお願いします」

「御用件は？」

「捜査上のことですのでご本人にお話ししたいと思います」

警視庁の名前と警察手帳を示されると、窓口の女性の顔に緊張が走った。

「少々お待ち下さい」

職員は二十人程度だろうか。この辺りでは中堅どころの金融機関だった。まもなく四十代後半と思われる男性が奥の扉を開けてホールに現れた。

「支店長の水木《みずき》と申します。こちらへどうぞ」

支店長が先導して接客カウンターの奥にある仕切りを開け、すぐ奥にある応接室に捜査員を案内した。捜査員は改めて警察手帳と捜索差押許可状を示して言った。

「東京地裁の捜索差押許可状です。まず、預金者リストを拝見させていただきたい」

「全員分ですか？」

「はい」

「残金も必要ですか？」

「もちろん。オンラインパソコンを拝見できれば、私どもで確認致します」

「少々お待ち下さい」

支店長は慣れている様子だった。支店長が席を外すと巡査部長が言った。

「今まで何度かやられているんですかね」

「まあ、漁業関係は金の出入りが激しいところだからね。それなりの捜査を受けた経験はあるだろう。昔のようにマイクロフィルムに納められている訳じゃないからね」

「COMですね。あれは面倒でしたからね」

支店長は自室に捜査員を招き入れた。支店長のデスクにあるパソコンを使わせてくれる様子だった。

「支店長はこれまで、何度かこういう経験がおありのようですね」

「はい。以前いた支店には暴力団関係の口座が多数あったものですから慣れております」

「ほう？　ちなみにどこの暴力団だったのですか？」

「それは、顧客情報ですから」

「いやいや、固有名詞を求めているわけではありませんよ。鳳組とか松根会とか、いろいろあるじゃないですか。この辺はどこの暴力団が多いのか知りませんが、一応参考までにと思いましてね。我々は公安ですから、直接は関係ないんですがね」

「そういえば、警視庁公安部と手帳に記されてましたね」

「そうです。中国とか北朝鮮とかを相手に捜査をしています」

「今回もその関係ですか？」

「そう思っていただいて結構です。で、その暴力団は？」

「本拠地は京都らしいのですが、米子に会社を何件か持っていまして、フロント企業とかいうんですか？　岡広組東山会という団体です」

「ほう？　岡広はこの辺りにもいるんですね」

「はい。この支店にも何人か口座を作っていただいていますが、なかなかわがままなお客様でして……お、これは失礼しました。預金者一覧はこちらから確認できます」

支店長は暴力団には関わりたくないらしかった。

捜査員は支店長席のパソコンで船の所有者を探した。すぐに見つかった。預金残高は二千五百万円あった。この辺りの漁師にしては額が大きかった。この他に高額預金者十数名となんとなく気になる会社名をピックアップして、預金記録の開示を要求すると、支店長が思わぬことを言った。

「刑事さん。失礼ですが、暴力団の捜査なのですか？」

「いいえ。私どもはこのとおり警視庁公安部ですから、暴力団にはあまり興味がありません。しかし、暴力団が北朝鮮と組んでいるとなると話は別ですが」

「そうですか。この中に偶然なんでしょうか、先程申し上げた暴力団関係者とフロント企業が複数含まれているものですから」

「そうでしたか。支店長、個人情報に関することは重々承知しておるつもりですが、この他に支店長がご存じの暴力団員やフロント企業がありましたら、併せてご開示願えませんでしょうか」

支店長は一瞬ためらうような表情になったが、意を決したように、

「わかりました。実は私の弟は大阪府警に勤務しております。これも何かのご縁でしょうから、できる限りご協力いたします」

と、答えると、自席脇の袖机の引き出しを開き、そこから一冊のノートを取り出した。

「コピーはご遠慮下さい。そのかわり、写真撮影はされて結構です」

「ご協力、感謝いたします」

ノートはいわゆるブラックリストだった。会社であれば歴代の代表者の住居、氏名、生年月日から融資金額、担保物件、連帯保証人の住居、氏名、生年月日、続柄まで記載されていた。また個人名に関しては主たる取引先まで記載がある。これだけでも所期の目的を達するに十分な資料だった。

十件の預金記録を全てデータとして差押えると、捜査員は携帯用捜査管理システムに写真データと併せて情報を移し、その場でデジタル暗号化して警視庁本部に送信した。

携帯用捜査管理システムのハードディスクには仮想ディスクデータ記録媒体が搭載されているため、仮に第三者がこのパソコンを取得してハードディスクを検索してもデータを開くことはできないという二重、三重のプロテクトが掛っていた。公安部デスクはこのデータを直ちに分析し、資料化していった。

もう一組の捜査員たちは目的の船舶に通信機を装着するチームだった。彼らは漁協に行くと警察手帳を示して言った。

「すいません。警視庁公安部の者です。実は、こちらの漁協に関わっていらっしゃると思われる漁船が、尖閣諸島付近で中国漁船とトラブルがあった可能性があります。第十五福栄丸という名前なのですが、所有者に確認を取りたいのです。一応、船も確認して写真撮影を行いたいと思っています」

「第十五福栄丸なら、田部《たべ》のじいちゃんの船だな。この先の中央埠頭の一番奥に係留してるよ」

「田部さんは最近出漁されていらっしゃいますか？」

「じいちゃんはここ数ヵ月身体を壊しとるから、代わりに息子の剛《つよし》が乗っとるようだな。但し、剛はまだ漁場に慣れてないから、水揚げはじいちゃんの半分位じゃ。じゃが、剛は獲った魚を市場に入れずに直接インターネットとかやらで、店に卸しとるから、金の回りはええようじゃ」

「この地域は全部が市場に卸さなくてもいいんですか？」

「いや、漁協に入っている者は全員市場に卸すんじゃが、じいちゃんは協会員でも、息子は入っとらん。まあ、これからの新しい捌き方かも知れんがね。若いモンの中には剛に憧れとるモンもおるわ」

「なるほど。いわゆる流通革命のようなものですかね」

「小さな漁港ならまだしも、境港は山陰一の港じゃけえ、そうそう大改革はできん。しかし、漁師が喰っていくためには、いろいろ考えて、少しでも利ざやがでるようにするのも、新しい漁師の仕事かも知れんがね」

「わかりました。ありがとうございました。田部さんに会ってみます」

「この時間、剛は米子に行っとるかもしれんよ。奴さんのお客は米子らしいからの。地元はやっぱり漁協をとおさにゃ仕事にならんわな」

捜査員は漁協を後にすると、言われたとおりの埠頭に向かった。

第十五福栄丸はすぐに見つかった。他の船に比べて大きさは大して変わらないが、通信用のアンテナが数多く、新鋭船という感じだった。周囲の様子を窺いながら船に乗り込んだ。

操舵室は施錠されていたが彼らの手にかかれば玩具のような鍵だった。簡単なピッキング用具で船室に入り込んだ。小型飛行機のコックピットのようにレーダーや新しい通信機材が搭載されていた。

「これはどうみても漁船の設備じゃないな」

「そうですね。この通信機器は最新型です。この機材だけでもゆうに一千万はかかっているでしょう。おまけに船倉に繋がる階段もあります。まるでクルーザーを兼ねた造りですね」

「漁船というのは、見せかけに過ぎないのかも知れないな。それよりも通信機を隠す場所を探さなきゃ」

「はい。相手がどの程度のプロなのかわかりませんが、マイク内蔵式と独立式のツータイプを仕込みましょう。独立式ならばＧＰＳ追跡もできます」

「そうだな。しかし、どこに設置するかだな」

「おそらく奴は操舵しながら交信していると思われますので、操舵機の内側に独立式を組んで、このマイクの中に内蔵式を仕掛けましょう」

「よしわかった」

彼らの技術は群を抜いていた。かつて新型機器の傍受訓練として国会議事堂内の常任委員長室に仕掛けて、当時の与党幹部の重要な内輪話を警視庁十四階の公安部総合指揮所で全て秘聴したこともあった。

船の電源が入ると同時に盗聴装置が作動するように設置して、二人は何食わぬ顔をして船から降りた。

二人は漁協で聞いていた田部のじいさん宅に向かった。自宅は漁港からほど近い、古くからの漁師の家らしい趣を呈した造りだった。

「ごめん下さい」

「はーい」

中から若い女性の声がした。ほどなく二十代後半か三十そこそこの、紺色カーディガンとベージュのパンツを着こなした身なりが整った細身の女性が現れた。

「恐れ入ります。警視庁の者ですが、田部さんにお話をお伺いしたいことがあって参りました」

「ケイシチョウ?」

女性はやや訛りのあるイントネーションでオウム返しに尋ねた。

よく見ると色白の整った顔立ちではあるが、日本人ではないであろうことが、二人の捜査員には直感でわかった。

「はい。東京の警視庁です」

「東京から来たんですか? じいちゃんに? それとも……」

「この数ヵ月の間、第十五福栄丸を操船されていた方に話を伺いたいのです」

「剛に何の用ですか?」

明らかに警戒する素振りを示していた。

「実は、今、日本と中国の間が微妙な関係にあるのですが、沖縄近くの海域で日本の漁船と中国の漁船の間でトラブルが起こっているという通報がありまして、中国側から『第十五福栄丸』という名前が出てきたんですよ」

「私は何もわかりません。剛に直接聞いて貰わないと……」

「はい。それで、剛さんは今どちらに？」

「剛は米子に行っています。魚のお客さんです」

「なるほど。失礼ですが剛さんの奥様でいらっしゃいますか？」

「まだ、結婚はしていません。でももう少し……」

「なるほど。それで、今、剛さんと連絡はつきますか」

「携帯電話で繋がると思います」

「そしたら、電話して貰えますかね。なんなら、電話番号を教えて下されば、私がここからお掛けしますが」

女は一瞬迷ったが、自分の携帯電話をパンツの後ろポケットから取りだし、少し操作するとこれを捜査員に示した。彼女の携帯電話のディスプレイに剛の電話番号とメールアドレスが表示されていた。

「では、ここで、私の携帯から掛けましょうか。ちょっとお借りしてよろしいですか？」

携帯電話を受け取ると、自分の携帯電話を取り出し、電話を掛ける素振りを見せながら、巧みに赤外線通信で剛の電話番号とメールアドレスを自分の携帯に転送した。そして少し迷ったふりをしながら、

「やはり、突然他人の、それも警察の電話から携帯に電話が掛かってくると不愉快な思いをするかもしれませんので、奥さん……じゃなくて、あなたから掛けていただいてよろしいですか？」

彼女は自分の携帯を受け取り、剛の電話番号を押した。彼女はちょっと困った顔をして携帯を捜査員に差し出した。電話会社のメッセージが流れている。

「電波が届かないところにいらっしゃるみたいですね。お帰りは何時頃のご予定ですか」

「夕方には帰ると言っていました」

「そうですか。そうしたら私の名刺を置いて行きますので、剛さんがお帰りになったら、この携帯番号に電話を下さるようにお伝え願えますか？」

「わかりました」

捜査員は車両に戻ると、剛の携帯情報を捜査本部に連絡した。通話記録とメールの受発内容を知るためだった。二時間ほどして捜査員の携帯に非通知モードで着信が入った。

——田部ですが、警視庁の細川《ほそかわ》警部補さんでしょうか。

この一言で、この男が警察慣れしていることがすぐにわかった。普通なら、警察官の名刺を見て苗字のすぐ後に階級を言うことは少ない。

——そうです。田部剛さんですね。

——はい。どういった御用件でしょうか。

——ちょっと電話では話しにくい用件ですので、できればどこかで直接お伺いしたいのですが。

——あ、そう。じゃあ家に来てよ。

——わかりました。これからすぐに参ります。

二十分後に捜査員は田部家に到着した。玄関脇の駐車場に赤いBMWが駐まっていた。ボンネットを触るとまだ生暖かい。車両ナンバーを控えて家のインターフォンを鳴らした。中から三十代前半の茶髪で日焼けした、ガッチリした体型の男が現れた。漁師には見えない。湘南辺りのサーファーと言っても通用しそうな、垢抜けた風貌と服装だった。

「田部剛さんですか」

「そうです」

「少々、お時間を頂いて、簡単な文書を作りたいのですが」

「時間はどれ位？　文書ってなに？」

「そうですね、時間は三十分位、簡単な参考人供述調書を作成させていただきます」

剛は憮然とした顔をしていたが、警視庁の警察手帳を改めて見せられると、逆らうわけにはいかなかった。

「じゃあ、中に入って。なるべく早めにたのむよ」

捜査員は広い玄関から豪華な応接間に案内された。内装は漁師の家というよりも、鰊《にしん》御殿を思わせるような贅を尽くしたもので、応接室の広さは二十畳位だろうか。一畳半はあろうかという一枚板のテーブルに黒革張りのソファーだった。中国製と思われる高価そうな大きな壺も置いてある。

「いやー、立派なお屋敷ですね」

「まあ、じいちゃんの趣味だな」

剛は言ったが、誰が見ても年寄りの趣味ではなかった。最新型の壁掛け式大型テレビも置かれていた。

「では率直にお伺いします。最近何度か漁で尖閣諸島方面に行かれてますね」

田部は即答せず、答えに迷っている様子だった。捜査員は用心深く話を続けた。

「実はその海域で、最近中国漁船と日本漁船の間でトラブルが続いているとの情報が寄せられたのです。そして、その中で鳥取境港の『第十五福栄丸』という名前が出てきたものですから、一応確認したいと思いましてお伺いしました」

「俺はそんな記憶ないけど、どんなトラブルなんですか？」

「衝突とか、網を切られたとか、そういう類のもので、どちらか、または双方に損害賠償が発生しているような事案のことです」

ふと、男の表情に安堵の色が見えた。

「それなら、俺は関係ないですね。船には疵もないし、自分の網もなんともなってないです。操業している中国漁船とそんなに近づいたことはありませんしね」

「操業していない船とは接近することがあるんですか？」

田部は言葉に詰まった。やや時間をあけて、

「実は、奴らが獲った魚を買ってやることがあります」

「ほう？　それは相手方から申し入れてくるのですか？」

「はい。こちらにむけて光で合図してくるんです」

「なるほど。日本人に売ったほうが利益が大きいわけですね」

「そうなんです。奴らは中型のトロール船で根こそぎ獲るやり方なんです。特にマグロが日本では高価に扱われていることをよく知っています」

「それを買ってやっているわけですか？」

「そうです。マグロ四本買って日本に戻ってくるだけで、こちらも黒字になりますからね。おまけに、俺は市場を通さず、顧客に直で売っているので、利益は大きいんです」

剛は得意げに言った。

「すると、商売はするがトラブルにはならないということですね」

「そうです。これって犯罪じゃないでしょう？」

「でしょうね。関税法にかかるかどうかはわかりませんが、ちょっと形を変えた物々交換と思えばいいでしょう。ちなみにマグロ一本どの位の値段で売り買いするんですか？これは調書には載せません。私の個人的な興味の問題としてです」

剛は笑った。

「まあ、大きさにもよりますが、近海物の生マグロですからね。クロマグロだと一本平均で売値は軽く二百万はします」

「なるほどね。それで仕入れ値、おっと違った。水揚げ値は？」

「一本二万円です。それでも奴らは大喜びですよ。なにせ、その日の漁で獲った他の魚全部合わせてもその四分の一もしないんですからね」

「うーん。剛さん。頭いいね。わざわざ尖閣諸島沖まで漁に行く意味がわかったよ。では、今までの経緯をひととおり調書にするから、一応本人確認のために運転免許証を見せて貰えるかな。それと、この家の電話番号も教えて」

剛は何の疑いもなく運転免許証を提示し、電話番号も教示した。

捜査員は聞き取りをしながら、内容をメモのように捜査管理システムが搭載されたパソコンに打ち込んでいたため、あっという間に調書が作成された。小型プリンターをパソコンに繋いでプリントアウトする捜査員の無駄のない動きを見ながら、剛が感心しながら言った。

「警視庁の刑事さんは凄いね。あっという間に調書はできるし、パソコンだもんね」

「今まで、調書取られたことあるの？」

剛は余計なことを言ってしまったと思ったのか、卑屈になった顔つきをしながら、

「まあ、ちょっと前の話だけどね、こっちのおまわりはとろくてね。くだらないことで一日がかりで、ネチネチ聞かれたよ」

「そう。でも捕まった訳じゃないんでしょ？」

「ああ。その時はね」

「ふーん」

捜査員は敢えてそれ以上聞かなかった。「案外口が軽い奴だ」

「ところで、悪いけど、電話貸して貰えるかな」

「いいけど、携帯もってるじゃん」

「県警本部に掛けるんで、警視庁の携帯から掛けたくないんだよ」

「なるほど、シマが違うってわけだ。警察にもあるんだね。そんなところが」

剛は愉快そうに笑いながら承知して、応接室の隣にある事務所のような部屋に連れて

行った。そこには無線機やパソコン、電話、ファックスが置いてあった。

「凄いね。漁師さんの家とは思えないよ」

「最近の若い漁師はこんな感じだよ。獲れた魚の種類、量に応じてその場で顧客とネットを使って交渉するんだよ。マグロも半身とか部位によって値段が違うからね。無駄がないし、確実に捌ける」

「なるほど。今、顧客はどれ位いるの？」

「地元は二十数件。東京にも直送してる店が何軒かあるよ。クロマグロの型のいいやつはだいたい東京にいくね。送料かけても売値は高いからね」

捜査員の一人は剛と雑談をしている相方の様子を窺いながら、パソコンや集辺機器をチェックしていた。短波受信機のメモリースイッチを押してみると、北朝鮮と中国の周波数が確認できた。

——すいません。警視庁の交換に繋いで下さい。

県警から警視庁に電話を廻して貰うと、警察回線を通すため市外通話料がいらないのだ。このあたりのことも剛に説明しながら雑談を交えて話している。

——内線＊＊＊＊に繋いで下さい。

——どうも、高田《たかだ》です。今、第十五福栄丸の所有者の方とお会いして、そこから電話しております。特に問題はない様子ですので、これから内容を送ります……はい、了解です。チャンネルはBツーを使用しますので拾って下さい。

電話を切ると捜査員は剛に向かって笑顔で言った。

「どうもご協力ありがとうございました。これから今の調書内容を先にデータで東京に送ります。一応、原本には剛さんの署名と指印もお願いしますね」

「問題がなくてよかったよ。公安ってこういう仕事してたんだね」

「そうですね。国家間で紛争になる前の処理とでも言うんですかね。戦争や革命が起こらないようにするのが仕事ですね」

「じゃあ、泥棒とかヤクザとかは関係ないんだ」

「そうですね。泥棒やヤクザが革命を起こすとは思えませんしね。どちらも、もし革命が起こったら、即刻死刑になってしまうでしょう」

そう言うと安堵感からか、剛は大笑いしていた。

丁寧な謝辞を伝えて辞すると、キャップは相方に尋ねた。

「幾つ仕掛けた？」

「電話と無線機下、それと応接間に二個。計四個です」

「了解」

四個の盗聴器の設置に加えて、剛が使う固定電話の通信傍受の依頼を警視庁デスクに行っていたのだった。三ヵ月間は内蔵電池で使用できる小型盗聴器だった。

「キャップ。奴にはシャブの歴がありますね」

「そんな感じだったな。運び屋の割には軽すぎるな」

「しかし、表稼業も儲かっていそうですね」

「そうだな。ＢＭＷも新車のアルピナ仕様だったからな。運び屋はアルバイト気分なのかもしれんな。しかし、完全にヤクザもんに押さえられている感じがするな。女も気になるしな」

「女の顔写真も間もなく回答が来ると思います」

先に携帯電話を確認した際に女の写真を撮り、警視庁に外国人登録の有無を確認するためデータ通信を行っていたのだった。

車に戻ると早速、剛が電話を掛けていた。

――歳川《としかわ》さん。警視庁の奴ら帰って行きました。公安の奴で、中国漁船とのトラブルがなかったかどうかっていう話でした。

――はい。ブツのことなんか全く気にしていない様子でしたよ。

――泥棒とヤクザは革命を起こさないだろう、みたいなことを言ってました。

――はい。大丈夫です。また、よろしくお願いします。

「今のは事務所か？」

「いいえ、応接間ですから、奴の携帯で話してますね」

「固定電話も使ってくれりゃありがたいがな」

「はい。架電先リストは明日には届くと思います」

四人の捜査員は午後六時に米子市内のホテルで合流した。その日の捜査概要をまとめ、情報交換を行ってその日のうちに本部に報告を行った。四人は剛から聞いていた地元の美味しい小料理屋に足を運ぶと、山陰の海の幸と地酒を楽しんだ。

「これだけだな。出張の楽しみは」

「はい。なんと言っても栄養出張ですから。明日はイタリアンですね」

公安捜査員は出張も楽しんで仕事をするのだ。

＊　　＊　　＊

公安部のもう一つのチームは六人で編成されていた。このチームは青山の直系メンバーで構成され、政治家ルートを追うことを下命されていた。

元総理大臣の藤岡護。東北地方の、過去に遡れば天皇家とも閨閥がつながると伝えられる外様大名の末裔で、未だに周辺者からは「殿」と呼ばれていた。

彼が生まれ育ったのは、都内にある現在はホテルとなっている場所で、江戸時代まで大名家上屋敷があった。現在でも当時の面影を残す文化財に指定されている庭園で有名だった。

藤岡が小学生の頃は「午前五時半に屋敷の雨戸を開け始め、全ての雨戸を開け終わるのが午前十時頃になった」と言い伝えられるほどの広さがあったこの家では、庭の池に架かる橋の上で釣りができ、屋敷裏手の船着場には船まで係留されていたといわれる。

殿様だけに資産も相当なものだった。藤岡家が所有する美術品だけでも国宝、重要文化財は多く、地元と都内に美術館を保有していた。

地元には広大な三つの山林、市街地の中心部にも莫大な土地の他、多くのビルを保有していた。

都内にもかつての下屋敷跡がそのまま残っているほか、幾つかのマンションを保有し、京都にも広大な別邸を所有していた。

しかし、産業の世界にはいっさい手出しをしていなかった。あくまでも殿様であって名誉職以外の仕事には就かないことが藤岡家当主の家訓だった。

また動産は株式の他、個人では管理不能な債権を保有しており、その配当だけでも十分に贅沢な生活ができていた。

藤岡が三十代で知事職に就いたときも、二期八年の間、地元の発展に努め、時には資産を擲《なげう》つような改革も行った。この改革は国内外に広く紹介され、国家の改革者として担ぎ出そうと与野党が獲得合戦を演じたこともあったが、殿は地元の温泉地にある別荘に入って土を捏ねる生活を行って、一見端から見れば世捨て人のような生活を送っていた。

しかしこの頃、殿は別荘に多くの政治、経済の学者や文化人を呼び、国政に打って出るチャンスを狙っていた。

この情報を知ったのが、最後の政界の黒幕と呼ばれた竹山善太郎だった。彼は第二次大戦後、A級戦犯容疑者として巣鴨プリズンに収監され、一緒に罪に問われた多くの政治家らと知り合うことになる。この経験が日本のエスタブリッシュメント人脈との交流に繋がったといわれている。

軍人でも役人でもなかった竹山が何故A級戦犯容疑者となったかは未だに明らかになっていない。しかし、大した学問もなく、独自の商才で成り上がった彼は、彼自身が「最高の学問の府」と称した獄中体験で、一回りも二回りも大きくなった。A級戦犯容疑でありながら無罪放免となった竹山は、監獄人脈を最大限に活用して足元を固めていった。

この頃、竹山の部下で最後には盟友となった者に、やはり戦後政治の黒幕の一傑で大手総合商社の顧問の瀬川泰三《せがわたいぞう》、政財界のご意見番として鎌倉の名刹に庵を造って暮らしていた鈴木泰全《すずきたいぜん》がいた。竹山はこの二人を伴って藤岡の別荘に現れた。別荘と一口に言っても、元は大名家の鷹狩り場である。格式と武家の趣を呈した造りの応接間で竹山が口を開いた。

「藤岡君ひさしぶりだな」

「これは竹山先生、瀬川先生、鈴木先生。日本の三重鎮がお揃いで、こんな田舎までお運びとは何事でしょう」

殿も流石に緊張を隠せずにいた。

「儂《わし》らも歳を取ってしまってな、今の日本国のありようを憂いておるのじゃよ」

普段は眼光鋭いギョロ目の竹山が目を細めて、遠くを見るような仕草をみせて言った。

「お気持ちはお察しいたします」

すると、ご意見番の鈴木泰全が口を挟んだ。

「藤岡君。そろそろ出番じゃないかね。日本民自党の弾は撃ち尽くした。もう国を任せる人材はあそこにはおらん」

「何をおっしゃいます。まだ柿崎《かきざき》さんや端田《はしだ》さんがいらっしゃるじゃないですか。大森《おおもり》総裁の七奉行もご健在ですよ」

「どれも宰相の器ではない。強いて言えば柿崎。しかし奴は党を割って出る」

「柿崎さんがいよいよ離党ですか」

「そうじゃ」

藤岡は彼らの情報収集と分析能力の高さを知っていた。おそらくその時代が来るのだろう。

「この一、二年の話のようですね」

瀬川がようやく口を開いた。

「私はね一年以内と思っておる。柿崎の側近、岩堀元も共に出る。総勢五十人を越えよう」

「そうですか。七奉行の中庸である伊丹《いたみ》さんも柿崎さんに付くことを決められたんですね」

「そうじゃ。先日、七奉行のうちの四人が血判状を作って鈴木君のところにきた」

竹山は鈴木に対しても「君」付けだった。

鈴木は太平洋戦争終了後、戦犯として投獄されていたが、ギリギリのところで極刑を免れて社会復帰していた。その後は一度も定職には就かなかったが、多くの財界人や政治家が彼を重用し続けた。彼は対米英に対する窓口であったし、ロスチャイルド家とも絶妙な関係を築いていた。このため、彼は日本のフリーメーソンのトップという噂が絶えなかった。

「そこで、私にどうしろと言われるのですか？」

「新党を創りなさい。できれば五十人当選させたい」

「五十人ですか」

竹山のスケールの大きさには、さすがの藤岡も驚いた。しかし、竹山はさらに思いがけない団体の名前を出した。

「日本民自党からは五月雨《さみだれ》式に人物が流出してくるだろうが、既存政党にいた者を加えてはいかん。三芝《みしば》政経の連中を巧くまとめるのだ」

三芝政経は、経営の神様とまで言われた立志伝中の三芝グループの創始者、三芝宗一《そういち》郎《ろう》が造った、若き政治家の育成を目指した政治団体だった。

「三芝政経ですか……決して志が同じという訳ではありません」

「よいよい。新たな政権を創る。政権交代が必要という信念だけでよい」

「しかし、如何に日本民自党から人員が流出するとしても、過半数割れになるとは思いません。おまけに、落ちぶれたとはいえ、共産主義を標榜する組合政党の労働党もそんなに議席を減らすでしょうか」

「連立政権になることは確実じゃ。あとはその組み合わせじゃな。とにかく政権交代という既成事実を創ることがこれからの日本の新たな民主主義政治の始まりとなる。そしてその勢いで一気に選挙制度改革をやってしまう。二大政党政治じゃ」

「それでは、宗教団体の天明党が黙っていないでしょう」

「いや、彼らも既に了解している。柿崎とも根回しが終わっている」

藤岡はまだ信用できなかった。天明党は政局のターニングポイントを握ることで発言力を得、その存在意義をして組織拡大に繋がっていたのだ。それが、二大政党という一方に埋没してしまう道を自ら選ぶはずがないと思っていたからだった。

「しかし、それは一時的な流れに乗っただけじゃないでしょうか。泥舟を見捨てるだけのことでは」

「それでいいんじゃ。戦後初めての政権交代のチャンスを逃してはならん」

「はい。しかし、五十議席の獲得となれば相応の金が必要となります。私は三十人位の擁立を考えていました」

「金はなんとかする、それに三芝政経も初めての国政参加となれば、それなりの意地もあろう」

「はい」

「どうじゃ。腰を上げるか？」

「はい」

「ならば、早々に上京しなさい。三ヵ月の間は隠密に。その後は世論の動向を見ながら一気に旗揚げする。お公家さん内閣は投げやり解散となるだろう」

三日後、藤岡は単身新幹線で上京した。都内にも本宅と別宅はあったが、敢えて投資用に買っていた都心のマンションに入った。普段、頭が上がらない妻にも理由は伏せていたが、妻は何とはなしに状況を把握していた。

翌日、竹山が所有する芝にある慈善団体のビルを訪問した。理事長用応接室は一見簡素に見えたが調度品は超一流だった。あらゆる分野に目が肥えている藤岡も唸るようなものが、ごく自然に配置されていた。

「物を知っている人というのはこういうものなんだろう」

妙な安堵感が藤岡に生まれていた。やがて竹山が、秘書らしき若い女性と一緒に現れた。

「藤岡君早かったな。流石に戦国武将の血を引くだけのことはある。機を見て敏でなければならん」

「ありがとうございます」

竹山がソファーに座ると秘書らしき女性も竹山の横に優雅な動作で腰をおろした。

「さてと、藤岡君は初めてだったかな？　この子は岩堀元の娘で、今、儂が預かっておる」

「岩堀元先生のお嬢様ですか」

「まあ、あいつも色々あってな。おまえさん、この顔を見たことはないか？」

藤岡は改めて彼女の顔を見た。長い黒髪、整った目鼻立ちに白い肌、唇は小さめで薄ピンクのルージュが妙に艶めかしく感じた。確かにヴォーグのような一流グラビアから抜け出してきたような美人である。

「はて、どこかで見たような……」

日頃からテレビを視ない生活を送っているので一部のタカラジェンヌ以外、芸能界との接点がなかった。

「確かにどちらかで拝見したと思うのですが、申し訳ありません」

藤岡が気まずそうに言うと、竹山は声を出して笑った。

「そうかそうか。しかし、おまえさんも案外注意力散漫じゃのう」

竹山はそう言うと応接室の電動カーテンのスイッチを入れた。藤岡の正面のカーテンが音もせずにゆっくりと開いていく。窓の外は東京湾を埋め立てた中にある運河が走っている。竹山のビルは旧来の土地で、隣の土地からは縄文時代の貝塚が発見されたような場所だった。その手前に首都高一号線と東京モノレールが並んで走っていた。

「ちょっと立って、外を見てご覧」

藤岡はその場に立って外の景色を眺めると、そこには大きな化粧品会社の看板があった。口紅の広告のようだった。

「えっ」

藤岡は思わずその巨大な広告と目下に腰を掛けている女性を見比べた。

「おまえさんも、彼女を知らんとは、時代に相当乗り遅れとるな」

「申し訳ありません。大変失礼致しました」

「次の総理大臣になろうかという者は、世の中のあらゆることに敏感でなければならん」

「はい」

藤岡は立ち尽くしたままだった。

「まあいい。掛けなさい」

藤岡はもう一度広告を確認してゆっくり座ると、改めて女性の顔を失礼とは思いながらもマジマジと眺めた。先ほどもよく見たつもりだったが、急に彼女が神々しい存在のように思えてきた。特に透き通るような白い肌に、青みを帯びた白目の中にある吸い込まれそうな黒い瞳。そして薄ピンク色のルージュに包まれた控えめな唇。思わずため息が出そうなほど美しく感じた。藤岡の男が思わず反応していた。その時初めて彼女が口を開いた。

「初めまして。吉澤《よしざわ》めぐみと申します」

「初めまして、藤岡護です」

明らかに藤岡は緊張していた。藤岡は殿様の血を引くだけあって現在でも妻の他に二人の女性と関係があり、それぞれに認知した子供をもうけていた。これは地元でも公然の秘密であり、殿様にだけ許された風習だった。この血が騒ぎ出したのだった。

「はっはっは。どうした、藤岡の殿様もそんなに緊張することがあるのか」

藤岡の心を見透かしたように竹山が笑った。

「めぐみ。おまえさんはもういい。今後、この方の顔を覚えておきなさい。何かあれば助けてくれるじゃろう。なあ、藤岡君」

吉澤と藤岡の顔を交互に眺めながら竹山は嬉しそうに笑った。

「はい。これからもよろしくお願いします」

先に口を開いたのは吉澤だった。藤岡もつられて答えた。

「何かありましたら、なんでも言って下さい」

すくっと立ち上がった吉澤めぐみを見て、藤岡の男が再度反応した。見事なプロポーションが衣服越しにはっきり認識できた。さらに短めのスカートからスラリと伸び、引き締まった足首までの脚線美が長く美しかった。

藤岡は彼女が部屋をあとにするまでその姿を追い続けた。

「どこか岩堀元の面影はあるが、なかなかの娘だろう」

「はい。久しぶりにいいものを見せていただいたという感じです」

「そうか。そうか。近いうちに一緒に飯でも喰うか」

「はい。よろしくお願いします」

藤岡は心の底からそう思って答えていた。

「さて、本題じゃが、新党の名前『改革日本』ではどうかな」

「はい、頭に『新党』を入れてみてはどうでしょうか」

「『新党改革日本』か。新党がはっきりしていいかな」

「はい。『にっぽん』と読ませるところがいいです」

「そうじゃ。にっぽん人だからな」

「ところで新党創設費用はどの位必要なのでしょうか？　国からの補助もありますが、一つの選挙区でも供託金没収となるような愚は避けなければなりません」

「まあ、国政を志す者なら、供託金くらいは用意しておるじゃろう。あとは巧くマスコミを活用することだ。立党後は藤岡劇場にしてしまうことじゃな」

「マスコミは来月の月刊誌で結党構想を表明します。候補者の公募も併せて行い、資金の一部提供も公表する予定です。また、花になる女性候補とも既に根回しを終えています」

「ほう。花になる女性候補かい。誰かな？」

「元大臣の孫娘で民放テレビアナウンサーの白川沙也香《しらかわさやか》です」

「おお、白川建設大臣の孫娘か。確かに花があるな。しかし、おまえさんのこれじゃないだろうな」

竹山が珍しく猥雑な顔をして小指を立てて見せた。

「いえいえ、とんでもない。知事時代に白川大臣にお世話になったご縁だけです」

藤岡自身、彼女を一度は狙ってはいたが、彼女の鼻っ柱の強さに、これを諦めた経緯があったのは確かだった。しかし、その鼻っ柱の強さが政治家向きと考え、出馬交渉を祖父経由で密かに進めていたのだった。

「そう、ムキにならなくてもよいわ。ところで、候補者を公募するというが、そんなに日にちはないぞ。なんぞ根回しはしているのか?」

「思い当たる現職議員とは内々で話を進めています。結党時に彼らの参加が表明できればかなり大きなインパクトになると思います」

「三芝政経には儂が話を付けておいた。そこから新進気鋭の若手が三十人は出てこよう」

「ありがとうございます。心強いです。今回、霞ヶ関の連中は採らない予定です。知事時代には相当やられましたので」

「まあ、あそこは宝の山でもあるから、急ぐことはない」

ちょうど一年後に衆議院選挙が行われた。

藤岡の新党は五十人を越える第四党としてスタートし、与党・日本民自党から飛び出してきたグループや既存政党の五党七会派で連立を組み、政権交代の体制が整った。多くのマスコミや政治評論家たちは、日本民自党分裂の立役者である柿崎が首班指名されるものと信じて疑わなかったが、柿崎は敢えて藤岡を指名して世間をあっと言わせた。

その後、藤岡内閣は二年足らずの短命に終わり、その後一年もせずに再び政権が交代した。しかし、この政権交代劇が、その後の日本政治を大きく転換させる切っ掛けになったことは間違いなかった。

政権交代には莫大なエネルギーが必要となる。そしてこれに伴う様々な利権の獲得を巡って政治の外でも様々なバトルが繰り広げられる。財界、官界はもちろん、これに付かず離れずの関係にある裏社会も同様だった。

政権交代には数十億、数百億の金が必要とされる。その勝ち組のスポンサーとなった者の元に利権が転がってくるのだ。これは単に地元誘導利益だけではない。国政ならではの外交、防衛利権という政権交代の要した金額のさらに十倍百倍の金が動くのだ。

そしてそこには、必ず、闇社会の政権交代も引き起こされた。

公安部のスペシャルチームはこの当時に遡って捜査を始めた。藤岡が三人の黒幕と組んだことにより、裏社会の力関係も微妙に変化した。

それまでの武闘派による組織運営から企業舎弟を運営している経済ヤクザが幅を利かせるようになっていった。岡広組でいえば東山会の台頭だった。東山会は日本民自党の中でも、そこから飛び出したグループとの繋がりが強かった。

リーダーの柿崎ではなく、その後見人的存在でゼネコンのドン、政界の黒子《くろこ》と称された両角真造《もろずみしんぞう》がそれだった。両角は戦後政治の裏方として、竹山、瀬川、鈴木の三人と深く関わってきた。この三人はおそらく、戦後まもなく、当時、大日本帝国軍が密かに蓄えていた資金を運用していたのだろう。

その後、その資金は多くの詐欺の舞台で「M資金」等とまことしやかに称されてきたが、その金は終戦当時、間違いなくこの世に存在していたはずである。

戦後の動乱を経て日本国が民主主義化していく過程の中で、様々な形でこの資金は密かに使われてきた。それは様々な企業史や反社会勢力の興亡を見ればわかるという学者もいるが、あながち嘘ではあるまい。

＊　　＊　　＊

公安部のあるチームは、当時の警察庁警備局長命で二十年前からこの経緯を相関図で表しながら分析を行っていた。社会に巣喰う悪を根こそぎ排除しようとする警備警察の壮大な計画の一つでもあった。コンピューターと様々なソフトの目覚ましい発達はこれを日に日に克明に解析していった。そして、現在の総取り纏め役が青山だったのだ。

「組対だって知らないマル暴情報がここにはある」

青山の口癖だった。現在、すでに鬼籍に入っている竹山、瀬川、鈴木の三黒幕と直接繋がりのあった政治家はもはや五人しか残っていない。逆に言えばそれだけ政治家も小物になったということなのだろう。国会議員の顔写真と経歴が載っている国会便覧に目を通しても、世界に通用する「大物」を探すことは困難だった。藤岡が築いた当時の新党から政界入りした国会議員で大臣経験がある者は十人を越え、地方の様々な首長になっている者も多かった。それほど、あの「藤岡の乱」とも言われた新党は今なお政治に大きく影響を及ぼしていた。

青山は、その中で、ピックアップした五人の国会議員をさらに分析した。

「大ワルは三人。中途半端が一人、ワルになりきれないのが一人。まだ大ワルでも大物が残っているのが救いかな」

スペシャルチームのメンバーを前にして青山は言った。五人の内、四人に関する相関図をメンバーに渡して検討させた。年配の警部補が口を開いた。

「キャップ。やっぱりこの大泉《おおいずみ》が臭いんじゃないですか？」

「ほう。どうして？」

「二十五年前にすでに岡広の中居と接点があるじゃないですか。しかも当時奴は大蔵省の主計官です。銀行繋がりになっていますが、殺された梅沢との接点もありますよ」

「確かにそれも一理あるね。しかし、こいつは七回生にもなってなぜ大臣経験がないんだと思うかい？」

「それは……身体検査をして、ブラックとの繋がりが出てきたとか……」

「閣僚候補の身体検査にうちらの情報は使われていない。内調だって、このシステムの存在は知らないんだよ。だから、アホな大臣がすぐに辞めていったんだよ。大臣になれない奴には必ず人格的な欠陥がある。そういう欠陥は裏の人間の方がよく知っている。ということは、奴は鉄砲玉にはなるが手足にはなれないということになる」

「なるほど。すると大臣経験者では、この二人ということになりますね。岩堀元と安藤《あんどう》守《まもる》。どちらも、旧進政党出身で、日本公正党のお目付役を自認していますよ」

「そう。おそらくこの二人が裏で組んでいる可能性が高いね。特に安藤。こいつが気になる」

「しかし、こいつ、国家公安委員長経験までありますよ。うちらのトップじゃないですか？」

「岩堀元だってそうだし、前の委員は元極左だったじゃないか。トップが小物になると、国家公安委員長なんて一番下っ端の大臣としか思っていない。特に省庁再編になってからはね。かつては自治大臣が兼務していたから、そんなことはまずあり得なかったからね。岩堀元以外はね」

「なるほど。この二人を徹底的に洗いましょう。安藤守か……鳥取二区か……」

「ところでキャップ、岩堀元の隠し子の吉澤めぐみは最近どうしているんでしょうね」

若い警部補、井田《いだ》が興味津々の顔で尋ねた。

「実はそこも気になっている。藤岡の殿様がハワイの別荘で竹山から貰い受けた話は聞いているんだが、その後の情報が入ってきていない。かつてのアイドルももう五十過ぎだからな」

「私、それやってもいいですか？」

「いいだろう。ただし、あの世界は怖いからな。杉下《すぎした》部長と組んでやってくれ」

「杉下長さんですか？」

「そうだ。一緒にやればわかる。勉強してこい」

「はい。ありがとうございます」

＊　＊　＊

井田警部補は、杉下巡査部長を訪ねた。杉下は公安部内でも有名な情報マンだった。その情報収集の手法は青山が役者であっても大成したであろうという変幻自在に自分を変える手法に似ていた。杉下にはすでに青山から連絡が入っていた。井田警部補はこの情報マンと一緒に仕事をすることに興奮を覚えていた。挨拶もそこそこに井田警部補は興味津々の女優の名前を出した。

「杉下長さん。吉澤めぐみってどんな女性なんですか？」

「モデルあがりの女優で、一時期はドラマに出っぱなしだったな。歌も歌っていたような気がするが、曲は知らない」

「有名なんですね」

「俺たち世代にとってはアイドルというよりも、マドンナ的存在だな」

若い警部補は早速インターネットで吉澤めぐみを検索していた。

「へえ、私生児だったということも公開してるんですね。イギリスにも留学していて英語もペラペラなんですね。プロポーション凄いですね」

「まあ、一流の部類だったたな。彼女が女優として姿を消すとは誰も思っていなかっただろうな」

「やはり裏の世界との繋がりがあったからなんでしょうか？　青山キャップが、吉澤は国会議員の岩堀元の隠し子とか言っていましたが、その辺が影響しているんですか？」

「スキャンダルも全くなかったからな。それだけプロダクションがガードしていたんだろう。岩堀元にも、そのバックの竹山にもな」

「こんな可愛い子が黒幕のじいさんの女になるものなんでしょうか？」

「それがこの世界の独特なところだ。岩堀元にしても竹山に人身御供を出すことで自分自身が安泰になる。当時の吉澤めぐみといえば、男なら誰だって一度は相手にしてみたい女優だった。それが自分の手元にあるとなると、男冥利に尽きるというものだ。吉澤めぐみだって、竹山がいることで幾らでも仕事が転がり込んでくる。おそらく竹山は吉澤めぐみが個人的に他の男と付き合っても文句は言わなかったろう。竹山という男はそんな男だった。奴の周りにどれだけ著名な女性がいたか……有名作家の安南美也子《あなんみやこ》や、文部大臣をやっていた鷲尾郁也《わしおいくや》も竹山の子だと言われている」

「ええ？　あの鷲尾兄弟の兄貴ですか？」

「そうだ。兄貴の方は、竹山の子供を身籠もった女性が鷲尾兄弟の父親と結婚したらしい」

「それって、本当の話なんですか？」

「ああ。ＤＮＡ鑑定をとある機関が実施して九〇％以上の確率であることを証明しているからな。安南美也子と鷲尾郁也の関係も同様だ」

「そう言えばあの二人、よく似てますよね」

「性格も親父譲りだ」

若い警部補は納得した様子で、インターネット検索した二人の顔を見比べていた。

「ところで、その吉澤めぐみをどうして藤岡護にくれてやったんですかね」

「藤岡が思い通りの働きをしてくれたからだろう。おまけに総理大臣にまでなった、殿様の末裔だからな。藤岡としてみれば側室が一人増えた感覚だったろうし、藤岡の方から頭を下げたという話も伝わっていた。奴の好色は有名だったし、奴が総理大臣を降りることになった切っ掛けも女性問題だった」

「そう言えばそうでしたね」

「今、吉澤めぐみは何をしているんですか？」

「よくわからん。藤岡の寵愛を受けるには歳を取りすぎたからな。それを調べるように言われたんじゃないの、青山キャップに」

自分の息子くらいの年齢の上司に対して、杉下巡査部長は穏やかに言った。

この数年、杉下は青山に若手幹部の育成役を仰せつかっていた。既に今年、所属長推薦で警部補への昇任が決まっていたことも青山に対する恩義を感じていた。

「定年までに警部になっていてくださいね」

青山が杉下に常々いう言葉だった。

杉下は捜査には自信があったが、昇任試験の勉強となるとなかなか身がはいらない。それを知ってか、青山は選抜試験という裏技をつかって警部補昇任試験に合格させてくれたのだった。

「杉下長の捜査実務能力は部下だけでなく、若い幹部にも伝授してやって欲しい」

杉下もまた青山の要請に応えていた。

「そうなんですよ。長さんと『一緒にやって、勉強してこい』って言われました」

「ということは、青山キャップが主任に期待しているってことだよ。この特捜のメンバーに入っていること自体がそうなんだけどね」

「よろしくお願いします」

杉下巡査部長は目まぐるしく頭を回転させていた。芸能界の中でも吉澤めぐみが所属していたプロダクションは暴力団との繋がりが深いことで有名だった。

多くのマスコミ関係者や芸能レポーターは、プロダクションの社長から直接クレジットカードを渡されて、好き勝手に使っている。その代わりに、プロダクション内で問題が発生した時にはいち早く通報するか、表に出さない措置をとらせているのだった。

従って、警察がマスコミを通じて情報を取ろうとすると、たちどころにその情報が筒抜けになってしまう。この情報網はマスコミだけでなく、番組制作会社から広告代理店の社員まで網羅されていた。

杉下は子飼いの週刊誌記者に連絡を取った。出版社の社員記者だった。政治から芸能、裏社会のことまで記者の中では群を抜いて情報が豊富だった。

——鈴木《すずき》ちゃん元気？

杉下の猫撫で声に、横で聞いていた主任は驚いていた。

——ああ、杉さん。なんとか生き存《ながら》えてます。何かありましたか？

——うん、ちょっとね。一時間位会えないかな？

——夜ですか？　昼ですか？

——どっちでもいいよ。鈴木ちゃんが空いた時間でいいから。

——そしたら、明日の昼に飯でも喰いながらどうですか。

——いいねぇ。一人うちの若いモンを連れて行くけどいい？

——珍しいですね。杉さんが連れてくるのなら全く構いませんよ。

——悪いね。じゃあ、銀座のいつもの店でいいかな？

——鉄板焼屋ですね。

——そうそう。十二時半でいい？

——ＯＫです。

「主任。明日の昼、週刊誌記者を紹介します。この男は将来必ずその編集長になる男ですから大事にしてください」

「ありがとうございます。まだ、マスコミ関係者と直接会ったことがないんですよ。しかし、どうしてあんな風に優しい声を出すんですか？」

「ああ、あれね。どうしても相手にはこちらが警視庁公安部の捜査員という警戒感があるからね。なるべく警戒させないようにしてるんだよ。『頼りにしてます』って感じを相手に伝えてるんだよね」

「なるほどね。やはり、マスコミからも、うちらは怖い存在なんですかね」

「怖いというよりも、何をやってるかわからない不気味さなんだろうね」

「不気味さですか……」

「そう。それは常に持たせておいたほうがいいね」

翌日、銀座並木通りに面した有名レストランの鉄板焼屋に約束の時間十分前に到着すると、杉下は一旦店の中に入り、周囲を見回して店から出てきた。そして黒服の支配人らしき男を呼んで言った。黒服は杉下のことをよく知っているらしかった。

「いつもご利用ありがとうございます」

「どうも。悪いけどさ、これからもう一人来るんだよね。それで、あの一番奥の席に着けてくれる？　それから、相席は始めの三十分だけ遠慮してもらいたいんだけど」

「畏まりました」

杉下は誰に対しても馬鹿丁寧なほど極めて下手《したて》にでる。

「店も稼ぎ時だからね。一応頭を下げておかないとね」

笑いながら言った。この気遣いは警察では珍しい。彼が知っている上司や先輩はまるでそこが自分の店であるような態度で店員に接する者が多かったのだ。

「一応、相手が店に入るまで外で見ていよう」

「点検ですね」

「そう。入店後五分間は確実に点検することだ。これは相手を守ることにもなる」

記者は約束の五分前に店にやってきた。ウェイターが所定の鉄板があるテーブルに案内した。それから五分経とうとした時、気になる男二人連れが店の中に入ってきた。二人はウェイターと入り口で何やら話をして、杉下が予約していた鉄板テーブルの後ろのテーブルを指定して着席した。杉下はその場から記者の携帯に電話を入れた。

――どうも杉下です。店を変えたいと思いまして、二階上の中華に移って貰えるかな。そう、さりげなく席を立ってほしいんだな。

記者はトイレに行くかのように席を立って、店外に出てエレベーターには乗らず、階段を上がった。杉下達もその後を追って中華料理屋の前で合流した。

「鈴木ちゃん、ごめんね」

「ああ、杉さん。何か不都合がありましたか？」

「うん。後ろの席に着いたのが、この辺りの地回りの野郎だったからね。一応接触を避けたんだよ」

鈴木の顔色は変わらなかった。

「そうだったんですか。わからなかったなあ」

「奴らの地元だから仕方ないけど、危険は避けた方がいいからね」

杉下はさりげなくそう言うと、中華料理屋の中に入っていった。そして中華のホール主任に鉄板焼屋の支配人への詫びの伝言を依頼していた。中華料理屋は個室だった。

「鈴木ちゃん、悪かったね。肉の方が良かった？」

「いえ、ここの中華は好きですよ」

「ごめんね」

料理をオーダーした後、杉下は鈴木記者に上司を紹介した。名刺交換をさせて簡単な自己紹介をさせた後に杉下が切り出した。

「ところで、最近、銀座の様子はどうなの？」

「あまり良くないでしょう。妙な中国人の呼び込みはいるし、昔の銀座じゃなくなってきましたね」

「ヤクザもんは？」

「岡広の組長が月一で関西から来てますね。その時は厳戒態勢ですよ。築地署もかなり人出しをしてますけど、一触即発の雰囲気はありますね」

「組長の女は昔、向島で芸者やってた、典子《のりこ》じゃないの？」

「よく知ってますね。向島のあの店、最後の政商とか言われてた、広島の交通会社のじいさんから引っ張るだけ引っ張って、じいさんが死んだ途端に店閉めたんですよ」

「あのじいさん。典子の旦那だったでしょう」

「そうなんですよ。なんでも国宝クラスの浮世絵から一本数百万のワインを数ケース預かったまま消えたらしいんですよ」

「女将は典子と組んでたはずなんだけど、その資金になったのかねぇ」

「どうも、その背後に岡広がいたようなんですよ」

「銀座の岡広は誰が仕切ってるの？」

「それが、どうも東山の高木らしいんですよ」

「あのボクサー上がりの？」

話がどんどん展開していくのを、若い警部補は興味津々で聞いていたが、次第に内容は彼のキャパシティーを越えていった。

「高木は芸能界と繋がってたんじゃなかったっけ？」

「そうです。サンライトプロの浅田とべったりですよ」

「サンライトか……懐かしいねぇ。そういえば、昔サンライトで、売れてた、ほら、あの、なんつったっけ、えーっと、よし……吉澤めぐみ。あの子は今どうしてるの」

「吉澤めぐみは今、バリバリの芸能プロの社長ですよ」

「社長？　あの可愛かった子が？」

「ええ。まあ最初はサンライトの新人獲得会社のようなところだったんですが、韓流ブームに乗って、韓国芸能人のプロモーターみたいになってますよ」

「吉澤めぐみと韓国って、なんか合わないねぇ。バックはどこなの？」

「東山会の宮坂ですよ」

「宮坂？　あの九州の宮坂？」

「何でもよく知ってますね。宮坂ですよ。韓流ブームの火付け役ですよ。おまけに竹山の最後の弟子とも言われていますからね」

「竹山との繋がりもあったのか……宮坂は政治家繋がりでは誰が一番強いの？」

「やっぱり岩堀元なんじゃないですか」

「岩堀元は吉澤めぐみの親父なんだろ？」

「うーん。やっぱりそうなんですかね。その噂は昔からありますけど、彼女自身、竹山とか藤岡とかの情婦でしたからね。我々としても裏がとれていないんですよ」

「そうかい。ところで、六本木と歌舞伎町は最近どうなの？」

「今日はヤクザもんの話題が多いですね」

「そうなんだよ。最近、政治も財界も小物になってしまってね。面白味がないんだよ。そんな中で、裏社会はどうかなと思ってね」

「そうですね、やはり同じようなものだと思いますよ。裏社会も表社会の裏返しですから、表が小物になれば別に大物の裏はいらないわけですからね。ヤクザもんだってその日その日のしのぎが大変みたいすよ。そんな中で安定した収益を揚げているのは、やはり岡広組で、その中でも東山会はあらゆる分野で安定していますね。その中心が宮坂でしょう」

「なるほどね。話を戻すけど、岩堀元は最近元気なの」

「そうですね。次回の衆議院選挙ではまた政権交代でしょうから、その時には主要閣僚に入る可能性が高いでしょう。国土交通か経済産業か大どんでん返しで農水というところでしょう」

「農水？」

「農水ほど国の金を使うところはありませんよ」

「そうだな。農水だけは中央官庁再編にかからなかったからね。それ以上の予算を与えない目的もあったんだろうね」

「ところで、杉さん。今日の目的はヤクザもんと岩堀がメインなんですか？　おまけに吉澤めぐみの名前まで出てくるし。まるで、かつての竹山ファミリーを洗ってるみたいじゃないですか？」

「竹山ファミリーか。懐かしい呼び名が出てきたね。そう言えばあの一族はどうなってるの？」

「なんか、はぐらかされてる感じだなあ。まあいいか。あの一族は四男坊が後を継いで、何とか上手くやってるみたいですよ。ただ、親父があまりに偉大過ぎたのと、政界とのパイプが切れたのが痛いんじゃないですか？」

「しかし、三男は国会議員じゃなかったっけ？」

「そうなんですが、あの四兄弟は複雑でね。死んだ長男はともかく、養子に行った次男坊も含めて、どれもこれも派手な生活ですからね」

「次男坊って、あの有名作家の養子になって、こいつも国会議員だろう」

「はい。よくご存じで。あの作家は『竹山伝』まで書いてますからね」

「じゃあ、政界パイプはあるんじゃないの？」

「それが、国会内でも金はあるが、頭と人望がないんですよ。おまけに甥っ子の資産家で元国会議員は児童買春で逮捕される始末ですからね」

「成金家族竹山ファミリーも三代目まで行かずに終わるのかも知れないな」

「そうですね。ねえ杉さん。本当は何を追いかけてるんですか？　竹山ファミリーや彼の周辺は竹山が戦後入っていた巣鴨プリズン仲間で固められていますからね」

鈴木はその後も巣鴨プリズン人脈について詳しく説明してくれた。杉下は一つ一つ頷きながらも、困った顔をみせてポツリと言った。

「うん。実は僕もまだよくわからないんだよね」

「どういうことですか？」

「別のチームである事件を追っかけているらしいんだよ。その中でどうもヤクザもんが絡んでいるらしくてね。うちってそっち方面弱いじゃない？　組対絡みだからさ」

「なるほど。捜査四課の頃から、公安は仲が悪いって話でしたからね」

「そうなんだよ。それで、以前ちょっとかかわったことがある僕のところに捜査依頼がきたというわけなんだよね」

「そうだったんですか。公安部が事件捜査をやっているとなると大掛かりなんですかね」

「どうなんだろうね。過激な新興宗教だって公安部の対象だからね」

「オウム以来ってわけですか？」

「いや、その前から。ほら、心霊商法とか足裏診断とかいろいろあったじゃない。あれはみんな公安部がやってたのを事件部分だけ生安にやらせてただけなんだよ」

「そうだったんですか。心霊商法をやっていた世界真理教の日本支部長をやっていたのも竹山でしたよね。合同結婚式にも参加していたようですし」

「えっそうなの？　知らなかった」

「そうですか。有名な話ですけどね。竹山は岡広組の初代組長とも親友で、よく暴力団同士の抗争があった際にはその仲介もしていたそうですよ」

「それは聞いたことがある。しかし、鈴木ちゃんはいろんなことよく知ってるよね」

杉下は感心した顔で言った。若い主任は彼らが言っていることの半分も理解できていなかったが、これがこの世界の常識なのだろうと思っていた。さらに杉下の言葉のかわし方にはさらに感心していた。

「もし、公安部が何をやっているのか、漠然とでも結構ですからわかったら教えて下さい」

「鈴木ちゃんとの仲だからね。その時はこっそり教えるよ」

昼食にしてはやや贅沢な内容だったが、杉下と若い警部補の二人はデスクに戻って内容の分析を始めた。興味深かったのは竹山の巣鴨プリズン人脈だった。現在の政財界の中枢になった人材が揃っていた。

竹山は自らがA級戦犯容疑者の身の上ながら、彼らに与えられていた様々な特権を否定する行動をとったことで、彼らよりひどい境遇にあったB、C級戦犯容疑者たちの間で絶大な人望を得たと言われていることがわかった。

「なるほど、転んでもただでは起き上がらない男だったんだな。おまけに、あれだけの財をなしながら、女性関係以外は極めて質素な生活をしていたようだ」

「このデータを見ると、女性関係は凄いですね。どこまで本当なんでしょう？」

「案外、すべて事実なのかもしれないな。そう考えると、今回の人脈が竹山一人の存在で全て繋がってくる」

「なるほど。彼が芸能プロダクションを経営していたなんて、この資料をみて初めて知りましたよ」

「さて、どこにピンポイントを置くかだな……吉澤めぐみも、もう五十歳を越えているのか……それなりの人脈があってしかりだしな」

＊

二人は公安四課を通じて竹山と芸能界の関係に関するデータを取り寄せた。

竹山が設立した芸能プロダクションをそのまま引き継いでいたのが浅田徹だったわけだ。浅田は竹山が最初に仲裁した暴力団組長の息子だった。

そのプロダクションから高校生時代に新人としてデビューしたのが吉澤めぐみだった。彼女が一時女優を休業してイギリス留学した時の身元引受人が岩堀元。婚外子ながら、芸者だった母親が子供の頃から芸人への英才教育を行っていたことを岩堀は知っていた。しかし、めぐみが単に女優だけで終わる娘ではないことを岩堀は芸能界デビューした頃から見抜いていた。

売れない数年を経て、イギリス留学から帰ってきためぐみは洗練された女に変身していた。年齢も二十三歳になっていた。岩堀がめぐみを竹山に引き合わせたのはちょうどこの頃だった。竹山は当時六十歳。その時でも彼は二十歳の舞妓を身請けして、神戸の御影に豪邸を建てていた。竹山は終生その女性を愛することになるのだが、彼は本妻以外に五人以上の女性を同時に愛することができたのだった。

吉澤めぐみを一目見た竹山は岩堀元に言った。

「この子を私に預けなさい」

岩堀は端《はな》からそのつもりではいたが、やはり自分の娘を人身御供に出すような後ろめたさは残っていた。しかし、竹山もそれを見抜いており、

「浅田のところではこの子は伸びん。儂にまかせておけ」

と言った。岩堀はそれ以上何も言えなかった。

竹山が海外に出かけるときには必ず吉澤めぐみを同伴した。竹山が座るナショナルフ

ラッグのファーストクラスシートの隣には必ず彼女の姿があった。彼女がつかう洗練されたブリティッシュイングリッシュと日本人離れした長身な体軀。美しく長い黒髪とエキゾティックな顔立ちは海外のセレブの間でも評判となっていった。

そして彼女が三十歳を迎えた時、彼女にとっても大きな転機がやってきた。女優の仕事が当たったのだった。

テレビドラマの新たな分野を築いたといってもいいほど、同世代の多くの女性の支持を受け、スターダムにのし上がっていった。これも背後には竹山の仕掛けがあったのだが、当時このことを知っていたのは、竹山とめぐみ本人だけだった。

この時代は十年以上続いた。大女優という地位を得ようとしていた矢先に、彼女は突然テレビスクリーンの前から姿を消した。何のスキャンダルがあったわけでもなく、視聴者が彼女を見限ったわけでもなかった。誰にもその原因がわからなかった。

藤岡が竹山から吉澤めぐみを貰い受けた時期はちょうどその頃だった。藤岡が海外視察に行く前後に必ず吉澤めぐみの姿がファーストクラスシートや藤岡の外遊先にあった。

＊

「やはり、吉澤めぐみを探るには藤岡ルートが安心でしょうか？」

「ただ、一人気になる奴がいるんだ」

「誰ですか？」

「この男だ」

杉下は相関図の中から一人の名前を指さした。

「沢田《さわだ》哲夫《てつお》ですか？」

「そう。藤岡の元私設秘書官で、外遊には必ず同行しているんだが、この男、現在は麻薬の元締めになっている。当時の藤岡の外遊先リストを見てみろ」

「アメリカ、タイ、ベトナム、中国、北朝鮮、オランダ、イギリス、スイス、スペイン、イラク、アフガニスタン、ボリビア、コロンビア、ベネズエラ、メキシコ、フィリピンですね。外遊好きだったんですね」

「この中に世界の麻薬の三大生産地が入っているのが偶然だと思いますか？」

「確かに、麻薬トライアングルと言われる場所ばかりが目立ちますね。おまけに、これに同行した秘書官が今や日本の麻薬取引の総元締めとなると……」

「誰が、沢田を藤岡に付けたのか……ここが問題だな。さてと、当時のことを一番知っているのは……」

杉下はおもむろに携帯電話を取りだした。

——ご無沙汰しております。杉下です。

――杉さん元気？

――なんとか生き存えております。また、ちょっとご教授願いたいことがありまして……。

――僕が知ってることでしたら、何でも話しますよ。

――だいぶ前の話なんですが、藤岡政権当時のことです。

――懐かしいね。それで？

――当時、藤岡の私設秘書官で沢田哲夫という男がいたんですが、ご存じですか？

――ああ。あのシャブ野郎ね。奴がどうしたの？

――やっぱり、シャブで有名だったんですか？

――あいつが外遊に同行するときには必ず一番大きなバッグを持って行ったんだよ。一時期、入管も不思議がって、こっそり麻薬犬をバッグに近づけたら反応してさ。奴は一瞬真っ青になったんだが、何と言ってもグリーンパスポートをもった特権享受者だからね。荷物の開示ができなかったんだ。

――そんなことがあったんですか。それで、どういう経緯で沢田が藤岡の秘書に入ったか、ご存じですか？

――元々は竹山経由なんだけど、世界真理教の外郭団体職員だったからだよ。

――世界真理教ですか。その外郭団体って、あの右翼団体ですか？

――そう。反共原理連合だね。奴は東北地区の委員長で、金集めの天才だった。教祖様の大のお気に入りでもあったしね。

――そうだったんですか。よくわかりました。

――杉さん、何か追っかけてるの？

――はい。ちょっと面倒な案件です。

――気をつけてやってね。その辺りの話を聞くなら、野党だけど日本民自党の西村《にしむら》に聞くといいよ。奴は裏をよく知ってるし、沢田が運んだシャブの流れも知ってるよ。僕の名前出していいから、聞いてごらん。

――ありがとうございます。また連絡します。

電話を切ると、杉下はニッコリ笑って言った。

「やっぱり、困った時の石川《いしかわ》パパだな」

「どなたですか？」

「元内閣参事官の石川さんという方。今は大手シンクタンクの顧問をやってる人です」

「内閣参事官ですか？　何だか遠い世界の方をご存じなんですね。ところで、何やってた人なんですか？」

「内閣官房に内閣情報調査室ってあるでしょう？　そこの上から三番目位のポストか

な？　警察庁キャリアでもあって、警備局審議官で辞めたんだけどね。藤岡政権樹立時の内閣調査官だった人。官房長官の直系だけど、総理の耳目になって情報収集したものが集積するポジションの責任者だった人だね」

「すごい人知ってるんですね」

「一応、ご本人の了承を得て、協力者ということになってもらってる」

「それって、警察庁に登録している協力者ですか？」

「それ以外に公安の世界で『協力者』はないでしょう」

「それはそうですね」

杉下はすぐにインターネットを繋げて、日本民自党西村代議士を検索した。プロフィールの他、議員会館の連絡先がわかった。すぐに電話を入れると女性秘書が出た。身分を伝え、石川氏の紹介である旨を伝えると、少しの時間待たされた。

――お電話替わりました。西村です。

――警視庁公安部の杉下と申します。西村先生に少々お伺いしたい件がございまして、十分位で結構なのですが直接お話を伺えないかと思いまして。

――今ならいいよ。あと一時間は会館にいますから。

――それではすぐに伺います。

電話を切ると杉下はすぐに立ち上がって出かける準備をすると、

と言った。若い警部補は何が何だかわからない様子だったが、杉下に続いた。

「主任、行くよ」

「国会に行くんですか」

「そう。タイミングがいいときはその流れを逃さないことが大事なんだよ。今できることは今やってしまう。明日でいいことは明日に回す」

警視庁の正面玄関から外に出ると桜田門交差点前からタクシーに飛び乗った。第二議員会館に着くまで五分とかからなかった。必要経費としてタクシーの領収書はもらっておく。

議員会館一階受付で面会票を記載して入室の了解を得た。議員会館は古い。新たな議員会館が隣に建設中だった。七階の角部屋が七回生西村泰彦《やすひこ》の事務所だった。すでに大臣も二回経験し、現在は野党ながら将来の総理総裁候補に名前が挙がる存在だった。狭い廊下を通って部屋の前に着いた。

ドアは開放されており、三人の秘書が全員電話の応対をしている。一番手前の若い女性秘書が杉下等の姿を認めて、電話口を手で塞ぎ、「どうぞ」と入室を勧めた。議員室の扉は閉じられていた。ようやく中年の男性秘書が通話を終えて杉下を見て言った。

「警視庁公安部の杉下さんですね」

「はい。お忙しいところ無理をお願いし申し訳ありません」

警察手帳を示し、名刺を差し出した。

「代議士がお待ちです。どうぞ」

議員室の扉をあけ、杉下等の来所を告げて案内をした。扉が開くと恰幅のいい大柄な男がワイシャツ姿で立っていた。先ほどインターネットでプロフィールを確認した西村泰彦本人であることがすぐにわかった。

「お忙しいところ申し訳ありません」

「石川さんのご紹介ですから、重要な案件だろうと思いましてね。さあ、どうぞ」

七回生といっても、まだ五十になったばかりである。杉下の一つ年下ということになるが、さすがに圧倒させられるような風格を持っていた。

「お伺いしたいのは藤岡政権当時のことです」

「どうぞ。知っていることはお話しいたしましょう」

「藤岡首相の私設秘書官に沢田哲夫という男がいたことをご存じですか？」

「ああ、あのヤクザのような男ですね。覚えていますよ」

「ヤクザという印象はどこから感じられたのでしょうか？」

「彼は秘書官というより、ボディーガード兼、麻薬の運び屋だったでしょう」

「麻薬の運び屋という証拠はあったのですか？」

「奴に近い国会議員の中で出来の悪い息子達が四、五人いましてね。この子供達に薬を分けてやっていたのがわかったんですよ」

「それは事件にはならなかったのですか？」

「子供の一人は逮捕されましたよ。しかし、彼が秘書官を務めたのは一年ちょっとでね。元々彼は宗教団体から送り込まれていた男で、原理主義者だったこともあって『自分がやったことは全て教祖のためであり、何も悪いことはしていない』という考えだった。沢田がやっている麻薬運びについて藤岡は薄々知っていたはずですよ。ただ沢田のバックには竹山がいた。これが藤岡にとって良くも悪くも、結果的に身動きが取れなくなった原因でしょう。女の問題もあったしね」

「それは吉澤めぐみのことですね」

「そう。そのお陰で藤岡は岩堀元にまで頭が上がらなくなってしまった。総理を降りたとき、一番楽になったのは藤岡本人でしょう。殿様らしい放り投げだったからね」

「ちなみに、沢田から薬を受け取っていた議員の子供で、議員になった者はいるんですか？」

「いるよ、今、三回生になっているけどね」

「その議員と竹山の関係は何かありますか？」

「彼の父親は竹山の部下だった」

「そうですか。どこに行っても竹山がでてきますね」

「あの時代の保守政治家の多くが竹山やその仲間達に支えられていたといっても決して過言ではあるまい。そこが、政界の黒幕だとか妖怪だとか言われる所以《ゆえん》なんだろう」

「なるほど。ところで先生は吉澤めぐみの現在について何かご存じじゃありませんか？」

「彼女は今、プロダクションを経営しているが、どちらかといえば、今の本業は通訳派遣業かな。多くの政治家が利用している」

「通訳ですか？」

「そう。表に出ない情報がわかるだろう。彼女は賢いよ。竹山が育てただけのことはある。どれだけの政治家が尻尾を握られていることやら。企業にも多いだろうね。自前の通訳を持っている会社はまだ少ないからね。うちの党にも専属の通訳はいないよ」

「そう言えば以前、議員会館の中にもそういう会社が入っていたのではありませんか？オーナーの女性が大物議員と特殊な関係があったとやらで……」

「よくご存じですね。まあ、その二番煎じというところでしょうが、ただ吉澤の会社は彼女のキャラクターが映えていて、彼女自身が営業も兼ねていますからね。竹山との関係も上手く使っている」

「すると結構儲かっているんですね」

「まだ上場はしていないけど、民間調査会社のデータでも調べてみるといい。面白い人脈が浮かび上がってくるかも知れないよ」

「ちなみに会社名はわかりますか？」

「ちょっと待って」

西村は自分のデスクから一枚の名刺を取り出して杉下に渡した。

……株式会社　みずほ企画　代表取締役社長　吉澤めぐみ……

会社の所在地は六本木ヒルズの上層階にあった。杉下等は丁重に礼を述べて議員会館の事務所を辞した。

杉下はその足で六本木ヒルズに向かった。オフィス棟の入居会社一覧表を確認した。アルファベット順とフロア順の案内がある。確かにみずほ企画は存在した。杉下はフロア毎の案内板を見て驚いた。

「同じフロアにファースト企画がある」

「何の会社ですか？　ファースト企画というのは」

「サンライトプロの浅田徹の息子浅田元の会社ですよ。サンライトプロの社長浅田徹は岡広組のフロントの一つで、元々は竹山が創った芸能プロダクションを岡広の中居が引き受け、浅田に引き継いだことで一気に大手になったんですよ。その息子はサンライトプロの裏稼業と呼ばれている、海外の有名人や国内セレブ相手のコンパニオン派遣業をやっているんです。大物が開催するパーティーコンパニオンが主力なんですが、アフターのお相手をすることで知られているんです。男女を問わずにね」

「すると、吉澤めぐみと一体になっている可能性もありますね」

「そうですね。案外、根が深いなあ。近々覗きに行ってみましょう」

二人は一旦デスクに戻ると、協力者関係にある民間調査会社にみずほ企画とファーストト企画の業績チェックを依頼した。さらに、浅田元のデータを調べた。

「主任、沢田と浅田元は一度覚醒剤の譲り渡しで麻布署にパクられてますよ」

「結果は？」

「証拠不十分で不起訴になっていますが、この逮捕当日に新東京映画祭のパーティーが開かれていますね。ちょっと待ってください。その映画祭の実行委員に浅田徹と宮坂仁の名前がありますよ。韓流映画の配給先が宮坂の会社だったんですね。何やら繫がってきましたね。一応現時点までの捜査報告書を上げておきましょう」

この捜査報告書はその日のうちに組対部へも届けられた。

「公安もなかなかやるな」

「今回の特捜には選りすぐりを集めているらしいです。うちも少しメンバーを強化した方がいいかも知れませんね」

「いや、今回の人選は大和田係長が行ったものだ。彼には何か意図があってのことだろう。俺の知らん顔も多いからな」

「あの機捜の副隊長から抜擢された管理官もそうですよね」

「そうだが、彼の動きは実にシャープだ」

　大場組対四課長と大久保理事官は公安部から回ってくる捜査報告書に目を通しながら語り合っていた。

「そう言えば、大和田係長が、新宿から警部補を一人異動させたいという申し入れをしていたけど、あれはどうなった？」

「はい。新宿署長の内諾も得ましたので、すでに人二に連絡しております。今日、明日中に発令通知がでるようです。大和田係長もその関係で馬場管理官と一緒に新宿に行っています」

「宮坂の裏ルートらしいな」

「はい。現時点ではどこまで伸びるのかはっきりしませんが、大和田係長は一個班を新宿に投入しています」

「何か出てきそうな感じだな。この一週間で東山会の実態が驚くほど解明されている。公安部の連中に負けないようにやってくれよ」

「はい。しかし、奴らは金がありますからね」

「何を言ってる。今回、うちもシーリングの枠から三億引っ張ってきているんだ。金のせいにするんじゃない」

「申し訳ありません。ただ、うちの連中は、金の使い方を知らない者が多くて困ります」

四課長は理事官を睨んで言った。

「それは馬鹿げた派閥の上納金ばかり運用していたからだろう。予算はこれまでもキッチリ使ってきているじゃないか。いい加減でそんな派閥は解消したらどうだ。そんなことだからあの八田みたいな木偶《でく》の坊が管理官に収まってしまうんだ。あんなのを警視にしてしまう組織も問題だがな」

「申し訳ありません」

理事官は額から流れ出す汗を必死に拭いた。

「それよりも、うちの報告があまり上がってこないのはなぜだ？」

「係員はみな懸命に動いておりますので、近々に報告は上がってくると思います」

理事官は背中を汗が流れるのを感じた。

「馬場管理官。この学校法人の税務調査を見たいものですね。バックにある医療法人も気になります」

税務大学校で一年間の研修を受けた経験がある大和田は、馬場管理官に是非を尋ねようとした。

「脱税容疑があれば国税や税務署に捜査協力要請をするんだが、現時点では難しいかもしれない。いっそのこと、管理売春で踏み込んで帳簿を押さえてから学校法人との関係を解明した方がよくはないか？」

「それでは証拠隠滅されてしまいますよ。やるなら、一斉に踏み込まなければ意味がありません」

「捜査二課に話を持ち込んでみるか？」

大和田の意気込みを馬場管理官は再びかわした。

「脱税ですか？」

「ああ。彼らは国税と阿吽の呼吸があるからな、バックに暴力団があると知れば、尚更乗ってくる可能性がある。国税を動かすには、最低でも三億以上の脱税が必要だからな。それまでに、もう少し、学校法人と新宿の店の関係を調べよう。それと、麻布永坂の秘書の件は公安部に投げてやった方がいいだろう」

馬場管理官のスタンスは手を広げ過ぎないことだった。他に任せて済むことはその方が組織としては合理的である。一種の公安的発想ではあったが、大和田も何となくその姿勢がわかり始めていた。

「了解。早急に捜査報告書をまとめます」

「ところで、公安部の動きは何か聞いてるかい？」

「いえ。まだです」

「できるかぎり、情報交換をしておいて貰いたいんだが、誰か知った者はいるかい？」

「はい。今回の特捜に公安部デスクで入っている警部が私の同期同教場です」

「それは心強いが、仲はいいの？」

「はい。奴はもともと一匹狼的存在ですが、仲はいいです。今回も時々話をしていますから」

「OKだね。係長の期は優秀なメンバーが揃ってるんだね。捜査一課の藤中係長も同期だったでしょう？」

「はい。藤中は親友の一人で、あいつも同教場です」

「へえ。係長の期は何教場あったの？」

「歴史的な十二教場ですよ」

「ああ、あの期ね。警視庁の一％を握っているという最強の期でしょう」

「数だけは最強かも知れませんね。新宿署だけで十六人も卒業配置したくらいですから」

「そりゃ、その中から勝ち上がるだけでも大変だ」

「しかし、同期の絆っていいもんですよ」

「そう、同じ飯を喰って、同じ涙を流した仲だからね。僕の期は二教場しかなくて、それも有職者採用の期だったから、辞める奴が少なくて今でもよく同期会をやってるよ」

「同期会ですか。うちらはまだ一回もやってないです」

「まあ、十年経ったら結構、階級にもばらつきが出てくるからね。でも、同期に階級なんて関係ないよ。みんな仲間だからね」

馬場管理官はふと過去を懐かしむような顔をしていたが、ポツリと言った。

「明日は殉職した同期の七回忌だった」

警察官に殉職はつきものだった。大和田の同期生も五年前に白バイ勤務中にトラックにはね飛ばされて殉職していた。おまけに被疑者は未だ捕まっていなかった。

一瞬、二人の間に沈黙があったが、思い直すように馬場管理官が言った。

「歌舞伎町の店を防犯カメラで狙って、実態を早急に把握しよう。どこまで学校法人と繋がるかが勝負だ」


それから一週間、歌舞伎町の店の視察が行われた。ビルの七階に秘匿の小型カメラを設置し、デジタル無線で歌舞伎町交番二階の待機室でモニター確認した。あの店には八人の女性が常駐していると店の者が言っていたことを考えると、最低でもその倍の人数がいるはずだった。

服装と顔を確認して写真現像をしておく。同じ女性を二回以上確認した段階で追尾が行われた。女性の生活エリアは西武新宿線沿線が多かった。ほとんどが一見してロシア系の若い娘だった。女性のシフト表を独自で作成しながら店の営業形態と概ねの売り上げを計算していった。

「係長。例のポン引きですが、相手の好みによって客をいろんな店に連れて行ってますよ」

「そうだろうな。あの学校法人はタイ、韓国、中国、フィリピン、ブラジルから留学生を集めている。そう考えると、その国の数だけ同様の店があると思っていいかも知れないな。長さん。ちょっとブラジル系でも覗いてみるかい？」

　大和田は、若いながら懸命に捜査に取り組んでいる若い巡査部長に実務経験と少しだけのご褒美を与えてみようと思った。

「ええっ。俺が客になってもいいんですか？」

「実態がわからないことには仕方ないだろう」

「それはそうですけど……」

　すっかり乗り気になっているのは目の輝きをみて明らかだった。

「捜査費として五万円渡しておく。身分を明かすようなものは一切持って行くな」

「了解しました。しかし、どうやったらあのポン引きと接触できますか？　こっちから行くのも変だし……」

「当たり前だろう。そんなことをしたら向こうが警戒する。まず、あの辺りの風俗案内所に三ヵ所位入ってみるんだな。奴らは客が冷やかしかどうか見極めているからな。そこで、外国人でプロポーションがいい、明るい感じ……とか言ってみな。フィリピンか南米系のどちらかを勧めてくるだろう」

「なるほど、そこで写真かなんか見せてくれるんですか？」

「そうだな。相場を聞いておくといい」

「なるほど、しかし、係長はどうしてそんなに詳しいんですか？」

「新宿の主任がテクニックを教えてくれたよ」

「なるほどね」

若い巡査部長に五万円を渡し、服装をGパン、黒革ジャンに変えさせ髪型もワックスを付けて変えさせると歌舞伎の街に送り込んだ。

歌舞伎町には五十ヵ所の防犯カメラが設置されている。国内最初の警察主導による防犯カメラの設置場所だった。

当初は警察官三人が交代で新宿警察署内にあるモニタールームで五十台のモニターを確認していた時代もあったが、画像解析技術とカメラ性能の進歩でマイク内蔵型に変わり、記憶媒体も「テラ単位」のハードディスクが使われるようになると、モニター監視員の必要性がなくなっていた。

*

靖国通りから区役所通りに入ったところにある風俗案内所に、一見チンピラ風に変装した巡査部長が入った。

三人の若い従業員が見ていたが、巡査部長は店内のチラシを適当にめくりながら、外国人専門の店ばかりを探した。最も店舗数が多い韓国、中国、タイには目もくれない。諦めたような顔をして出て行った。

次に、風林会館の交差点を左折してすぐの風俗紹介所に入った。やはり外国人専門の店を探している。何軒かの店のパンフレットをじっと眺めていたが条件が合わない顔をして表に出た。さらに通りを渡って風林会館の並びにある風俗紹介所に入った。この様子を、ポン引き男はジッと見ていた。

巡査部長が三軒目に入った紹介所は、他に比べて外国人専門店の情報が多いところだった。五、六分してつまらなそうな顔をして出て、おもむろに周囲のビルの看板を眺めていたが、タバコを取り出して吸い始めた。その後も、狭い路地に入って、数店舗並んでいる風俗店の看板や在籍している女の子の写真を眺めたが、タバコを投げ捨てて、通りに戻ってきた。

そこにポン引きの男が声をかけた。

「お兄さん。どんな店探してるの」

「ええっ。なに、あんた」

「いい店紹介するよ」

「なんだ。ポン引きか」

「ポン引きはないだろう」

ポン引きは苦笑いしながらもチンピラ風の巡査部長の前を離れようとせず、再び言った。

「お兄さん。どんな店探してるの」

「ああ、外人がいいね」

「外人ね。いろいろいるよ。色はどんなのがいいの？　白？　黒？　黄色？」

「そうだな、こうなんていうかな、ボインボインの明るい雰囲気がいいな。ラテン系っていうのかな」

巡査部長は、手振りでバストとヒップを強調する仕草をみせた。

「いい娘いるよ」

「ほんとかよ」

「どこまでやりたいの？　本番？」

「それは相手見てからだね。といってもそんなに金もってるわけじゃないけど」

「カードでもいいよ」

「カードは今月いっぱい親父に取られてるんだ」

「おやおや。それで、予算は？」

「三万だな」

「三万あれば十分だよ。相性にもよるけど、本番まで大丈夫かもしれないよ。そこはお兄さん次第だけどね。どう？　行ってみる？」

「そうだな」

十分に興味を持っているように、ポン引きには伝わっているようだ。

「絶対気に入るって。もしダメだったら、私はこの辺りにいつもいるから、言ってくれればいいよ」

「へえ。じゃあ行ってみるかな」

「じゃあ、ここで三万ね」

「あんたに払うの？」

「そう。いいお客さんを選んで連れて行くのが私の仕事」

巡査部長は、ポケットから裸現金を出すと、その中から三万円をポン引きに渡した。

「確かに。じゃあ、付いてきて」

ポン引きは風林会館の脇の道を入ってバッティングセンター前のビルの中に入った。

そこはロシア人のいたビルとは別だった。エレベーター上の現在位置メーターを見ると十階までの表示がある。二基あるエレベーターの一つに乗り込むと各フロアに五、六軒の飲み屋らしい店名が表記されていた。ポン引きは七階のボタンを押している。そこは三店舗しか入っていなかった。七階に到着し、まだ薄暗いエレベーターホールに出るとエレベーター内の表記どおり、三軒のクラブらしい店舗があった。ポン引きは右手の店の前に歩み寄るとドアをノックした。中から木製のドアがやや開いた。

「大丈夫かい」

「はい。大丈夫ですよ」

「いいお客さんだから、いい子を付けてやってよ」

「わかりました」

ドアが大きく開いた。店の中にカーテンが掛かっており、店の奥を見ることはできなかった。

「どうぞ。いい子いますよ」

「ありがとう」

チンピラ男はポン引きと店員の二人に向かって言った。ポン引きは笑顔で手を振ってみせた。店内に入ると、店員は、

「写真見ますか？」

と尋ねた。

「そうだね」

店員はアルバムを持って来た。顔写真と全身の水着写真が貼ってある。写真を見る限

りどの女の子もコパカバーナビーチでビーチバレーをしているような小麦色をした若い娘ばかりだった。ざっと二十人はいた。

「この子がいいな」

「お目が高いですね。この子はナンバーワンですよ」

「お金はさっきの男の人に渡しているんだけど」

「わかっています。追加料金はありません。ごゆっくり」

「『ごゆっくり』って、時間も聞いてなかったんだけど」

「九十分です」

「わかった。ありがとう」

カーテンを開けるとその中は個室まんが喫茶よりもやや広いパーティションで仕切られ、各入り口に簡易なドアがあった。

中に案内されると、二人掛けのソファーとベッドがあった。公務であることを忘れてしまうほど期待に思わず胸が膨らむ。すぐにドアがノックされた。

写真どおりのラテン系のエキゾティックな顔立ちの娘が現れた。巨大なバストを強調するかのようなタンクトップとショートパンツをはいている。驚くほど足が長い。彼女はグラスを二つ持っており、一つを男に渡し流暢な日本語で挨拶した。

「いらっしゃいませ。選んでくれてありがとう」

「綺麗だね。日本語も上手いし日本に来て長いの？」

「二年ちょっとです」

「雰囲気はスパニッシュかな？」

若い巡査部長は大和田から、外国人に対して「どこから来たの？」という言葉は使わない方がいいというアドバイスを受けていた。

「ブラジルです」

「おお、ラテンか。するとポルトガル語だ。ブラジルのどの辺り？　リオ？　サンパウロ？」

「お兄さん。よく知ってるね。でも私はもっと田舎。イグアスの方」

「あのイグアス滝のイグアス？」

「そうそう。お兄さん頭いいね」

「それくらいは知ってるよ」

娘の腰に手を回し、ソファーに並んで座ってグラスを小さなテーブルに置くと、唇を求めた。彼女も巧みにこれに応じてきた。仕事のことはすでに頭の片隅にもなかった。

娘に促されるまま一緒にシャワーを浴び、ベッドに入った。さすがに本番は「それはこの次ね」と、やんわり断られたが、あっという間の九十分だった。

五分前のタイマーの音でふと我に返った男は、彼女の名前を聞き、携帯番号を聞き出すことに成功した。彼のプライベート携帯電話でお互いに赤外線通信で番号交換をして、ワン切り、空メールで確認しあった。

店を出て風林会館前の交差点に行くと、先ほどのポン引きが客に声を掛けているところだった。

ふと目があった。巡査部長は握った右手の親指を上に立て、三度腕を前後に動かしてウィンクした。ポン引きは笑顔で軽く手を挙げて、呼び止めた客に一言二言告げると、その客がこちらを見た。巡査部長はその客に愉快そうにピースマークを向けて、靖国通り方向の人波に消えた。


「係長。俺、ハマッてしまいそうで怖いですよ」

「そんなによかったかい？」

「よかったなんてもんじゃないですよ。最高っすよ」

「そうか？　そんなに楽しんだんだったら金返せ」

「おつりは返します。はい二万」

「一度出した捜査費は返さなくてもいい。ところで、店はどうだった」

巡査部長は店の場所と店の名前、そして女の携帯番号とメールアドレスを報告した。

「携帯番号の所有者と通話記録は捜査したのか？」

「係長。今、帰ってきたばっかりですよ」

「馬鹿。そこまで手配しておいて捜査だ」

「すいません。すぐにやります」

この携帯番号がその後の捜査に大きく影響を及ぼすことを、この時まだ二人はさほど期待していなかった。

店の調査を行った結果、この責任者もやはり日本公正党幹事長、金谷真蔵の秘書、木村義雄になっていた。

「こいつら、いったい幾つ店を持ってるんだろう」

大和田は呟いた。「地道にやるしかあるまい」ポン引きを追尾することも考えたが、逆に奴らに気づかれる危険性の方が大きかった。

「あと何人か投入するしかないな」

大和田は馬場管理官と話し合ってさらに五人を現場調査させた。韓国、中国、タイ、フィリピンのそれぞれの店がわかるまでに一週間を要した。その間、ロシア、ブラジルの内情は確実に把握していった。

組対四課長がこの情報を知った時、理事官はこれまで見たこともなかったような満面の笑顔だったという。四課長は断片情報を公安総務課長に報告した。すぐに公安部と組対部の連絡会議が開かれた。これには各部長に加え副総監も出席した。

公安部の捜査状況報告には組対四課長も驚かざるを得なかった。

四課長が警備局を経験したことがなかったこともあるが、秘聴、秘匿撮影、画像分析、相関図の作成等。あらゆる手法が公然、非公然を織り交ぜたもので、確かに「適正手続」という通常の刑事捜査手続から大きく逸脱した面もあったが、後から適正手続きをとって、見事にカバーされているのだった。なんと言っても、驚かされたのが、事件デスクの青山警部の報告だった。

「今回、境港の東山会の拠点及び関係箇所十二ポイントに盗聴器を設置し、八ポイントに秘匿ビデオを設置しました。その結果、北朝鮮、中国経由で覚醒剤、アヘン、大麻の違法持ち込みルートが明らかになりました。本件に関しましては将来的に鳥取県警を巻き込み立件したいと考えております」

組対部にも組対五課があり、銃器、薬物を担当している。しかし、青山はいとも簡単に鳥取県警にやらせようと主張した。それも盗聴器と秘匿ビデオを使ったと堂々と言ってのけるのだ。これを聞いていた副総監、両部長とも肯きながら聞いている。

「次に、東山会と接点がある政治家の背景には、かつて黒幕、妖怪と言われていた竹山善太郎一派の動きがあります。竹山の兄弟分である初代岡広組組長、さらには竹山が世界真理教の日本支部長でその外郭団体の反共原理連合にかかわっていたことが背後にあります。

　そしてその影響を最も受け、現在なお政局に影響力を与えているのが岩堀元と安藤守の二人です。現在この二人を中心とした捜査を広げておりますが、これまで被疑者不明の殺人事件、贈収賄事件もこの二人の周辺で発生しております。刑事部の投入も時機をみて行う必要もあるかと思われます」

　青山の話は大場組対四課長にとって、まさに公安らしい天下国家を語った内容だった。

「公安は凄いな」

　隣に座っている大久保理事官に思わず漏らした。理事官は青山が話した内容の全てを把握できていない様子だった。

　続いて組対のデスクキャップである大和田が報告を始めた。

「組対部では新宿を中心に活動を始めている東山会の実態を解明中です。公安部の報告にもありましたが、当方の捜査でもやはり竹山に繋がる国会議員の存在が明らかになっております。

　その一人が日本公正党幹事長、金谷真蔵で、これには大掛かりな薬物関係組織と芸能界、一部政界を巻き込んだ売春組織があり、これにはロシア、韓国、中国のそれぞれのマフィアが絡んでおります。

　特に、やはり公安部でも名前が挙がりました岩堀元とその実子で竹山、藤岡元首相の愛人でもあった吉澤めぐみの存在が大きいようです。組対部と致しましては、今後、この竹山が築き、継承しております大手芸能プロダクションのサンライトプロ代表、浅田徹を含めました実態を解明しながら、福岡の事件との関連性を捜査して参りたいと思います」

大和田の報告は公安部長を唸らせた。この報告を聞いていた組対四課長も大和田のまとめ方の見事さに感心していた。公安部ほど派手ではないが、十分に居並ぶ幹部達を納得させるだけのポイントを押さえていた。本来、会議の最初で話すべき副総監が立ち上がって訓示を述べた。

「この極めて短い期間で公安部、組対部とも驚くほどの捜査の進展を挙げてくれていることに心からの敬意を表します。今後は相互に情報交換を行いながら、日本警察の捜査能力を世に示して貰いたい。本捜査本部は強制捜査直前まで一切を秘匿とし、いかなる政治的圧力も受けることのないような、万全の体制を敷きながら悪を徹底的に懲らして参りたい。今後も諸君の奮闘を心から望むものである。以上」

この日は副総監主催の公安部と組対部合同の懇親会が簡素に行われた。青山と大和田も久しぶりに杯を交わした。

「同期の絆だな」

「そう。最高の絆だ」

翌日からまた、厳しい捜査が始まった。

＊　　＊　　＊

「大和田係長。先日のマリアが使っている携帯電話の契約者がわかりました」

「誰だった？」

「それが法人契約なんです。それもファースト企画です。さらに、彼女の通話歴を確認したところ、発信件数のトップ二十件のうち、十五件がやはりファースト企画本社内加入電話と同社が契約している携帯電話。そして残りの五件が学校法人関係者でした。それで、もっと面白いのがあって、国会議員に三回掛けていました」

「それはお客かな？」

「おそらくそうだと思いまして、その議員の携帯発信履歴をみると、ファースト企画が契約している携帯に三十回以上掛けているんですよ」

「誰だその議員は」

「三回生なんですが、福岡県選出の二世議員で、桜田祐喜《さくらだゆうき》という奴です」

「与党、日本公正党の桜田か。親父は竹山と巣鴨プリズンで一緒だった男だったな」

「そうなんですか」

「三大議員馬鹿息子と言われて有名だった。一人は死んで、一人は逮捕され、三人の中で一番悪かった桜田一人が議員になったんだ。奴の薬癖はまだ治っていないだろう。何となく先が見えてきた感じだな。

亡くなった梅沢は桜田にとって、確かに目の上のたんこぶのような存在だったはずだ。博多湾の埋め立てに関してグチャグチャの闘いを演じていたからな」

「よくそんな話を知っていますね」

「福岡は僕の故郷だ」

「そうだったんですか。知りませんでした」

大和田は新宿の売春グループを捜査している主任を呼んだ。

「その後、追尾メンバーの解明作業はどうなっている？」

「はい。ロシア、ブラジルはほぼ解明を終わりました。全員があの学校法人の留学生でした」

「なるほど。他は？」

「韓国と中国も順調に進んでいるのですが、中国の女は捜査員の携帯に二日に一度は電話を掛けて来て、来店をせがんでいるようです。『今度はやらせてあげる』ってしつこいようですよ」

主任はその様子を思い出したのか思わず吹き出しながら言った。大和田も笑った。

「Pとタイは」

フィリピンは国名を省略して頭文字を取って「P」と呼んでいた。

「それが、どれも似たような顔の造りらしく、なかなか解明作業が進まない様子です」

「画像解析ソフトを使ってもダメなのか？」

「あ、この前公安部から借りた奴ですよね。それが、どうも上手く使いこなせていない様子なんですよ」

「それじゃ、宝の持ち腐れじゃないか。そんなところが公安部とのスピードの差になってくるんだ。公安部に捜査員を要請して早急に解明しておけ」

　主任は申し訳なさそうに頭を下げて帰っていった。

　しかし、彼がもたらした情報は捜査上極めて大きな内容だった。大和田は直ちに馬場管理官に報告を上げると、管理官の了解を得てすぐに青山に連絡した。青山の反応は早かった。

「桜田はこちらで視察する。奴は数年来、六本木にあるいわく付きの店に通っているという情報が入っている。おそらくまだ薬から手を引けないでいるんだろう」

「それじゃあ、その件はそちらで頼む。但し、薬の情報が入ったらこちらにも連絡を頼む。薬物対策は組対のテリトリーだからな」

「ああわかった。うちらにはなんのメリットもない話だからな」

＊　　＊　　＊

その頃、捜査第二課は別件で、東山会が組織的に行っているとみられていた、リゾートホテルの会員権を巡る大掛かりな詐欺事件に着手していた。

捜査の端緒はある老夫婦の被害相談からだった。警視庁成城警察署の駐在が受持ちの管内を巡回中に立ち寄った資産家老人世帯で得た情報だった。この老夫婦は以前、振り込み詐欺の被害者になりかけた時、もう少しのところで騙されるところを、この駐在の一言で救われた経緯があった。それ以来、駐在は同じ失敗をしないように、また老夫婦は何かあった時はすぐに相談する、極めて良好な関係になっていた。

「駐在さん。実はもう五年以上前になるんだけど、伊豆高原の有名ホテルが会員制になるという誘いを受けて、下見にも行って会員になったんだよ。その時は『五年後には全額返金する』とか『預託額に応じてプレゼントする無料宿泊ポイントは現金で買い取る』なんて言ってたんだが、その後の対応がどうも変なんだよ。こちらから連絡しても、何だかちゃんとした返事をしてくれないんだ。まさか、あの一流ホテルが人を騙すとは思えないんだけど、どんなもんだろうか？」

「そのホテルの名前は何というんですか？」

「伝統ある有名なホテルだよ。月光苑というんだ」

「わかりました。ちょっと調べてみますよ。ところで、会員権って幾らぐらいだったんですか？」

「三千万だったんだけどね。でも、当時は安いと思ったんだよ」

「安いですか……わかりました」

駐在は一応インターネットで、そのホテルを検索してみると、確かに伝統あるホテルではあったが、老夫婦と同様の意見を掲載したサイトがあった。駐在はかつての直属の上司で現在捜査第二課の係長になっていた龍警部に電話を入れた。

――龍代理、ご無沙汰しております。駅前駐在の中村《なかむら》です。

――やあ中村係長。元気にしてはりますか？

龍は成城警察署時代、地域課の課長代理で四日に一度は同じ宿直勤務をしていた。歳は自分よりも二十歳近く若かったが、龍の仕事に対するひたむきな姿勢と、何よりも人間性が好きだった。大学時代にアメリカンフットボールのディフェンスラインにいたというだけあって、暴力団や暴走族に対しては体型と体力を活かして威圧しながら、子供や老人には極めて優しく、笑顔を絶やさなかった。

――はい。相変わらず楽しくやっています。実は、代理も覚えていらっしゃるかと思いますが、私の受持ちにいる山下《やました》ご夫妻が詐欺に遭っているかも知れないんです。

──山下さんって、大手鉄鋼会社の会長さんやった方でしょう?

──そう。その山下さんがね、伊豆高原の月光苑という有名ホテルの会員権を買ったらしいんですが、その後、なんだか対応が悪いらしいんですよ。それで私もインターネットで調べてみたんですが、同じような苦情が出ているんです。

──月光苑といえば名門のはずなんやけど、会員制にするようなところじゃなかったとおもうけどな。わかりました。少し時間をください。

──わかりました。よろしくお願いします。

電話を切ると龍は早速インターネットで確認し、なるほど同様の苦情が出ていることがわかった。早速、静岡県警の伊東警察に連絡を取るとすでに当時のオーナーが替わっており、現在は東京に本社を置いて会員を募集しているという回答だった。都内の連絡先を確認して所轄に確認すると、そこは岡広組のフロント企業が数社入っているビルであることが判明した。

龍はただちに第二知能犯捜査管理官に連絡を取った。管理官はすぐに動いてくれた。

翌朝、第二知能犯捜査管理官が龍のデスクにやってきた。

「係長、きのうの話は面白いかもしれない。おそらく被害額は億を超える金額で、ネット上で把握できた被害者と思われる人だけでも十人はいる。例の成城の方なんだけど、所轄を通さないで、直接本部に来てもらうように伝えて貰えないかな。聴訴《ちょうそ》室長には僕から言っておくから。できるだけ早いほうがいいな」

「わかりました」

事件の概要を聞いた捜査第二課長は、本件が暴力団絡みの事件であり、静岡県内が主たる発生場所となっていることから、将来的には合同捜査を組まなければならない組対部と静岡県警に対してどの時点で連絡すべきか考えていた。捜査第二課長が最も怖れたのは捜査情報の漏れだった。「うちだけでやっている限り抜けることはない」捜査第二課の課員が持つ、徹底した情報管理を課長自身が一番よく知っていた。二課長は、第二知能犯捜査管理官と聴訴室長を自室に呼んで言った。

「本件捜査はある程度まで当課だけで進める。部長にも令状請求時点まで報告を行わない。暴力団相手ということで不慣れな部分もあると思うが、これまで同様徹底した捜査情報管理に努めてくれ」

「課長。現時点でも三億近い被害額だと思います。国税とタイアップして、奴らの背後関係を徹底して捜査してみてはどうでしょうか?」

「そうだな。査察部だったら秘密は守れる。管理官、カウンターパートは今でも使えるかい?」

「いつも連絡を取っています」

「よし。向こうにも上部への報告を控えさせて、最少の要員で秘匿に進めることができるかどうかを確認したうえで進めてくれ。どうもこの背後には政治家の影がありそうなんでね」

「了解」

捜査二課は三十人態勢で動き出した。拠点は第二知能犯捜査の新宿分室に置いた。捜査対象の東京本店が新宿区内にあったからだった。

＊

「すいません。私は成城の山下と申します。先日から何度か月光苑リゾートの会員権の件でお電話を差し上げているのですが、私では理解できないところが多くて、今日は息子にも相談して参りました」

山下氏を伴って、捜査二課の本田《ほんだ》警部補は新宿にある月光苑リゾートを運営している会社に直接乗り込んだ。事前の申し合わせは十分にできていた。

「山下さん？　困るんだよね。突然こちらに来られても。担当者が外に出てるんだよ」

息子役の本田警部補が引き取る。

「すいません。私は付き添いなのですが、会員権を購入して『五年後には全額返金する』『預託額に応じてプレゼントする無料宿泊ポイントは現金で買い取る』という契約を交わしているのに、未だに無料宿泊券は来るものの、ホテル自体がオープンしないのはどういうことなのですか？　会員権を購入してすでに五年経っています。このままホテルが営業できないのであれば、せめて元金だけでも返還して貰えませんか？　そういう契約でしょう？」

「確かに、その時はそうなる予定だったんだけどね。いろいろとトラブルもあって、もうすぐ開業するからそれまで待ってくださいよ」

「もうすぐというのは、いつのことですか？　来月？　再来月？」

「そこは何とも言えないけど、もうすぐなんだから」

「申し訳ないけど、あなたじゃ話にならない。上司の方を呼んで貰えませんか」

「なんだって？　私は営業部長なんだよ。上司は専務と社長だけ。実質の責任者は私なんだ」

「そうですか？　あなたが責任者なんだったら、契約の解除くらいあなたの責任でできるでしょう？　こちらは出した金を返してくれと言ってるだけなんですから。それとも契約は嘘だったんですか？　すぐに警察に相談してもいいんですよ」

「なに、警察だ？　面白いこと言うじゃない。うちが詐欺をやってるとでもいうの？ことと次第によっちゃ、こっちだって考えがあるよ」

「ほう。何の考えですか？　利息でも付けてくれるんですか？」

「息子さん。あんた結構強気だね。弁護士かなにかなの？」

「いえ、一介の公務員ですけど、法律の知識は少しはあるつもりです」

営業部長と名乗る男は、本田警部補を頭の先からつま先まで舐めるように眺めた。色白の優男で、役所の経理か法務でもやっているような男に見えた。手も小さく指は女のように細い。

「息子さん。じゃあ、元金を返せばいいんだね」

「そうです」

「しかし、今日、明日というわけにはいかない。準備ができたら連絡するから、連絡先を教えてよ」

「連絡は父にしていただければ結構です」

「でも、今日はあなたが交渉にきたわけだから、あなたに連絡するよ。役所の名刺でいいから貰える？」

「そう言うなら、あなたが先に名刺を出すのが普通なんじゃないですか」

「あ、そうだったね。営業部長の高木です」

男は上着の内ポケットから名刺入れを取り出すと、中から一枚名刺を抜いて片手で、本田に差し出した。名刺には「株式会社月光苑リゾート開発　取締役営業部長　高木則勝」と記されていた。

「頂戴いたします。高木部長さんですね。こういう者です」

本田は丁重に名刺を受け取って、相手を確認すると名刺を差し出した。

「ほう。東京都生活文化局参与ね。何をやっているところですか？」

「広報とか消費生活とかそういう部署です」

「参与というのはどの位のポジションですか？」

「まあ、局の部長代理ってところです」

「若いのに偉いんだね。まあ、昼間はこの電話番号に電話すればいいの？」

「そうですね。大体は席にいると思います」

「三、四日待ってよ。こちらから連絡するから」


山下氏と本田は八階建てのビルを出た。

「本田さん。大丈夫でしょうか？」

「高木という男の顔も、今のやりとりもリアルタイムで全て本部に送られていますから、間もなく何かしらの連絡が来ると思います」

「嘘の名刺を出してもいいんですか？」

「僕は自分の名刺だとは言っていません。相手が勝手にそう思っただけですから」

「凄いことを言うんですね、本庁の刑事さんは。しかし、電話番号は本物なんでしょう？」

「はい。あの番号は特殊な電話に繋がっています。瞬時逆探知電話というもので、電話が掛かった段階で、どこから掛けて来たのかすぐわかるんです。当然会話は全て録音されていますからね。それから名刺に記されている名前の山下清二郎《せいじろう》は実在の人物で、現在東京都に出向中の者です。だから、全く嘘じゃない。奴は私に『山下清二郎さんですね』と確認していません。勝手に勘違いしただけの話です。これは公判廷でも立証できますからね。全て録画しているわけですから。山下さんは何も心配することはありませんよ」

「しかし、息子に来て貰ったと嘘をついていますが……」

「山下さん。よく思い出して下さい。山下さんは打ち合わせどおりに『息子にも相談して参りました』とおっしゃったはずです。息子に来て貰ったとは言ってませんよ」

平然と答える本田に、山下氏は唖然としていた。

本田警部補がデスクに戻ると、捜査員が忙しく動いていた。

「何かわかった？」

「はい。まず、例の電話が鳴りっぱなしです。嫌がらせ電話ですね。無言もあれば怒鳴るのもある。中には『山下を出せ』とかね」

「なるほど。それで、発信元は？」

「最低でも五本の加入電話で三本は個人。二本は会社の電話です」

「契約者の人定は？」

「現在裏付け捜査中ですが、三人とも岡広組関係者のようです。それからあの高木則勝ですが、元ミドル級東洋太平洋チャンピオンで前は二犯。傷害と取り立て違反の第一号。岡広組東山会幹部で宮坂仁の直系です」

「宮坂仁ねぇ。大物ヤクザが登場してきたか。これは大きな事件になるんだろうな。しかしながら、龍係長が持ってくる事件はいつも派手だよな」

「また、電話鳴ってますよ」

「着信音消しておいて」

＊

リゾート開発の被害者は口コミで拡がっていた。それも、どうやら月光苑の顧客情報に基づいている様子だった。捜査員は関東を中心に三十人の被害者を見つけ出していた。被害総額は十億を超えていた。契約書の確認や、当時の募集資料等を収集して裏付けを進めていった。

この時国税庁から思わぬ資料が届いた。月光苑がバブル崩壊後に一時期納税不能に陥った際、再建計画を立てた際のホテル顧客リストだった。約千百人の顧客リストだった。捜査員は片っ端から電話を掛けていく。

被害者と思われる者はその三分の二にあたる、七百人近かった。

「こりゃ、二百億を超えるぞ」

被害者のリストを作成する一方で別部隊は東山会の実態を調査し始めた。その時だった。

捜査二課長室の卓上電話が鳴った。刑事部長からだった。

「部長。小林でございます」

「小林。お前、今、何の事件をやってる?」

「事件捜査は十件以上進めておりますが、何か」

「すぐに来い」

「わかりました」

キャリアにとって上下関係は絶対服従である。二課長は備忘録を決裁用の紙バッグに入れ、階段をワンフロア駆け上がって警視庁本部六階にある刑事部長室に向かった。

部長別室と呼ばれる秘書役の警部補の顔が引きつっていた。

「課長。部長がお待ちです」

肯きながら、部長室の扉をノックして重い扉を捜査二課長は自分で押した。「こんなに重い扉だっただろうか？」余計なことを思いながら扉を開けると、部長はデスクではなく応接セットのソファーに座っていた。明らかに機嫌が悪い。

「小林でございます」

「座れ」

「はい。失礼いたします」

捜査二課長の階級は警視長。すでに県警本部長も経験していた。しかし、上司の前では米つきバッタのようにならざるを得なかった。ソファーに座るやいなや部長が口を開いた。

「お前、俺に黙って何やってんだ？」

「捜査以外のことでしょうか？」

「なに？　今、何の捜査をやってるのか聞いてるんだ。俺に黙ってやってることがあるだろう？」

「岡広組の件でしょうか？」

「そうだ。何故着手報告をしなかった？」

「まだ、今の段階では海のモノとも山のモノとも……」

「嘘をつくな」

「察庁の組対に頻繁に東山会の照会をしてるらしいじゃないか？　何の案件だ」

「はい。大型詐欺事件に発展する虞《おそれ》があります」

「詐欺か……額は？」

「このままですと二百億程度かと思います」

「二百だと？」

部長は驚いた。唖然とした顔が怒りの顔に変わるのにさして時間はかからなかった。

「馬鹿もんが！　いつ報告を上げるつもりだった？」

「はい。今日、明日中に被害者リストと、容疑者リストができあがる予定でしたので、それができ次第と考えておりました」

「今日、明日中か……」

刑事部長は目を閉じた。何やら知恵を巡らしている様子だった。警視庁の刑事部長はこのまま行けば、あと二回の異動で本庁の審議官ポストに就く。そこから局長、官房長に登りつめる最短コースなのだ。

「小林。今日中に仕上げろ。実は先ほど副総監に呼ばれた。福岡の梅沢事件の関係だ。公安部がその背後関係を割り付けた」

「公安部ですか？」

「そうだ。公安部長は同期だからな。俺もここで負けたくない。それよりも、その背後関係というのが、今お前がやってる東山会だ。それも宮坂仁だそうだ。お前のところで、昨日、察庁の組対に宮坂を照会しただろう」

「はい。確かに」

「今、全国で宮坂関連を照会すると長官報告になっていたんだよ。日本警察の威信が掛かっているからな」

「なるほど」

「今回、お前が黙っていたことは許そう。お前なりの考えがあってのことだろう。しかし、これからは必ず一報は上げろ。いいな。とにかく、すぐに報告書を仕上げろ」

「御意」

捜査第二課は刑事部門のエースが揃っている。課長の下命は瞬く間に課員の末端まで届いた。特命班は猛烈な勢いで資料を作成した。決して報告のための資料ではない。捜査遂行のための資料づくりだった。無能な幹部が一人でもいると、この資料が上司に報告するための資料となり、くだらない「て、に、を、は」の修整が入って余計な労力と時間がかかってしまう。警視庁の多くの部署でこの悪しき慣例が残っているのだが、捜査第二課と公安総務課には、伝統的にこれがなかった。上意下達も早ければ下意上達も早いのだ。

午後三時に報告書と各種リストが刑事部長に届けられた。刑事部長は捜査第二課長を伴って副総監室に入った。

「刑事部はしばらく単独でこれを進めて下さい。組対と県警はまだいいでしょう」

副総監は冷静に判断した。副総監は前公安部長だったが、極めてバランス感覚のある人物だった。

捜査第二課は国税とタイアップして大型脱税と詐欺事件を進めていった。

「一人でも、当時の企業担当を引っ張りたいものですね」

「そう言えば、振り込め詐欺の捜査チームで東山会絡みが一件ありましたね。その容疑者メンバーと照合してみましょうか？」


この頃、日本全国で詐欺罪で摘発された暴力団関係者は九百四十七人で前年同期より百八十二人増えたことが、警察庁の分析で報告されていた。摘発された事件数も前年同期比で三割以上増加しており、暴力団関係者による詐欺の手口は、振り込め詐欺や、生活保護費の不正受給、交通事故を装った保険金詐欺など多様であった。また、最近の経済不況を背景に、条件や審査が比較的緩やかな融資制度を狙った詐欺も多発していた。

この先駆的立場にあったのが岡広組で、その中でも東山会はフロント企業が入手した個人情報を詐欺事件に転用する手口を使っていた。このため同一人物が複数の詐欺被害に遭遇するという特徴があった。

捜査二課では、国税から得た株式会社月光苑リゾート開発の被源泉徴収者リストと振り込め詐欺容疑者リストを照合すると、二人の東山会構成員が一致した。

「この振り込め詐欺捜査はどの辺りまで進んでいるんだ？」

「すでに、ホシを挙げ始めています。今日現在で十五人捕っています」

「この二人はまだなんだな」

「はい。取調担当者の数が足りないものですから、現在居住先は把握して、行動確認中です」

「二人ともか？」

「はい」

捜査二課長は振り込め詐欺の捜査担当管理官を呼んで確認していた。

「悪いが、急ぎで、この二人の身柄を捕ってくれ。お札《ふだ》はあるんだろう？」

「はい、すでに更新しております」

詐欺事件で共犯者が多数いる場合、共犯者全員の逮捕状を請求し、容疑が重い者から順番に身柄を拘束していく。そして、逮捕状の執行期限が切れそうになると、裁判所に対してその執行期限の延長手続きを取っておくのだった。

「今日、明日中に捕れるか？」

「はい。行動確認班の班員と連携してすぐに対応いたします。留置場所は本部留置所の方がよろしいのでしょうか？」

「そう願いたい。組対四課の大和田係長と連携を取ってくれ」

「特捜絡みですか？」

「そうだ。今月は忙しくなるから、そちらは頼むぞ」

「かしこまりました」

＊　＊　＊

大和田は既に東山会のメンバーによる振り込め詐欺事件の捜査状況を把握していた。組対四課長から、捜二が特捜関連被疑者二名を逮捕する旨の電話が入った時、「大槻《おおつき》と根本《ねもと》ですね」と答え、課長を驚かせていた。大和田はパソコンに、課内で扱うあらゆる逮捕状を請求した被疑者や逮捕者の個人情報を入力していた。これに国税から得た個人情報を加えて既にソートを行っていたのだった。

捜査的には被疑者の逮捕は午前八時がベストである。容疑者の身柄を四十八時間内に検察庁に送る、新件送致までまるまる四十八時間、取調べの時間を作ることができるからだった。

二人の身柄は予定通り、翌日の午前八時半に同時に確保された。最初の二日間は振り込め詐欺に関することだけの罪状認否に終始した。すでに関係者が逮捕されていることもあり、選任した顧問弁護士も「知っていることは全て話してよい」という判断だった。

二人の被疑者は観念して供述を始めた。検察庁でも容疑を認め、勾留が決定した。他の被疑者全員が警察署の留置所に分散留置されているにもかかわらず、今度の二人は警視庁本部留置所に収監された。顔見知りになっている捜査主任官が、収容場所がなくて困っていると、暗に匂わせていたからでもあった。顧問弁護士も不思議に思っていなかった。

十日の勾留が終わり、さらに十日間の勾留が延長されても、顧問弁護士は面会に来なかった。二人の容疑者は話が上手い取調官にすっかり観念して、完落ち状態になっていた。取調官は二人の取調べを下命された時から、すでに特捜が再逮捕する予定であることを告げられており、始めの十日間で本件の容疑を固め、勾留延長に入った段階から、余罪捜査を行うことを捜査本部と連絡を取りながら計画していた。

「さてと、大槻。本件ではお前は部下に対して振り込め詐欺の指示を行っていたわけだが、逮捕直後に採った調書で『この組織に入って三年位経った頃、詐欺を行うための指導を幹部から受けた』と供述してるな」

「はい。最初は事務所の掃除とか、借金の取り立てをやっていましたから」

「その、お前に詐欺を指導してくれた幹部というのは、今回の振り込め詐欺の主犯格の武田《たけだ》じゃないんだな」

「はい違います。武田の兄貴は振り込め詐欺専門で、元々は族あがりですから」

「武田は暴走族だからな。お前は大卒だったな。武田の下じゃやりにくかったんじゃないのか？」

「そうですね。しかし、上から武田の兄貴を助けてやるように言われてたものですから仕方ありません」

「その上というのは、お前に詐欺を教えてくれた幹部か？」

「はい」

「すると、高木は武田の兄貴分にもなるのか？」

「えっ？　高木の兄貴の名前も挙がってるんですか？　高木の兄貴は今回の事件には全く関係ありませんよ」

「そりゃそうだろうな。高木は振り込め詐欺みたいな、ちんけな事はやらないよな」

「そうですよ」

「うん。ところで、お前がこれまでやってきた詐欺について、今のうちに全部喋っておけ。そうしないと、後から後から再逮捕されて、警察、拘置所、刑務所を何回となく繰り返すことになるからな」

「そんなもんすかね」

「弁護士に相談してみるか？」

「いえ、弁護士は全部喋っていいと言ってましたから」

「そうだろうな。弁護士も毎回毎回呼び出されてたら、顧問料だけじゃやってられなくなるからな。お前で十七人目だからな」

「えっ？　十六人じゃないですか？」

「お前と一緒に根本もパクられてるよ」

「なんだ。あいつも一緒ですか？」

「お前とは付き合いも長いらしいな」

「奴がしゃべってました？」

「俺が直接聞いた訳じゃないが、お前と一緒に仕事をしていた時期があったろう？」

「なんだ。もう知ってるんじゃないですか」

「だから、全部、包み隠さず喋るように言ってるんだよ」

これは違法な誘導尋問ではない。虚偽の事実を全く告げていないからだった。

もしここで「根本はみんな吐いたぞ」ということを告げると違法な誘導になってしまう。取調べの状況はすべて録音されているだけに、取調官には慎重な言葉選びが要求されていた。

「根本と最初に組んだ仕事は何だった？」

「あれは、交通事故を装った保険金詐欺でしたね。しかし、根本が一ヵ月以上入院するのに疲れてしまって、目標の半分しか金を取れなかったんですよ」

「なるほど。そうすると六年前の月光苑リゾート開発はそのすぐ後ぐらいか？」

「ええっ。それも、もうバレてるんですか？」

「だから、何でもわかってるって何度も言ってるだろう。高木が現場の頭張ってた事件だろう」

「そうです。高木の兄貴はナンバースリーだったすけど、まあ仕切ってましたね」

「乗っ取ったホテルの顧客リストを使って、電話したんだろう？」

「よく知ってますね。千人位のリストがあったけど、確率高かったですからね」

「三分の二は騙したろう」

「それって、いつわかったんですか？　高木の兄貴もパクられてるんですか？」

「間もなくだな」

「そうなんだ。あれは美味しいヤマでしたよ」

「ふーん。その時の何か面白いエピソードはなかったか？」

「そうすね。あんときゃ、高木の兄貴が俺たち営業担当者を集めた会議で『どんな手段を使ってでも金を集めろ』って言って、給料は歩合制でしたから。俺だって月に数千万円は貰ってましたね。高木の兄貴は、あのホテルを『金のなる木だ』って言っていましたよ」

「そうか？　すると、高木の兄貴分の宮坂も美味しい思いをしたわけだ」

「宮坂さんは俺たちにとって憧れの人ですからね。元々、あのホテルはバブルで倒れかけていたのを、宮坂さんが当時『スーパーコンパニオン』と呼ばれてた姉ちゃん達を東京から連れて来て再建したんですよ。毎週毎週、接待、音楽イベントを開催して、馴染みの客に加えて新しい客も集めたんですよ。そして、会員権売買の集金システムを作って、預託金で得た資金で施設買収を繰り返し、最後には十軒のホテルを運営してたんですからね」

「なるほど、大したもんだな。そのスーパーコンパニオンってのは、どうスーパーだったんだ？」

「ああ、それはですね、日本人だけじゃなくて、ロシアやラテン系や中国、韓国の綺麗どころが揃っていて、パーティーのアフターまで付き合うんですよ」

「すると、顧客の多くもいい思いをしたわけだ」

「そう、だから、あまり大きな声で言えない連中も多いんですよ」

「そこで薬もやってたんだろう？」

「えっ？　それは知らねぇなあ。高木の兄貴は薬は好きじゃなかったからね。宮坂さんは違ったけど」

「まあ、大体のことはわかった。その他には何をやった」

「ホテルの後は一年くらいあちこち海外に行って遊んでたね。その後は馬鹿な銀行や金融機関の融資制度を狙ったヤツかな」

「しかし、お前達もよく頭が回るな」

「だから勉強してるんですよ。経済ヤクザはね」

自信たっぷりに話し始めた大槻は、まさかこれが組の根幹を揺るがす供述になっているとは思ってもいなかった。その十日後、大槻は振り込め詐欺容疑で起訴されると同時に組織犯罪処罰法違反の組織的詐欺容疑で再逮捕された。

株式会社月光苑リゾート開発による組織的詐欺事件捜査の幕開けだった。


「捜査二課が動き出した」

組対部長は刑事部長から直前になってその話を聞いた。組対部長もキャリアだったが、年次的には刑事部長、公安部長よりも三年後輩だった。

「二課のスタンドプレーか」

これまで公安部との協調路線を歩んでいた組対部長は一瞬口の中が苦くなるような思いをしたが、すぐに公安部長に連絡を取った。

「捜査二課が組織的詐欺容疑で東山会に入りました」

「そうらしいね、まあ、その容疑はとっかかりだからちょうどいいんじゃないか？」

「しかし、東山会を狙うのに、こちらには直前の連絡ですよ。ちょっと仁義に欠けるような行動じゃないですか？」

「俺たちの本筋はあくまでも、福岡事件の背後関係の解明と東山会の壊滅だ。捜二には、これから先、贈収賄という大きな荷物も背負って貰わなきゃならんから、今は一番槍をやらせておけばいいんだよ。刑事部長も俺たちがやろうとしていることは十分承知の上だ。副総監も黙って見ているのだから、それでよかろう」

「わかりました」

「それに、今回の二課は高木で一旦止めておくようだしな。宮坂はお前のところで捕らせてやるよ」

「ありがとうございます。公安部はどうするおつもりなんですか？」

「うるさい国会議員とやっかいな宗教団体をおとなしくさせてやる。二度と刃向かわないようにな」

「やはり、天下国家ですね」

「それが公安だ」

第八章　一斉強制捜査

その日、副総監は警視総監に対して今後の捜査方針の報告と、警察庁長官への連絡及び、次長、官房長、警察庁各局に対する指示を依頼した。これは警視庁各部長が、彼らの上司にあたる警察庁各局長に内密に捜査を行っていたことの報告及び、仁義を切るためだった。本件捜査が、全て警察庁長官、警視総監のトップの意志に基づくものであることを周知させて、強いリーダーシップの発揮を確認させる目的もあった。

翌日、警視庁十八階の総合指揮所に特別捜査本部が設置された。捜査責任者は警視総監である。

警視総監の訓示を受けると、各部長が強制捜査の着手を指示した。

全国一斉に強制捜査が始まった。

組対部は宮坂の身柄を捕った。学校法人に籍を置く殆どの学生が捜査対象となり、東山会の管理売春組織が検挙された。これにはファースト企画の浅田元、さらに、これと組んでいた吉澤めぐみも含まれていた。

公安部、組対部と鳥取県警は、境港を中心とする東山会の覚醒剤、麻薬密輸グループを摘発した。この際、一人の国会議員の身柄を捕った。

さらに公安部は長年のターゲットだった反共原理連合本部とその上部団体の世界真理教日本本部に捜索差押を行った。これらの供述と証拠がある程度固まったところで、捜査第二課は新たに贈収賄事件に着手していた。

また、公安部と捜査第二課は国会が閉幕中であることから、逮捕を念頭に置きながら残り三人の国会議員の聴取を任意で始めた。


「宮坂。まさか売春防止法でパクられるとは思っていなかったろう」

「どうせこれは別件だろう。本当の狙いは何だ？」

宮坂は取調べに対して、強気に出ていた。

「なんだ。まだ他にやっていることがあるのか？」

「警視庁の組対が売春で俺を狙うとは思えないからな」

「まあ、お前が余罪の上申書でも書くというんなら、聞いてやってもいいぞ」

「ふざけるな。お前らが別件の話をしたら、すぐに弁護士を呼ぶからな」

「まあ、今回の売春だけでも二十日はたっぷりかかるだろう。今日、別件で高木もパクられているからな、何が出て来るやらだな」

「なに？　高木を……何を考えているんだ？」

宮坂の顔に翳りが見えた。高木は今回の売春とは全く関係がないチームだったからだ。

「まあ、そのうちゆっくり話を聞かせてもらうさ。そういや、鳥取でもお前の仲間がパクられたって噂を聞いたな」

「鳥取？」

「境港と言った方がわかりやすいのかな？　あ、そうそう。今日、公安部が反共原理連合本部とその上部団体の世界真理教日本本部に捜索差押をしたと、さっきのテレビで放送してたな」

宮坂の顔が歪んだ。取調官は余裕の笑顔を見せていた。

「そんなことやっても無駄さ。俺は関係ない」

「ま、そうだといいがな。俺もおまえと長々付き合いたいとは思わんからな」

宮坂は不安になっていた。今まで何度か留置場の経験はあったが、常に不起訴か起訴猶予で終わっていた。その時の捜査官はいつも必死に落とそうという焦りがあった。

警視庁に捕まるのは初めてだった。しかも、捜査員に余裕があるばかりか、宮坂の外堀を既に埋め尽くしたかのような話題を平気で提供してくる。弁護士を呼んで裏付けを取らせることだって可能なのだ。

　警察の本当の狙いがどこにあるのか全くわからなかった。

「さてと、まず今回の売春容疑の逮捕事実についての弁解を聞いてやろうじゃないか」

「俺は知らない。やってない」

「ほう？　全面否認ってやつだな。弁護士はどうする」

「組の顧問弁護士を呼んでくれ」

「お前の組には何人も弁護士がいるだろう。誰でもいいのか？」

「大里《おおさと》弁護士だ。元特捜検事の大里を呼べ」

「大里？　ああ、あいつも今回、何かの容疑でパクられてたみたいだったな。まあ、無理とは思うがそのまま書いといてやろう」

　宮坂の顔は引きつった。まだ何の取調べも始まっていない。逮捕時の最初の手続きである弁解録取書の作成をしているだけの段階なのだ。「これが警視庁の力なのか……」背中を汗が流れた。「それにしても、この若造はあまりに態度がでかい」宮坂は自分の目の前に座っている大柄の若い取調官をマジマジと見ていた。確かに頭は良さそうな顔をしている。

「刑事さんよ。あんた係長か？　それとも部長刑事か」

「今、この書類を作ったら、お前にサインをさせてやるから、自分の目で確認しろ」

宮坂ほどの幹部にこれほど生意気な口をきくマル暴担当の刑事に、宮坂自身会ったことはなかった。取調官はパソコンを打ちながら宮坂と話をしていたが、その間、一度も宮坂から目を離していなかった。

宮坂の目を見ながら悠然とパソコンを操作しているのだった。取調官が弁解録取書をプリントアウトして宮坂の目の前に差し出して内容を読み上げ始めた。

「俺は、本逮捕事実の売春容疑に関しては全く知らないことです。弁護士の選任に関しては組の顧問弁護士である大里弁護士を依頼します。これでいいんだな？」

「ああ」

「じゃあ、ここにサインと指印を押せ」

宮坂は自分がサインをする欄のさらに下の行を見て驚いた。そこには「警視庁組織犯罪対策部組織犯罪対策第四課　司法警察員警部　大和田博」と記されていた。

「あんた補佐かい？」

「補佐？　警視庁にゃそんな地位はない。田舎警察と一緒にするんじゃねぇよ。宮坂」

宮坂は完全に大和田に呑まれてしまっていた。大和田は取調べ時の正当性を担保するためのビデオ録画と録音の準備を立ち会いの部下に指示をして宮坂に向かって言った。

「じゃあ、これから調書を巻くからな。お前は被疑者だから言いたくないことは言わなくてもいい。そんくらいわかってるだろう? 馬鹿じゃなさそうだからな」

大和田の一言一言に宮坂を完全に見下したような響きと棘があった。そしてそれを敢えて示していることが宮坂にはわかっていた。

「お前の人定事項は大体わかっているが、一応、聞いていくからな」

大和田は宮坂の経歴を順次尋ねながらキーボードを驚くスピードで叩いていく。おそらく話をするスピードとほとんど変わらないのだろう。視線をほとんど宮坂から外さない。

これまで宮坂は何度も警察から聴取を受けていたが、刑事が調書を手書きで書き始めたり、パソコンでもキーボードを見ながら調書を作成している時間が、宮坂自身の息抜きの時間でもあった。しかし、この大和田という警部はその時間がないのだ。

「ところで宮坂。お前がヤクザの道に入ろうと思った原因はなんだ」

「面白可笑しく生きてやろうと思ったからさ」

「しがらみが多い世界でそんな生活ができると思っていたのか?」

「しがらみ? そんなもん関係ねぇよ。上下、前後、左右どんな世界でも繋がりはあるじゃねぇか。おまわりの世界だってそうだろ?」

「まあな。しかし、身内や競争相手を殺してでも生き延びようとはしない」

「それは、あんたたちが自分たちで作ったルールの中だけで生きているからだ。俺たちのルールってのは毎日変わるからな。あんたたちのようなぬるま湯の世界じゃねぇんだよ」

「ほう。お前たちのルールってのはなんだ？　金か？　人様を騙して掠め取る泥棒稼業のルールかい」

「騙す、騙されるはここの差だよ」

宮坂は右手の人差し指を自分のこめかみ部分に当てながら言った。

「そうすると、お前たちよりも、ぬるま湯のこっちの方がもっとここがよかったということなんだろうな」

大和田は宮坂の仕草を真似しながら言った。

「売春と詐欺は関係ねぇだろう。俺に詐欺の容疑でもあるってのかい？」

「いや。今は売春の捜査だけだからな」

「今は？」

「そう。しかし、今度の売春にしても、その前提には留学ビザの不正取得があるからな。その先は領事館の職員に対する欺罔《きもう》行為、つまり、詐欺の教唆が出てくるわけよ」

「きたねぇな」

「馬鹿。頭脳的プレーと呼んでくれ。本件だけであと二回再逮捕できるからな」

「俺は知らないと言ってるだろう」

「まあ、あと一月半、そう言ってるんだな。そのうち何か思い出すだろう。それから、余罪の上申書を書かせてやる温情もこっちにはあるから、延々と再逮捕が続く前にゲロしておく方が楽かもしれんな」

宮坂は大和田の顔を鋭い眼光で睨んでいたが、大和田は全く意に介していなかった。学校法人が主体となった管理売春の構図は、いくら宮坂が否認をしても、状況証拠と様々な供述、一部の物的証拠で宮坂の関与は固められていた。

逮捕から二十二日目に東京地検は宮坂を管理売春の主犯として起訴した。引き続いて留学ビザの不正取得教唆の罪によって宮坂は再逮捕された。この時、取調官が大和田から年配の警部補に替わった。

宮坂にとって、この交代は不気味だった。

「あんたも警部かい？」

「いや、私は警部補だが、不満か？」

「そんなことはない。若造の警部があまり偉そうなんで、嫌になっていたところだ」

「そうか。しかし、あの係長は偉いんだよ」

「お勉強ができても優秀な刑事とは言えない。まだまだ若いよ、あいつは」

「確かに私よりは二回り近くも若いが、案外、あんたの組織はあの係長にズタズタにされてしまうかも知れんぞ」

「うちの組織は盤石なんだよ。こんなチンケな罪で俺をパクって、警視庁はどうするつもりなんだ？　別件逮捕ってわけじゃないだろう」

「それは私の知らない話だ。あの係長はみんなわかっているだろうがね」

宮坂はこの老練な警部補も得意なパターンの取調官ではなかった。話を聞くだけ聞いて、全く調書を巻こうとしないのだ。

「これが終わったら、また詐欺でパクるつもりか？」

「どうだろうな？　私は旅券法違反の罪を担当するだけだからな」

宮坂は無為なことだとは思いながらも本件も完全に否認した。

二十日後宮坂は起訴され、予想どおり詐欺罪で三回目の逮捕状を執行された。

これまで不摂生な生活を続けていただけに、一ヵ月をこえる留置生活は五十代にはいった身体にジワジワ堪えてきた。

しかし、このまま起訴されてしまっても否認を続けている間は、保釈申請するわけにもいかなかった。詐欺容疑の取調官は若い刑事だった。

「あんた警部補かい」

「そうだ」

「若い警部補だな、優秀なんだろう？」

「お前を落とせば優秀と言われるかも知れんな」

「じゃあだめだ」

「それは残念だな。まあ、のんびり二十日間ご一緒するさ。それはそうと、関口彰が潜伏先のフィリピンで殺害されたらしいな」

「ほう。そうかい」

「なんでもテープを残していたらしい」

宮坂の目が疑い深く輝いた。

「何のテープだ？」

「自分にもしものことがあったら……という内容らしい。今日、警視庁の捜査第一課が現地入りしている。テレビを含むマスコミも大きく報道を始めたようだ」

「俺には関係ない」

「そうだといいがな。マニラの空港でお前の手下が身柄を拘束されているらしいが、相手はフィリピン警察だからな、どんな取調べをすることやら」

「日本人の国外犯は日本で裁くんだろうが」

「よくそんな事まで知ってるな。しかし、それは先方が決めることだ。向こうで死刑が決まった者を返してくれとは言いにくいからな」

宮坂は警視庁の不気味さをしみじみと味わっていた。その四日後、

「おい、宮坂。喜べ。お前のお友達の学校法人理事長がタイの日本大使館に保護を求め

て出頭してきたぞ。よかったな殺されなくて。なにやら命からがら逃げてきたらしい」

　宮坂の顔色が変わった。

「理事長はお前に会いたいと言ってたそうだ。一応伝えておくからな」

　殺人の教唆……宮坂の頭の中に獄中の自分の姿が想像できた。

　十日後、宮坂は三件目の詐欺容疑で起訴された。精神的にも追い詰められていた。裁判所から護送車に乗って警視庁本部に戻った宮坂はそこで会いたくない男とばったり顔を合わせた。男はちょうど単独押送から連れて帰られたところらしく、両手錠をかけられ、腰縄を制服の警察官が握っていた。男は宮坂の顔を見るなり、

「宮坂さん」

　と、驚きの声をあげた。宮坂はまずいという顔をしたが、それは既に遅かった。そこで腕を組んでいる大和田の姿に気付いたからだった。大和田がニヤリと意味深長な笑いを浮べて宮坂に声をかけた。

「なんだ。奴とも知り合いだったのか？　捜二がお前のご帰還を楽しみにしてたみたいだぜ」

「知らねぇな」

「まあ、そう強がるな。捜二は詐欺の専門家だ。うちのように優しくはないぜ。あ、そうそう、捜一もなんだかお前に話を聞きたがってたな。それから公安部も会いたがって

たな。大したもんだな、お前の組織は。警視庁総動員みたいじゃないか」

鉢合わせになった男は、衆議院議員の桜田祐喜だった。

宮坂は恨めしそうな顔をして大和田を見ていた。

「この鉢合わせは奴がやらせたに違いない」前に年寄りの警部補が言った台詞を宮坂は思い出した。「案外、あんたの組織はあの係長にズタズタにされてしまうかも知れんぞ」宮坂の背中に再び一筋の冷たい汗が流れた。

学校法人事件を捜査した組対部のメンバーは少しずつ実態を解明していった。

会計責任者を兼ねていた学校長が詐欺罪で逮捕、奥山を恐喝容疑指名手配、奥山が経営していたフロント企業の総務部長が逮捕された。その後奥山は韓国で身柄を拘束され、犯罪人引渡し条約によって日本に送られたが「金は使い果たした」と述べ、その使途は全く不明だった。

犯罪人引渡し条約は国外に逃亡した犯罪容疑者の引き渡しに関する国際条約である。主に二国間相互の条約として結ばれており、日本が犯罪人引渡し条約を結んでいる国はアメリカと韓国の二ヵ国だけである。

この数字は他国に比較して極めて少なく、イギリスは百十五ヵ国、アメリカは六十九ヵ国、韓国は二十五ヵ国と締結している。日本が外国人犯罪の温床となりつつある現状も実はこれが背景にあるとも言われている。

犯人は犯行後、巧く帰国さえしてしまえば、日本側から犯人の引き渡しを求めることができないのである。近年ようやく、第三ヵ国目としてブラジルとの犯罪人引き渡し条約の作業部会設置に同意している。この時、すでに脅迫の材料に使われていたロシア女性は帰国してしまっており、脅迫の裏付けは取れなかったものの、十億単位の金を着服したことは明らかであったことから恐喝容疑は確定した。

この時東山会が学校法人からかすめ取った金の総額は二十五億円だった。

その後、この学校法人は一旦消滅したが、理事長の母親である病院理事長が被害生徒達への謝罪の意図と息子の裁判に於ける情状を勝ち取るため、私財を擲って運営を再開した。しかし、この時、学校法人の職員に東山会のフロント企業のメンバーが加わっていることを警察も新理事長となった前理事長の母親も気付かなかった。

＊

捜査第二課は伊豆高原の月光苑リゾート開発による大型詐欺事件捜査の佳境に入っていた。この会社から四人の国会議員に政治献金とパーティー券の購入が確認されていた。さらに、その四人が、月光苑リゾート開発が買収していた国立公園内にあったホテルの改築許可等に関して主管官庁に対して口利きをし、その見返りの金を受け取っていたことも確認されていた。

会員から集めた預託金二百数十億円の使途先の全容が捜査関係者への取材でほぼ判明した。事業経営以外に支出された額は約百億円に上り、一部が私的に流用されたり、暴力団に流出。会員に還元されたのはわずか約四十億円だった。

宮坂が経営権を握って以降、複数の暴力団関係者が宮坂に接触し「ホテル利権」を求め、施設周辺には暴力団組員とみられる男らが頻繁に確認されるようになる。

預託金が経営に還元されることもなくグループの資金繰りは悪化し、競売にかけられた一部ホテルの所有権は暴力団と関係の深い企業に移転。移転先周辺からさらに高値での買い取りを持ち掛けられるなどし、預託金の一部は暴力団側に流れていった。

捜査の結果、高齢者らから集められた預託金は、宮坂への貸金約五十億円、高木への貸金約十億円、その他の出金約三十億円、使途不明約十億円、クラブの事業関連費百数十億円というものだった。

宮坂はここでも否認をとおしていた。しかし、物証、関係者の供述から合理的に判断しても起訴は免れなかった。この時点で東山会の経済活動は殆ど停止状態にあった。

＊

捜査第一課はフィリピンにおける殺人事件の捜査を進めていた。実行犯はフィリピン人だったが、実行犯が簡単に殺害を教唆されていた事実を供述してしまった。かれらには司法取引という裏技があったためである。

これには日本政府が多くのＯＤＡを通じて、フィリピン国内に於ける邦人犯罪の摘発を念頭に置いた活動を地道に行っていたことがその背景にあった。さらに、殺人を教唆した東山会構成員は犯行を確認した後、すぐに国外脱出を図ったが、運悪く犯行現場付近で大規模な暴動がおこり、航空機の離着陸が制限されるという不運に巻き込まれていた。

関口彰殺害事件はフィリピン国内でも大きな問題となり、これを教唆した東山会の構成員がフィリピン警察によってマニラ空港で身柄を拘束された。この構成員は元々、フィリピンから薬物や銃器の部品を調達する任務に属しており、航空会社の中でも悪しき搭乗者として有名な存在だったが、ナショナルフラッグを自任する航空会社としては「いい顧客」として甘やかしている存在だった。

殺害教唆の犯人として身柄を拘束された東山会構成員は弁護士を通して、在フィリピン日本大使館に対して日本国内での公正な裁判を要求していたが、外務省、法務省、警察庁は、本件に関して一切動くことはなかった。

フィリピン国内に於ける裁判は極めて簡単な捜査と証拠収集で、殺人教唆の罪と処断し、東山会構成員には逮捕から一ヵ月も経たずして死刑判決が出された。構成員とその弁護士は即座に控訴を申し立てたが、この罪状がフィリピンの法廷で覆る可能性は殆どなかった。

また東山会もこれ以上の法的措置をとることは困難と考え、弁護士を引き上げさせていた。東山会構成員は何度も在フィリピン日本大使館に対して嘆願書を提出していた。この時密かに動いたのが警視庁公安部だった。在フィリピン日本大使館の一等書記官には警察庁から警視正が出向していた。彼は本国で東山会に対する徹底した壊滅作戦が進行していることを、先輩の公安総務課長から聞いていた。この警視正は死刑判決を受けている東山会構成員の嘆願書を読みながら、彼が東山会の内部事情に詳しい男であることを察知した。

「課長。マニラで殺人教唆容疑で逮捕された男ですが、チンピラの割には東山会の内情に詳しい様子なんですよ」

「ほう。大使館の職員が面談したのか?」

「いえ、嘆願書が何通か届いているんです」

「なるほど、その写しをメールで送ってくれないか」

「畏まりました。早急に送ります」

これを確認した公総課長は、一等書記官に対して「捜査員を内々に派遣するので、司法当局に根回しをしておくように」との指示を出した。公総の捜査員三人が現地入りしたのはそれから三日後だった。

拘置所で捜査員が面会した東山会構成員の顔は、警視庁が入手していた本人の写真と同一人物と思えないほどやつれていた。警視庁公安部の捜査員である旨を告げると、構成員は涙を流し、手を合わせて喜んだ。

「刑事さん。地獄で仏とはこのことです。確かに俺は金を渡して関口を始末するよう依頼したが、それだって宮坂の兄貴に命令されたからで、俺は今回、一円の金だって貰っていない」

「ほう。お前は宮坂から直接頼まれたのか？」

「そうです。俺の携帯に宮坂の兄貴の携帯から直接掛かってきたんです。こんなことは滅多にあるもんじゃない。俺だって、ヤクの運び人からもう少し上に行きたいと思っていたところだったんです」

「それはいつ頃の話だ？」

「先々月の中頃です」

「それで、何と言われた？」

「『お前はフィリピンには詳しいはずだ。現地の人間で殺しを請け負うような奴を知っているか』と言われました」

「それで？」

「心当たりはあると答えたんです」

「なるほど。金の話はどうなった」

「宮坂の兄貴は『三十万円あるからこれで話をつけろ。ターゲットは関口彰だ』と言いました。関口の兄貴も私はよく知っていましたが、関口の兄貴から『新宿にある学校の問題で、宮坂の兄貴のウワマエを撥ねてしまって、ちょっと微妙な関係になっている』というような話を聞いていました。確かに関口の兄貴はもの凄い金を持っていて、こっちに来てから、毎晩贅沢三昧の生活でした」

「その話は宮坂にしたのか？」

「宮坂の兄貴から『関口はどうしてる？』と聞かれた時に、贅沢三昧をしていることだけは伝えました」

「それを聞いて宮坂は何と言ってた？」

「『そうか』と笑って、『もう一生分は遊んだだろう』って言っていました」

「なるほどな。ところでお前はどうして嘆願書を書いたんだ」

「面会に来た弁護士が最初は『お前はただ兄貴分に頼まれて動いただけだ。ただの道具として動いただけだから、実刑を喰らうことはなかろう』と言ってたんです。ところが死刑判決が出た途端に『運が悪かったな』で終わってしまって、俺を放っぽらかして帰国してしまったんです。俺は、今回のことで、何の利益もなかったんです」

「しかし、おまえのお陰で関口は殺されたわけだ」

「それはそうですが、俺は頼まれた金を渡して、伝言を伝えただけです」

「それを、お前は宮坂の前で言えるか？」

「言えますよ。破門になってもいい。こんなところで死にたくないんです」

「帰っても、追われる身になるかも知れんぞ」

「どうせ、組はメチャメチャになりますよ。宮坂の兄貴がいなくなった組を仕切る者なんて誰もいませんからね」

「他に、宮坂がやっていることはなんだ？」

「宮坂の兄貴は薬、女を全て握っていて、議員や宗教団体とも繋がっています。組織内の武闘派を仕切っています」

「武闘派？」

「殺し屋ですよ」

「そんな組織があるのか？」

「韓国の宗教団体に入れて洗脳するんですよ」

「洗脳？」

「むかしのオウムみたいなもんですよ。武闘派の奴らにとって宮坂の兄貴は神様なんですよ」

「神様か……そういう殺し屋はどうやって見つけるんだ」

「ガキの頃から育てるんですよ。宮坂の兄貴を絶対的な存在と思わせるんです」

「なるほど。お前はそんな殺し屋に会ったことはあるのか？」

「一人だけ知っていますよ。去年、札幌で殺された松濤会の組長はそいつがやったんです。武器はナイフでしょう？　韓国の格闘専門学校に二年間留学するんですよ。そこには何人も行っていますよ。その中で、一番優秀な奴が洗脳されるんです」

構成員がすでに何でも話をする気になっていることを捜査員は感じ取った。

「わかった。とりあえず、お前の刑が確定しても執行は延ばしてやろう。そのうち、日本の法廷で証言して貰うことになるかも知れないぞ」

「何でも話しますよ」


捜査員は構成員の供述を裏付けるため、構成員と宮坂の携帯電話番号の発受信記録を捜査すると、供述どおりであることが確認された。

一方でタイの日本大使館に逃げ込んだ学校法人理事長は、宮坂に誘われて、専門学校の経営を委ね、それがいつの間にか売春の派遣基地になっていったことを認めた。

また一部の生徒には覚醒剤やアヘンを使って人形のように扱っていたことも供述した

が、理事長自身は一度も薬物に手を染めていないことを強調していた。

さらに理事長は、学校法人がファースト企画、みずほ企画とタイアップしていることも明らかにした。吉澤めぐみは藤岡元総理と別れたあと宮坂の女になっていた。

「国会議員の娘が、国の黒幕、総理大臣の情婦になって、最後はヤクザもんの姐さんですか」

在タイ国日本大使館の一等書記官から報告を受けた大和田はため息混じりに言った。

「学校法人理事長は明日、捜査員が同行して帰国します。航空機上で逮捕し、成田からそのまま警視庁本部に連れて来る予定ですが、それでよろしいですか？」

「できれば、警視庁までは任意同行という形をとって貰いたいな。奴も東山会に命を狙われているわけだから、逮捕、任同を問題にすることはないだろう。新件送致までに十分容疑を固めておきたい。宮坂が関与した点を十分に聴取して、時系列化しておくことだ。この学校法人事件がいろんなところに関与してくるだろうからな。逮捕した外国人生徒は一旦全員を入管預けにしておくんだろう？」

「はい。百人を越えていますからね。歴史に残る売春組織摘発ですよ」

「生活安全部にでもＳＯＳをだすかな」

大和田は笑いながら言った。

組対部の別働隊は、公安部と一緒に鳥取県境港で鳥取県警と合同捜査本部を設置し、境港を中心に行われていた東山会構成員による、北朝鮮からの覚醒剤、中国からのアヘンの密輸及び、北朝鮮、韓国からのアサリの密輸を摘発していた。これには、東山会のフロント企業五社に加え、この傘下に入っていた三隻の漁船保有者六人も逮捕された。この時押収した覚醒剤は三十キログラムを超え、アヘンも十キロを超えていた。

公安部は非合法にセットした盗聴器、監視カメラをすべて捜索差押に先行して回収し、これらイリーガルに収集した証拠は、他の証拠で補完するという、公安ならではの手法を遺憾なく発揮していた。

公安捜査の実態をはじめて目の当たりにした組対部の捜査員は一様に「信じられない」という顔をしていたが、今回、公安部が収集した情報は、その後の政治家捜査ルートに大きく影響を及ぼすものだった。

＊　　＊　　＊

今回の公安部が最もターゲットとして狙っていたのが右翼団体の反共原理連合本部とその上部団体の世界真理教だった。この団体に対して、これまで、偶発的な傷害事件や霊感商法詐欺事件で立件したことはあったが、国内最大級の暴力団組織と結びつけた捜査を行ったことにその意義があった。さらに、これと深く関係を持つ政治家や財界人をあぶり出すことも大きな目的だった。

西新宿にある世界真理教日本本部には、完全装備に身を固めた機動隊二個中隊が、ジュラルミン盾と高アクリル防弾盾で建物を囲み、公安総務課員五十人が突入した。周囲は新宿警察の交通課が交通規制を行ったが、この物々しい大捜索に付近住民や一般人から苦情も殺到していた。一方、反共原理連合本部にも完全装備に身を固めた機動隊二個中隊と公安総務課員三十人が世界真理教日本本部への突入と同時に立ち入った。

売春防止法違反容疑における捜索差押は、あらゆる文書やコンピューターが差押えの対象となっていた。

「ふざけるな。何が売春防止法だ」

右翼団体を名乗る反共原理連合本部の幹部は暴力を辞さない態度で捜査員に対峙したが、相手が警視庁公安部公安総務課の捜査員であることがわかると、急におとなしくなった。宗教団体にとって公安部は自分たちの何を調べようとしているのか全くわからない、実に不気味な存在だった。

反共原理連合本部捜査で捜査員の陣頭指揮を執っているのは、短髪を七三に分け、紺色ダブルのブレザーにベージュのチノパン、ライトブルーのボタンダウンシャツに紺と黄色のレジメンタルタイを締めて、黒革のタッセルシューズを履いた、アイビー雑誌から抜け出してきたような細身で長身の、しかも、態度が極めて礼儀正しい若い男だった。

「こちらの責任者の方はいらっしゃいますか」

「私が代表のカンソンホです」

「身分証明書のようなものはお持ちではありませんか」

「これがそうです」

カンソンホと名乗る男は首からぶら下げた電磁式のセキュリティーカードを示して答えた。カードには顔写真と英語の表記で名前が記されていた。

「まず、職員の方を一箇所に集めてください。それから、以後、部外への連絡は禁止いたします。着信電話への対応も禁止いたします」

公安部は今回の捜索差押に際して、このビルを設計施工した建築会社から図面の提出を求めており、捜査員全員に部屋毎の捜索任務を全て付与していた。さらに、独自で隠し部屋を作っていることも想定して建物内の検索要員として数人の予備人員と、完全装備の機動隊員の他、機動レスキュー分隊を帯同していた。

「ここにいる方で、今日の出勤者は全部ですね」

「そうです。しかし、まだ八時半ですから、まだこれから出勤してくる者もいると思います」

「わかりました、それではこれから捜索を開始します」

反共原理連合本部職員は幹部からの命令が徹底している様子で、捜索を行う場所毎に立会人を出し、捜索の邪魔をする様子は見受けられなかった。公安部も協力者からビル全体の概要や配置は聞き出しており、それなりの人選を行っていた。

しかし指揮官はこの建物の設計図を見たときから、地下二階の部屋にある小部屋の裏が東京都の災害避難通路に接していることを見逃していなかった。このため、その場所に捜査員と機動隊一個分隊を予め配置していた。

「売春防止法ということですが、ここに名前がある主たる容疑者は末端の者で、反共原理連合本部とは全く関係がありませんよ。これは別件の違法捜査じゃないんですか？」

立ち会い責任者で反共原理連合本部代表のカンソンホは指揮官に詰め寄った。

「しかし、裁判所が許可しているわけですからね。なんら違法でもありませんよ」

「令状請求の文書がそうなっていれば、裁判所はそれを信じるしかありません。しかし、右翼の中でも歴史がある反共原理連合本部が、そんなことをするわけはないじゃないですか？」

「それなら、覚醒剤取締法違反容疑の方がよかったのかな」

「何を言っているんですか。あなた、名誉毀損ですよ」

「そうですか？　でもあなたの盟友でもある沢田哲夫が昨夜、覚醒剤取締法違反容疑で逮捕されていますよ」

カンソンホの顔色が変わった。

「沢田が捕まった？」

「お友達の国会議員、土建屋あがりの国会議員の息子、桜田祐喜も今日警察に呼ばれているな」

今、自分たちの周辺で何が起こっているのかわからなくなったカンソンホは、突然溢れ出た額の汗を拭きながら指揮官の刑事に尋ねた。

「あなた方は何をしようとしているのですか」

「大掃除だね」

カンソンホは平然と言いのけるこの若い指揮官の名前を聞いておこうと思った。

「刑事さん。あなたの名前を教えていただけますか」

「官職、氏名を名乗れということですね」

若い指揮官はブレザーの内ポケットから警察手帳を取り出すと、二つ折りのカバーを上げてカンソンホの面前に示して言った。

「警視庁公安部公安総務課　青山望です」

「警部さんなんですね」

「はい」

カンソンホは制服姿で写っている写真とアイビールックで立っている刑事の姿を見比

べながら「今回の犠牲は大きいかも知れない」と思っていた。

「キャップ。地下通路から逃走を図った四人組を確保しました」

「何を持ってた？」

「はい。バッグ六個分の記録媒体です」

「身柄は？」

「はい。暴れましたので公妨で現逮しました」

「よし、四人は新宿署に連れて行け。押収手続きはパソコンを使いながらハイテク担当と一緒にやってくれ。おそらくパスワードが掛かっているだろうからな」

「了解」

青山はカンソンホを冷たい視線で見下ろしながら言った。

「カンソンホさん。あなたも後から新宿署に行って貰わなければならなくなった」

「そうですね」

「証拠隠滅容疑と職員の逃走はあなたの指示ですか？」

「そうです。しかし、よく地下通路のことがわかりましたね」

「公安部ですから」

カンソンホは自分の負けをはっきり意識した。あの持ち出しデータには、反共原理連合が行っているあらゆる非合法活動の記録と、国会議員を含む全国の支配下にある議員、財界人、官僚、地方自治体役人のデータが入っていた。

カンソンホは背広の内ポケットからシガーケースとデュポンの金無垢のライターを取り出すと、シガーケースからシガーを一本取り出し、小さく十字を切るとライターの火を付けようとした。その時青山の手が素早くライターと口に咥えたシガーを奪い取った。

「ここで死なれては困るんです」

表情一つ変えない冷徹な声でカンソンホを見ながら言った。カンソンホはその場に崩れた。

「おい。この男を注意して新宿署の公安の調べ室に連れていけ。それから、このシガーを至急科捜研に回すように」

青山の伝令役を務めていた三人の警察官は驚く様子もなく、捜査車両を手招きで呼び、冷静にカンソンホを捜査車両に乗せようとした。

「すいません。立会人代表のカンソンホさんのご気分が悪くなられたようなので、変わりの方はいらっしゃいませんか」

もう一人の幹部職員に、何もなかったような丁寧な口調で言う青山の声に、カンソンホは一度振り向いたが、深く頭を垂れて二人の捜査員に抱きかかえられるようにして車に乗った。両脇に座った捜査員にカンソンホは言った。

「全てお見通しということですかね」

「あの方はそういう人です」

カンソンホは胸の前で十字を切ると、

「お父様。申し訳ありません」

と言って涙をこぼした。

反共原理連合から押収した証拠物件はまさに宝の山だった。

＊

国会議員は、まず福岡県選出で二世衆議院議員の桜田祐喜が覚醒剤取締法違反で逮捕された。さらに鳥取二区選出の衆議院議員安藤守が受託収賄罪で逮捕された。

桜田は、日頃から使っているのど薬のアルミ缶の中に丁寧にラップでくるまれた白い粉末があるのを示された。

「桜田、これは何だ？」

「知らない。私のものじゃない」

「誰かが、大事そうにこんなところに隠してくれたのかな？」

「知らない。私をハメようとしている奴がやったんだ」

「ほう、そうかい。先週、東山会の男から買ったんじゃなかったかな？　その後で六本木のお姉ちゃんの部屋にしけ込んで、一緒に使ったって噂があるがな」

「覚醒剤なんかやっていない」

「誰が覚醒剤って言ったんだ？　もしかしてこれは覚醒剤なのかな」

桜田の顔が引きつった。

「桜田。お前にはまだまだ聞かなきゃならないことがたくさんあるんだよ。時間はたっぷりあるからな」

桜田祐喜の議員会館と議員宿舎の電話は全て通信傍受法の手続きに則って傍受されていた。携帯電話を使っていればこんなことにはならなかったのだが、つまらないところで経費をケチる桜田のセコさが、重大なミスを犯していたのだった。

国会議員には給与の他に毎月文書交通費というものが支給されている。個人の携帯電話もこれで精算するたわけ者議員も多かったが、桜田は使い分けをしていた。覚醒剤の取引を携帯電話でするとアシが付くと考えたのだった。

桜田は議員会館の内線電話からゼロ発信で行っていたため、相手方の着信歴には衆議院の代表電話が残されていた。しかし、これが明らかになったのは、境港における盗聴作業によるものだった。

捜索差押令状の執行に自宅で立ち会った桜田はうな垂れて逮捕に応じた。

安藤の逮捕は地元鳥取県米子市内の選挙事務所で行われた。

「安藤、鳥取県港湾局と同建設局に対する職務権限に基づく命令行為に伴う、株式会社東和興業からの受託収賄容疑で逮捕する」

突然暴力団のフロント企業の名前を出された安藤は顔を引きつらせていたが、やがて紅潮させ興奮気味にまくし立てた。

「何を惚けたことを言ってる。どこにその証拠があるんだ？」

「安藤。収賄の金を銀行に振り込ませるようじゃ、お前のところの会計責任者も大したことないな。お陰でこちらは手間が省けたがな」

「それは個人的な金銭の貸し借りだ」

「そうかな。もう東和興業は喋ってしまってるぜ」

「馬鹿げている。そんなはずはない」

「まあ、それはゆっくり聞いてやるよ」

「弁護士を呼ぶまで待て」

「それは逮捕した後にこちらから聞いてやる。東山会の顧問弁護士でも頼むつもりか？」

「なに？　何をふざけたことを……」

安藤は顔色を変えた。捜査員はこれまでの鬱憤を晴らすかのように安藤を責めた。

「国会ではさんざん偉そうなことを言っていたが、所詮はヤクザもんの手足だったということじゃないか。もうすぐマスコミも押しかけてくることだろう。お前の政治生命はこれで終わりだ」

「ば、馬鹿な。そんなことはさせん、県警本部長を呼べ」

「残念だが、こちらは警視庁公安部だ」

「警視庁の公安？」

「警視総監の承認も取ってるんだよ。警察にはそれ以上の階級はないからな。あんたの政敵の国家公安委員長にでも泣きついてみるんだな」

「貴様、官職、氏名を名乗れ」

「警視庁公安部公安総務課　警視　平手啓一」

「警視ふぜいが、覚えておけ」

彼は外事第二課出身の北朝鮮のエキスパートである。

「安藤。お前の取調べは私がゆっくりやってやるから、楽しみにしてろ」

安藤の受託収賄容疑の捜査も、彼の悪を暴くためのほんの切り口でしかなかった。

桜田、安藤二人の同時逮捕と東山会への強制捜査の発表は政財官界を大きく揺るがすことになった。当然東京地検も例外ではなかった。東京地検検事正は警視庁刑事部長と公安部長に対して異例の苦言を呈していたが、警察庁長官と検事総長の間で話が決着した。二人は東大同期だった。

「地検の体面も考えてやってくれよ」

「すまん。ただ今回は福岡の梅沢事件が背後にあるんだ」

「そうだったのか？　捜査途中で官房長官や法務大臣にでも知らされたら、こちらとしてもやりにくい」

「官房長官？　東京地検の検事正と官房長官は修習同期で刎頸《ふんけい》の友らしいじゃないか」

「よくそんなことまで知っているな」

「公安部長から内々で報告を受けていた」

「警視庁公安部か……彼らは何をどこまで知っているんだ？」

「僕にもわからん。なにしろ僕は刑事畑だったからな。その点警視総監は警備畑。しかも警視庁公安部長経験者だからな。彼らを使うのは阿吽の呼吸だったろう」

「捜査はまだまだ伸びるんだろうか？」

「ああ。政治家ルートはまだ大物が控えているようだ」

「参ったな。法務大臣は体育会の先輩だ」

「しかし、奴は左じゃないか」

「それでも、一応は大臣だからな」

「政権交代させて、野党にしてしまえば済むことさ」

「早くやってくれ」

検事総長は法務省の役人のトップである。通常、霞ヶ関の役人の世界では、各省庁の事務次官、長官がトップになるのだが、その例外が法務省と外務省だった。

ようやく外務省は外交官試験と国家一種試験を併せて行うことになったが、それでも当分の間は事務次官は外交官のトップクラスにあたる国連大使や駐米大使よりは下の年次である。法務省は司法試験制度がなくならない限り、この歪んだ官僚制度が続くのだった。


官邸は大騒ぎとなった。内閣総理大臣の松前祐介、内閣官房長官の竹脇正晴とも寝耳に水のマスコミ発表だった。

「警視庁は松前政権を潰す気なのか」

竹脇官房長官は興奮した声で総理大臣執務室に入った。総理大臣、官房長官にはそれぞれ警察庁から秘書官が入っていたが、二人とも官房長官が行った「暴力装置」発言以降、警察の動向に関する報告は一切行っていなかったし、二人の秘書官に対しても長官官房総務課は何も知らせていなかった。

「桜田はともかく、安藤は痛いな」

「総理の懐刀を自任していましたからね。しかし、どうして警視庁公安部が受託収賄で国会議員を逮捕するんだ？　普通なら捜査二課がやる仕事じゃないのか？」

同席していた二人の警察庁出身秘書官に嫌味のように官房長官は言った。官房長官秘書官が答えた。

「公安部がやったということは、本件は全くの別件でしょう」

「何か情報は取れんのか？」

「公安部は一切官邸とのルートを拒絶しております」

「何を言ってる。警視庁だって地方機関とはいえ行政府の一つだろう。行政のトップが知りたいことを何故報告できない」

「おそらく、都知事が聞いても同じ回答だと思います。現都知事は野党側の重鎮ではありますが」

「許し難い。警察庁長官をすぐに呼べ」

警察庁長官は官邸からの呼び出しに応じたが、官邸に到着したのは官邸からの電話を受けて三時間後だった。

「長官。どうしてすぐに来ないんだ」

「官房長官の政務秘書官からの電話でしたので、急を要する内容とは判断できませんでした。官房長官ご自身からの連絡でしたら、取るものもとりあえず、はせ参じたのですが」

警察庁長官はいつまで経っても「素人集団」の官邸に軽く釘をさしたつもりだった。警察庁長官が刑事局長のころ、数代前の総理大臣は、火急の用がある際には、局長のデスクに直接電話を掛けてきていたものだった。

「俺の秘書官からの電話は俺からの電話と思え」

そう強がるのが精一杯だったが、警察庁長官は、

「今後はそう考えさせていただきます」

と、暖簾に腕押しの状態だった。

「ところでご用件は何でしょうか？」

「決まっているだろう。与党議員を逮捕したんだ。予め何らかの報告があってしかるべきだろう」

「シャブと収賄の犯人をお庇いなさるつもりですか？　おまけに、どちらとも暴力団、東山会と深い関係にある連中ですよ。政府のトップとは全く関係がないところの犯罪と考えた方がよろしいのではないですか？　内閣には危機管理監もいらっしゃるわけで、これを内閣の危機と捉えていらっしゃるなら、そちらから何らかのご連絡をなさるものと思っておりました」

官房長官は何も返答できなかった。官邸の体制は政権交代があったとはいえ、旧態依

然とした組織構成であり、思いつきで新たに作った戦略的な組織も全く機能していないのが現状だった。総理が口を挟んだ。

「警察庁長官。この捜査はまだまだ進展する予定ですか？」

「指定暴力団の中でも、岡広組東山会を殲滅するつもりで警視庁は捜査を進めている様子です。もし、これと深い関係があって、しかも、何らかの罪を犯している者があれば、たとえそれが国会議員であろうと財界の重鎮であろうと検挙する予定です」

「まだ、逮捕される国会議員がいるということなんだな」

「それは何とも。私が捜査現場に口を挟むことはできません。法務大臣が指揮権を発動なさるというのであれば別ですが……」

「指揮権発動か……」

警察庁長官はこれ以上話をする必要はないと判断して、

「他に何かご用件はございますでしょうか？」

慇懃に尋ねると、返事がないのを確認してその場を辞した。

＊　＊　＊

捜査第二課は、公安部から届いた、合法、非合法の証拠資料を分析し終わっていた。

「これが公安の捜査なんだな。非合法と言うよりもデュープロセスというものを知ったうえで無視してやがる」

「しかし、非合法資料を参考にして合法資料を作り上げる手法は、確かに怖いが、驚くべき手法だ。評価にあたいする」

「奴らは公判闘争をあまり考えていないかと思ったが、決してそうではなかったということだな」

「担当の青山係長は一時期司法試験を真剣に狙っていたくらいです。彼は英米法をしっかり身に付けているから、公判維持とデュープロセスは常に念頭に置いているんだよ。一見強引に見える彼の捜査手法は実に緻密で清濁併せ呑んだような捜査だ」

「ところで、この大物の二人を誰が調べるかだな」

「日本公正党幹事長、金谷真蔵と岩堀元か……ゼネコンのドン両角真造は今回は見送るしかないだろう」

「政治資金規正法と収賄だな」

「そう。政治資金規正法は暴力団でかつ在日外国人からの寄付が大きいからな。知らなかったとは言わせない証拠もある」

公安部からの資料は次のような内容だった。

公安総務課情報デスクは、日本相撲協会を内偵していた。相撲そのものが興行であり、本場所以外の地方巡業では、そこに必ず地回りのヤクザが関与していたのだった。

さらにその顔ぶれを確認すると東山会の存在が大きかった。相撲協会の内部において野球賭博が発覚した時点で、以前から、相撲取りと暴力団幹部が夜の銀座のクラブで一緒に飲んでいるとの情報を得ていた情報デスクの青山は情報に基づき、その現場を何度も確認して背後関係について内密に捜査を開始していた。

管轄する築地警察署もこの銀座の高級クラブが、関係者の間で『暴力団御用達クラブ』と認識されていることを把握していた。青山はクラブ関係者に協力者を設定すると、驚く情報がもたらされた。

「大物政治家だって、暴力団の幹部と派手に飲んでますよ」

公安部独自の特殊捜査が始まった。秘聴、秘匿監視カメラの設置がそうだった。この暴力団幹部とクラブで豪遊していたのは日本公正党幹事長の金谷真蔵だった。この暴力団幹部は、あの宮坂仁であり、これに同席していたのは宮坂が居住する京都の裏を実質的に仕切っていた花村寿春《はなむらとしはる》で、数年前に約四億円の脱税で逮捕されていた経緯があった。

花村は宮坂と五分の杯を交わした兄弟分でもあったが、本業は不動産業と、極めてブラックジャーナリズムに近い内容で人気のある夕刊紙のオーナーでもあった。

府議時代に金谷真蔵は「日朝友好促進京都府議会議員連盟」に所属していた。これには金谷の妻で、世界真理教信者の美鈴《みすず》が大きな影響を与えていた。

＊

美鈴が世界真理教信者になったのは、彼女が短大卒業後、外資系証券会社に入社して香港に駐在しているときだった。美鈴はこの頃、在日朝鮮系世界真理教信者の津軽陽一《つがるよういち》と知り合った。津軽は国内大手人材派遣会社の役員から独立して、日本語に堪能な中国人を日本企業に派遣する専門の会社を香港で立ち上げていた。

当時、中国に進出した多くの日本企業は津軽の会社から多くの派遣社員を受け入れ、中にはこれを社員として雇い入れた会社もあった。

津軽の名前は様々な企業の中国支店で有名になり、次第に日本国内でも「中国におけるニュービジネスの先駆者」としてマスコミに取り上げられるようになっていた。これを契機として、津軽は日本国内でも人材派遣会社を立ち上げた。それも留学生を日本企業に紹介するという、独自の経営スタンスだった。

経営者として成功していく津軽は女性関係も派手だった。常に三人以上の愛人が社内にいた。香港の財界人の集まりで、津軽は美鈴に目を止めた。

美鈴の容姿も好みではあったが、中国語と英語を使いこなす姿が外国人人材派遣会社の経営者として魅力的だった。その後津軽は美鈴と何度か食事と飲酒を共にした後、破格な条件を付けて美鈴に対してヘッドハンティング攻勢をかけた。

最終的な移籍条件は現給与の三倍を三年間契約で支払う。都内一等地のマンションを用意する。ＢＭＷを一台と美鈴の趣味であるゴルフの東京近郊の会員権を用意するというものだった。美鈴は五回目の提示でこれを受けた。

東京に帰った美鈴は年の半分を中国、アメリカで過ごし津軽の片腕として八面六臂《はちめんろっぴ》の活動をしていた。

美鈴が津軽の愛人になったのはそれから二年目のことで、彼女が二十五歳の時だった。愛人になるための条件はニューヨークのセントラルパークを見下ろすペントハウス一室を買い与えることだった。津軽は簡単にこれを受け入れた。当時、津軽にはすでに四人の愛人が社内におり、その筆頭格は関連会社の社長に就任させ、彼女の面倒は終生みる約束を交わしていた。

また、残りの三人は社内では密かに「三天皇」とも「三女帝」とも呼ばれていたが、美鈴の存在は彼女が本社内にデスクを置いていなかったことと、半分以上が海外勤務であったことから、秘書課と経理課のトップにしか知られていなかった。

美鈴の働きぶりは次第に社内よりも海外にある日本企業で有名になっていった。美鈴が二十七歳になった時、思わぬ転機が訪れた。

若き政治家、金谷真蔵とニューヨークの日本人会で知り合った。お互いに惹かれ合う感覚を二人同時に感じていた。金谷は京都府議から国政に転じた衆議院三年目の二回生議員だった。

しかしこの頃、美鈴は津軽の影響を受けて世界真理教に改宗していたが精神面まで完全に世界真理教の教祖を信じていたわけではなかった。美鈴は津軽に金谷のことを打ち明けた。津軽はこれを素直に受け入れ「祝い」と称して愛人になる条件であったペントハウスを美鈴に与えた。

津軽にとっては手切れ金のつもりだったが、その反面、金谷を今後上手く利用できないか……という考えもあった。それから半年後、金谷と美鈴は結婚した。

これに目をつけたのが宮坂だった。宮坂は世界真理教幹部との付き合いから津軽の存在を知っていた。また、金谷は藤岡の新党に参画した経緯から、政界では竹山の最後の子分として有名だった岩堀元には気を遣っていた。津軽と岩堀のどちらのルートで金谷に接触を図るか、宮坂は考えていた。岩堀に事を頼むとあとあと金銭の要求や様々な用件を申しつけられることはわかっていただけに、津軽ルートを使って金谷と接点を持った。

宮坂は金谷の選挙地盤である京都では有名だった。このため、京都で会うことは憚られた。宮坂は金谷の最大の弱点を知っていた。

　金谷が府議時代、二度の訪朝をしていた。この時金谷は独身であったこともあり、宿舎となった招待所で女性の接待を受けていた。当時はハニートラップなどという意識を金谷自身持っていなかったし、北朝鮮独特の接待方法なのだろうという甘い感覚だった。

　それが、国会議員となった三期目に知り合った韓国ＫＣＩＡ関係者と名乗るものから、招待所で撮影されたと思われる金谷の痴態が写った写真を示された。金谷は弁護士出身の二世議員だっただけに、この対応を父親の代から様々な面倒を処理してくれていた後援会の幹部に依頼した。

　しかし、この後援会幹部は東山会と極めて近い人間だった。金谷は自ら墓穴を掘った形で自分のスキャンダルを知られてはならない相手に知らせていた。

　金谷は宮坂との面談を最初は拒絶していた。しかし、妻の元上司で、しかも選挙の際には無償で多くの要員を出してくれる津軽や、その背後にある反共原理連合の幹部の勧めをむげに断ることはできなかった。

　金谷は宮坂が指定した銀座のクラブで初めて本物のヤクザと会った。

「やあ金谷さん。お目にかかれて光栄ですよ」

「こちらこそ、ご高名は伺っております」

「あまりいい話ではないでしょうが、今、私がやっている仕事はこれまでの多くのヤクザがやっていた脅しやたかり、博打とは全く違う、新たなサービス業なんですよ」

「サービス業と言っても幅が広いですが、どういうサービス業なんですか？」

「今は津軽さんと完全にタイアップした人材派遣業ですよ。技術者から通訳、コンパニオンまで幅広いですが、金谷さんが所属しておられる日本公正党の党大会でも、うちの会社が多くの者を派遣していますよ」

「そうだったんですか？」

「スポーツ関係でも野球から大相撲まで様々な手配をしていますし、うちの芸能プロダクションのパンフレットを見て下さい。きっと知っている顔がいるはずですから」

宮坂はそう言うと、金谷も聞いたことがある芸能プロダクションの名前が入った紙袋から五ミリほどの厚さがあるパンフレットを取り出して金谷に手渡した。金谷は表紙を開いて驚いた。そこにはテレビコマーシャルでもよく見かける女優の写真があった。

「この女優さんも宮坂さんの会社に所属してるんですか？」

「いつでも呼びますよ。選挙の時だって、酒の席だってね」

金谷はパンフレットをめくる度に現れる有名な女優や歌手、アイドル、モデルの姿を驚きながらも好色な目で眺めていた。

「一度、お会いしてみたいですね」

「ここに載っている者でしたら、いつでもセットしますよ。まあ、スケジュールを確認してからになりますけどね」

「それはそうでしょう。これだけ有名な方ばかりですから」

「これにはまだ載せていませんが、海外からのモデルもいいですよ」

「どういうモデルなんですか？」

「ファッション雑誌や化粧品、春夏や水着のファッションショーなんかね。目の保養にもなりますよ」

「そうでしょうね」

「どうですか？　金谷先生が思っているヤクザとは全く違うでしょう」

「確かに目から鱗ですよ」

その時、店内に関取が三人とこれのタニマチであろう一行が入ってきた。その中で現在大関になっている関取は宮坂の顔を見るなり自分の親方に対する以上の態度で、深々と頭を下げた。

「やあやあ、先場所はもう少しだったね。今度は優勝してくださいよ。ここで優勝祝いと横綱昇進祝いを是非やりましょうや」

「その時はよろしくお願いします」

金谷は初対面で宮坂の器の大きさに感動を覚えていた。これも全て宮坂の予定どおりの流れで、あとは若いロシア娘のテクニックをたっぷり味わわせてやれば、弁護士資格は持っていても、実際に弁護活動をしたこともない世間知らずの金谷を籠絡するのは実に簡単だった。そしてそのとおりの展開になっていった。

金谷はその後、何の遠慮もなく宮坂と酒席をともにするようになっていった。当然、金谷からの願い事も法に触れない限り面倒を見るようになっていた。

ある時、宮坂がさりげなく金谷に言った。

「金谷先生。むかし、北朝鮮で撮られた写真はこちらで処分しておきましたから」

金谷は一瞬ゾッとしたが、後援会の幹部と宮坂の繫がりも仕方ないものだと思うようになっていた。

金谷は五回生で大臣を経験した。金谷の政治家人生は端からは順風満帆のようにみえていたが、少しずつ黒い影が金谷の周りに集まり始めていた。政治資金パーティー券の購入から、個人献金まで面倒を見て貰っていると次第に金銭感覚も交際範囲の適否にかかる感覚も麻痺してきていた。

二度目の大臣になった頃には、様々な許認可事務に関して大臣が直接担当部署に指示するようになっていた。当然その見返りの報酬を受け取っていたのであるが、これが献金なのか収賄に当たるのかという法的感覚もまた麻痺していた。

三回目の大臣は国土交通大臣だった。港湾や航空会社という地元とは全く関係のない事業にも、金谷は宮坂に依頼されるまま職務権限に基づく指示を与え、宮坂はこれによって大きく事業を広げていた。

また、金谷が外遊する際の通訳は宮坂が用意していた。その度に、宮坂はインサイダー情報を得て、株の世界でも頭角を現すようになっていた。

金谷の躓きは実に些細なところから始まった。政治資金報告書の誤記をマスコミに発見されたことだった。

金谷の政治資金を管理していたのは父親の代から務めていた、元公設第一秘書だった。昨年六十五歳になったため、公設秘書を定年退職して私設秘書として議員会館で勤務していた。金谷よりも二十歳近くも年上のこの秘書は金谷にとっては煩わしい存在だったが、父親が存命の間は首を切る訳にはいかなかった。

この金庫番の秘書は金谷本人から新たな後援者の名前やその職業等を聞いていなかった。金谷が党内で、実質的には金谷派といえる研究会を立ち上げることになった時、新たな政治資金管理団体を立ち上げた。

金谷が幹事長に就任する数年前には、この管理団体に宮坂関連の多くの政治団体から寄付やパーティー券の購入がされていた。中には、法律で禁止されている外国人からの献金もあり、宮坂との接点が認められた韓国芸能関係者も含まれていた。しかし、秘書は政治団体名を記載すべきところを個人の名前で記載してしまったのだった。これを京都府の選挙管理委員会も見過ごしていた。

ていた。

「金谷大臣に黒い交際」

新聞社系週刊誌がスクープをあげた。この時警視庁捜査第二課は既に基本捜査を終え

「現職大臣逮捕か」

金谷は逮捕を察知して大臣を辞任した。その翌日、金谷の元に三人の捜査官が訪れた。京都の自宅、選挙事務所、議員会館事務所、議員宿舎に捜索が入り、多くの資料が押収されたが、金谷は結果的に政治的圧力によって、身柄を捕られることはなかった。

＊

岩堀元の犯行はすべて確信犯だった。政治家としては竹山の最後の弟子を自任していた彼は、「今まで捕まらなかった方がおかしい」といわれるほど「疑惑のデパート」的な存在だった。これが見逃されていた背景には「警察と検察の裏を知っている」とも囁かれたことがあったが、常に本人ギリギリのところで証拠と犯罪事実の関係が途絶えていたのだった。

捜査二課は今回、一斉強制捜査で公安部が世界真理教と反共原理連合から押収した証拠物件の中から岩堀が関与したあらゆる疑惑の裏付けを取ることができた。

世界真理教の資料の中には国会議員がAからEまで教団に対する貢献度に応じて五段階にランク付けされていた。さらに議員自身が信者である場合、配偶者若しくは家族が信者、秘書に世界真理教若しくは反共原理連合の職員を採用、その人数等が一覧表として残されていた。

岩堀はAランクであったが「欄外に最も貢献度が高い」と記されたうえで「別表参照」となっていた。この別表の内容が凄まじかった。

○北海道支部の設立に際して道内畜産関係団体から五億円の寄付を集める
○東京第二支部の設立に際して、電力、ガス事業体に対して反共原理連合の街宣情報を提供し、資金獲得に尽力
○神奈川地区における横神銀行の不正融資を報告し、同銀行から三億円の無担保融資を得る
○静岡製紙業団体に対する排水事業に関係企業を強引に押し込み、五億円の献金を得る
○静岡県内国立公園内に新教会を建設するに際して、国、県に働きかけ許可を得る
○福岡市博多湾埋め立て地の浄水基地設置に関し、敵対一派一掃に尽力（岡広・東山、宮坂が卒業生により達成）

等、四十件を越える記載があった。この資料の裏付けが取れ、どれも時効に至ってい

なかった。

大和田は捜査二課と合同捜査になることを踏まえて、デスクキャップに就く予定の龍を訪ねていた。

「おい、この福岡の『敵対一派一掃に尽力（岡広・東山、宮坂が卒業生により達成）』というのは何のことだ？」

龍が資料に目を通しながら思わず声をあげた。

「まさかと思うが。卒業生というのは？」

大和田は東山会の韓国情勢までは把握していなかった。

「わからんな」

「公安部はすでに分析しているのだろう。青山からの報告を待つかな」

大和田は腕を組んで言った。

＊

公安部の分析デスクでは押収資料の分析が猛スピードで進められていた。

「反共原理連合が韓国でやっている警護専門学校への留学生名簿はあるか？」

青山は証拠資料一覧表とデータ内容を見比べながらデータ分析担当の主任に尋ねた。

「はい。あります」

「その中に『李仁天』という名前はあるか」

「はい。あります」

「何か、経緯は載っているか？」

「東山会　宮坂預かりとなっています」

「そうか。どうせ、生年月日はいい加減なものなんだろうな。別名簿に『李仁天』はないか？」

「世界真理教の信者名簿にありますが、抹消されていますね」

「生年月日はどうだ？」

「はい同じです。あ、ちょっと待って下さい。パスポートと明らかに顔が違いますね」

「そいつにすり替わっていたんだな」

「李仁天に親族はいないか？」

「いませんね」

「他の名簿で李仁天は出てこないか」

「はい。ありません」

「ここまでか……」

宮坂の指示のもと韓国で武闘訓練を受けた李仁天が、宮坂の命を受けて梅沢を殺害したことは明らかだった。しかし、李仁天の正体がわからなかった。すると、世界真理教を十数年にわたって追っていた警部補が思わぬアドバイスをしてくれた。

「係長。李仁天は韓国で洗脳教育されていたと思われます。世界真理教の中でそれができるのは二人の医師しかおりません」

「そうなんですか？　その二人の人定は取れているのですか？」

「はい。一人は既に教団から離れて現在日本にいます。もう一人は教祖と一緒に、現在ニューヨークに在住しているはずです」

「なるほど。二人の人定を教えていただけますか」

青山は今回の捜査が、古株の警部補のアドバイスがいいところで得られ、これが事件解明の端緒になっていることを考えて「今回の捜査はついている」と真剣に思っていた。

警部補に教えてもらった韓国人医師は日本でも医師の資格を取って、埼玉県内で開業していることがわかった。青山は捜査員の中から二人の若い警部補とこのアドバイスをくれた年長の警部補の三人を埼玉に派遣した。

「羅《ラ》先生。もう十年以上前のことなのですが、日本から韓国に留学した『李仁天』という男にご記憶ありませんか？」

「李仁天ですか？　在日韓国人なんですね？」

「いやそうではなさそうなんです」

「でも、韓国語はできるわけですね」

「はい。そう思います。ただ、かなり強い洗脳教育を施されたようなんです」

「すると相当前の話ですね。ちょっと待ってください。私が治療した者なら当時のワープロのフロッピーか記録媒体に残っているはずです」

「記録があるんですか？」

「その李かどうかわかりませんが、記録を見ればわかると思います」

「しかし、ワープロのフロッピーだと、パソコンでは見ることができませんね」

「とんでもない。うちの教団が作ったテレコム工業社のパソコンはＤＯＳ／Ｖでも何でも開くことができるのですよ」

「そんなパソコンがあったんですか」

「まあ、あまり必要がない機能ですが、医者には助かる機能です。過去にどのような治療をしたかがわかるからです。医学はコンピューターほどではないにしても、進歩が凄まじいですからね」

　羅医師は、診察室奥の扉を開け、その中に整然と管理されている、様々な記録媒体のケースを開けると、今となっては懐かしい、八インチの大型フロッピーディスクを取り出した。

「ああ、そう言えば昔、使ってたなあ、この八インチ」

「今でも、うちでは現役ですよ。李仁天ね。うーん。おお、ありますね」

「本当ですか？」

「ちょっと待って下さい。これは目次ですから、本体はこれだ」

あらたな記録媒体がパソコンに差し込まれた。

「李仁天。これは日本人でしたね。ヤクザだったみたいですね。整形手術も三回させられている。韓国語は下手と書いていますね。ああっ。思い出しました。この男はそう。警護専門学校に入るために留学してきた男でしたね」

「そうです。何かわかりますか？」

「そう。警護専門学校を卒業した後に、いわゆる洗脳治療されています」

「洗脳治療というと、治らないものですか？」

「いいえ。そんなことはありません。消された過去を思い出すヒントを根気強く出してあげれば、結構思い出すものです」

「その男の消された記憶はわかりますか？」

「ここには、大阪で孤児だったとなっていますね。孤児院で付けられた名前が嫌だったみたいですね。その後、高木という兄貴に拾われて、ヤクザの世界に入ったようです」

「高木……あの高木か……」

「そして宮坂という大幹部に見込まれて留学しています」

「本人が嫌だったという名前はわかりませんか？」

「それは言いませんでしたが、高木の兄貴が付けてくれた名前はわかります。この名前を気に入っていましたね」

「その名前はなんと？」

「あらいはじめ、〈新居一〉と書いたようで、高木の兄貴は『ピン』と呼んでいたようです」

「新居一ですか……。先生、そのデータをお借りするわけにはいきませんか？」

「個人情報ですが、私もパスポート偽造の共犯ですから、複写して差し上げましょう。ＵＳＢメモリーでよろしいかな」

「お願いします」


——青山係長。半分ですが李仁天が割れました。

——そう。それはよかった。そこからメールで内容を送ってもらえますか？

——はい。羅医師が残しておいた診療記録の写しを送ります。ただ、ハングルと一部漢字がある内容ですが……。

――そうか。教養課から通訳を呼びますからすぐに送って下さい。

羅医師の診療記録は細かく書かれていた。

「高木を調べているのは古参の主任だったな」

「はい」

「悪いが最後は僕にやらせてもらえないだろうか」

青山は取調官の変更は理不尽なものであると知りながら、あえてこれだけは自分の仕事という判断をしていた。

「何か心残りでもおありですか？」

「公安部の大先輩が落としたヤマの骨拾いをしてやりたいんだ」

「そういう事なら、主任も納得してくれると思います。お願いします。係長の調べをみせてやって下さい」

「高木。お前も元ミドル級の東洋太平洋チャンプだ。ここまできたら全てを話せよ」

高木は新たな若い取調官に替わり、古参の主任刑事が立ち会いに変わった事に、緊張を隠すことができなかった。若い割には妙に落ち着いている。

「わかってますよ。自分のことは何でも話します。ただ、宮坂の兄貴の話はしませんよ」

「そうか。仁義の世界か？」

「仁義？　そんなもんじゃありませんよ。兄貴、弟分の兄弟より深い絆ですよ」

「何が絆だ。お前らの絆なんて所詮、金だけじゃないか」

「殆どはね。しかし、俺と宮坂の兄貴の関係はちがうんですよ」

「そうかい。仕方ないな。ところで話は変わるが、お前、新居一っていう孤児院出の男を知ってるだろう」

「新居一？」

高木は一瞬目を宙に泳がせて思い出すような仕草をしたが、おもむろに言葉を繋いだ。

「ああ懐かしい名前ですね。知ってますよ。俺が付けてやった名前ですからね。あの野郎、今、どうしてるんですか？」

「ムショに入ってるよ」

「新居一の名前でですか？」

「の訳がないだろう」

「ですよね。しかしまあ、孤児院もひどい名前を付けたもんですよね」

青山は久しぶりに口の中がカラカラになり、舌と上顎がベタベタくっつきそうな、興奮を覚えていた。「もう少しだ。さあ、喋るんだ」心の中で必死に唱えていた。

「しかし、中学卒業までちゃんと育てて貰ってるじゃないか」

「しかし、あの名前はひどい。そう思いませんか？　ところで、奴は何やったんですか？」

青山はグッと我慢して冷静に答えた。

「殺しだよ」

「ええっ？　あの『ピン』が殺しをやっちまったんですか」

「ピンじゃないだろう」

「そうですね。しかし、俺はずっと『ピン』と呼んでいましたからね」

「そうか。そう言えば、奴の下の名前は何だったっけな」

「ああ、孤児院が付けた名前ですね」

「そうだ」

「太郎ですよ太郎。寝屋川太郎ですよ。寝屋川の孤児院の前に置かれてたんでしょう」

「そうだったな。太郎だ。おまえの幾つ下になるんだった？」

すぐにでも取調を打ち切りたい青山だったが、平静を必死で装っていた。

「俺が二十八のときの十五ですから、一回りと一つですね。奴はネズミ年ですよ」

「そうか」

青山は内心心臓が張りさけそうなほど興奮していたが、冷静に話を続けた。

「寝屋川の奴を宮坂に渡した理由はなんだったんだ？」

「えっ？　それは言えません。宮坂の兄貴の話はしません」

「そうか。じゃあ、今までの寝屋川の話は調書に巻くぞ」

「なんですか？　そんな話を巻くんですか？」

「ああ。一応、殺人罪で起訴はしているが、余罪があるようだからな」

「殺しに余罪を付けるんですか？」

「そうだ」

「検挙率ってやつですか？　ご丁寧なこってすね」

「仕方ない」


一方、宮坂の供述からは、新居一こと寝屋川太郎を洗脳していった経緯がしだいに明らかになっていった。

蒲田で彼が起こした公妨事件は、当時、日本警察の中で、最も厳しい取調べをする事で有名だった警視庁公安部を相手にどこまで耐え抜くことができるかを試された、一種の修行だった。また、海外への逃亡、再入国はその後の組織内犯罪者の逃亡、逃走手法の参考となっていた。

エピローグ

「事件発生から三ヵ月か。求刑前でよかったな」

「博多東署第三号こと寝屋川太郎の起訴罪名を訴因変更することで、何とか間に合った」

「奴はただの道具だからな。それも洗脳されていたとなると、刑事上の責任能力の問題も出てくる」

「宮坂を殺人の教唆で立件することになるな」

「ああ。しかし、結果的には宮坂も道具の一つになっていたという事になるんじゃないか？」

「そういうことだな。今回は岩堀と安藤、それに桜田の利権トリオの意向を真に受けてやった事件だったことになるな」

「結局奴らは自分たちの利権を守り、政敵を切りたかっただけの理由で梅沢を殺したということなのか」

「『まさかこんなことになるとは思わなかった』が三人共通の台詞だったな」

「本当に腐った奴らだ」

刑事部長と公安部長は副総監応接室で副総監を待ちながら、福岡事件の今後の捜査方針について話していた。

「しかし、今回の捜査は警部カルテットの絆の成果ということになるな」

「ああ。警視庁ならではの人材が揃った結果だ」

「絆か……我々の絆で敵の絆を打ち崩していかなければならないな。本当の絆の強さは正義の強さだからな。しかし、彼らがキャリアじゃなくてよかったよ」

「なぜだ？」

「考えてもみろ。全員がトップにはなれんだろう」

「そういう考え方もあるな。彼らはみなその道のトップになることができる。来春には四人とも所轄の課長だ。執行官としてな」

「俺たちはその逆の世界にいるというわけだ」

「仕方のない話だ」

「仕方ないか……俺たち同期には絆は存在せず……か」

「それが行政官の宿命だろう。上下の絆は極めて大切だがな……」

「ところで、今回、財界には手を入れなかったが、どうするつもりなんだ」

公安部長は人ごとのように言った。

「まあ、捜査員を少し休ませてからだな。その前にまた政界再編が起こるだろうからな」

「その頃には俺たちはここにはいないだろうな」

「行政官の定めだな」

そこへ副総監がいつもの笑顔で入ってきた。

「悪いけど、大阪本部長の内示が出たよ」

「おめでとうございます。あそこは我々にとっては鬼門ですが、無事のお帰りをお待ちしております」

「ありがとう。ところで公安部長。僕の後任は君だからな」

刑事部長が同期の公安部長の顔をキッと睨んだ。そこには明らかに羨望と悔しさが入り交じっていた。

「ありがとうございます。誠心誠意引き継がせていただきます」

この作品は文春文庫のために書き下ろされたものです

文春文庫

警《けい》視《し》庁《ちよう》公《こう》安《あん》部《ぶ》・青《あお》山《やま》望《のぞみ》
完《かん》全《ぜん》黙《もく》秘《ひ》

定価はカバーに
表示してあります

2011年9月10日　第1刷
2013年8月5日　第8刷

著　者　濱《はま》　嘉《よし》之《ゆき》
発行者　羽鳥好之
発行所　株式会社 文藝春秋

東京都千代田区紀尾井町 3-23　〒102-8008
TEL 03・3265・1211
文藝春秋ホームページ　http://www.bunshun.co.jp

落丁、乱丁本は、お手数ですが小社製作部宛お送り下さい。送料小社負担でお取替致します。

印刷・凸版印刷　製本・加藤製本
Printed in Japan
ISBN978-4-16-781801-2

（　）内は解説者。品切の節はご容赦下さい。

濱　嘉之
警視庁公安部・青山望　完全黙秘

財務大臣が刺殺された。犯人は完黙し身元不明のまま。捜査する青山望は政治家と暴力団・芸能界の闇に突き当たる。元公安マンが圧倒的なリアリティで描くインテリジェンス警察小説。

は-41-1

樋口有介
魔女

就職浪人の広也は二年前に別れた恋人・千秋の死を知る。彼女は中世の魔女狩りのように生きながら焼かれた。事件を探る内に見えてきた千秋の正体とは。長篇ミステリー。　（香山二三郎）

ひ-7-3

樋口有介
枯葉色グッドバイ

ホームレスの元刑事、椎葉は後輩のモテない女刑事に日当二千円で雇われ、一家惨殺事件の推理に乗り出すが——。青春ミステリーの名手が清冽な筆致で描く、人生の秋の物語。　（池上冬樹）

ひ-7-4

樋口有介
ぼくと、ぼくらの夏

同級生の女の子が死んだ。夏休みなんて、泳いだり恋をしたりするものだと思っていたのに……。サントリーミステリー大賞読者賞受賞、開高健も絶賛した青春ミステリー。　（大矢博子）

ひ-7-5

東野圭吾
秘密

妻と娘を乗せたバスが崖から転落。妻の葬儀の夜、意識を取り戻した娘の体に宿っていたのは、死んだ筈の妻だった。推理作家協会賞受賞の話題作、ついに文庫化。　（広末涼子・皆川博子）

ひ-13-1

東野圭吾
レイクサイド

中学受験合宿のため湖畔の別荘に集った四組の家族。夫の愛人が殺され妻が犯行を告白、死体を湖に沈め事件を葬り去ろうとするが……。人間の狂気を描いた傑作ミステリー。　（千街晶之）

ひ-13-5

東野圭吾
容疑者Xの献身

直木賞受賞作にして、大人気ガリレオシリーズ初の長篇、映画化でも話題を呼んだ傑作。天才数学者石神の隣人、靖子への純愛と、石神の友人である天才物理学者湯川との息詰まる対決。

ひ-13-7

ル。何があっても、一杯目はビール。そのあとは、焼酎を飲んだり、ワインを飲んだり、紹興酒を飲んだり、日本酒を飲んだり…飲んでばっかだな。それはおいといて。二杯ビールを飲むことはありません。一杯目の、いえ、一口目のビールが喉を駆け抜けていった瞬間を楽しみながら、ビールは一杯で打ち止めにするのです。何事も過ぎたるは及ばざるがごとし、ですよ。

勘のいいみなさまなら、なぜ、私が切々と語っているのか、おわかりでしょう。

このあとがきを書き終わったらビールを飲むのだー！　待ってろ、ビール！

ということで（どういうことだ）、恒例、感謝のお時間です。

挿絵は初顔合わせの鈴倉温先生！　もー、すっごいかわいい絵で、一目惚れでした！　ぜひ、これからも一緒にお仕事させていただきたいです！

担当さんは、こんな私をいつも優しく見守ってくださっています。ありがとうございます！　これからもよろしくお願いします。

つぎは来年には出ますよ。た、たぶん…。

それでは、そのときにまたお会いしましょう！

本作品は書き下ろしです

よろず屋稼業《やかぎょう》　早乙女十内《さおとめじゅうない》(二)

水無月《みなづき》の空《そら》

稲葉稔《いなばみのる》

平成23年12月10日　初版発行

発行人――石原正康
編集人――永島賞二
発行所――株式会社幻冬舎
〒151-0051東京都渋谷区千駄ヶ谷4-9-7
電話　03(5411)6222(営業)
　　　03(5411)6211(編集)
　振替00120-8-767643
印刷・製本―図書印刷株式会社
装丁者――高橋雅之

幻冬舎時代小説文庫

ISBN978-4-344-41779-3　C0193　い-34-5

ガリレオの苦悩
東野圭吾

〝悪魔の手〟と名乗る人物から、警視庁に送りつけられた怪文書。そこには、連続殺人の犯行予告と、湯川学を名指しで挑発する文面が記されていた。ガリレオを標的とする犯人の狙いは？

ひ-13-8

一応の推定
広川　純

滋賀の膳所駅で新快速に轢かれた老人は、事故死なのか、それとも、孫娘のための覚悟の自殺か？　ベテラン保険調査員が辿り着いた真実とは？　第十三回松本清張賞受賞作。（佳多山大地）

ひ-22-1

もう誘拐なんてしない
東川篤哉

たこ焼き屋でバイトをしていた翔太郎は、偶然セーラー服の美少女、絵里香をヤクザ二人組から助け出す。関門海峡を舞台に繰り広げられる笑いあり、殺人ありのミステリー。（大矢博子）

ひ-23-1

鯨の王
藤崎慎吾

原潜艦内で起きた怪死事件から浮かび上がってきた未知の巨大生物の脅威。米海軍、大企業、テロ組織が睨み合う深海に、学者・須藤は新種の鯨を追って潜航を開始するが!?（加藤秀弘）

ふ-28-1

妖《あやかし》の華
誉田哲也

ヤクザに襲われたヒモのヨシキが、妖艶な女性・紅鈴に助けられたのと同じ頃、池袋で、完全に失血した謎の死体が発見された——。人気警察小説の原点となるデビュー作。（杉江松恋）

ほ-15-2

事故
松本清張
別冊黒い画集(1)

村の断崖で発見された血まみれの死体。五日前の東京のトラック事故。事件と事故をつなぐものは？　併録の「熱い空気」はTVドラマ「家政婦は見た！」第一回の原作。（酒井順子）

ま-1-109

点と線
松本清張
風間　完　画
長篇ミステリー傑作選

〈東京駅ホームの空白の四分間〉が謎を呼ぶ鉄道ミステリの金字塔を、風間完のカラー挿絵を多数入れた決定版で刊行。清張生誕百年を記念する長篇ミステリー傑作選第一弾。（有栖川有栖）

ま-1-113

森本あき先生、鈴倉温先生へのお便り、
本作品に関するご意見、ご感想などは
〒101-8405
東京都千代田区三崎町 2 - 18 - 11
二見書房　シャレード文庫
「傲慢社長のかわいいペット♡」係まで。

CHARADE BUNKO

傲慢社長《ごうまんしゃちょう》のかわいいペット♡

【著者】森本《もりもと》あき

【発行所】株式会社二見書房
東京都千代田区三崎町2-18-11
電話　03(3515)2311[営業]
　　　03(3515)2314[編集]
振替　00170-4-2639
【印刷】株式会社堀内印刷所
【製本】ナショナル製本協同組合

落丁·乱丁本はお取り替えいたします。
定価は、カバーに表示してあります。

ISBN978-4-576-11123-0

http://charade.futami.co.jp/